Titre original : *Marcelo in the real world*
Édition originale publiée aux États Unis
par Scholastic Inc.,
557 Broadway, New York, NY 10012, USA.

Francisco X. Stork

Le monde de Marcelo

Traduit de l'américain
par Anne Krief

GALLIMARD JEUNESSE

À Ruth, ma mère

1

– Marcelo ? Tu es prêt ?

Je lève mon pouce : cela veut dire que je suis prêt.

– D'accord. Je te pousse…

Et il me fait glisser dans le tunnel de la machine. J'aime bien cette sensation d'être enfermé. Les lumières ne me gênent pas trop, mais je ferme néanmoins les yeux.

– N'oublie pas de lever le doigt dès que tu entendras la musique mentale, celle de ta tête.

Il y a un haut-parleur dans le tunnel. C'est de là que sort la voix du docteur Malone.

J'attends la musique. Elle finit toujours par arriver. Le plus dur, c'est de penser à lever le doigt. Il y a une minuscule caméra qui permet au docteur Malone et à Toby de m'observer depuis la cabine de contrôle.

– Marcelo, Marcelo…

La voix de Toby est lointaine. J'aime bien Toby. C'est un médecin, tout comme le docteur Malone, mais il ne veut pas que je l'appelle « docteur ». Un jour, je l'ai fait, et il m'a repris : « Toby, s'il te plaît. » Il a le visage constellé de taches de rousseur.

– Prêt pour la vraie ? me demande-t-il en me tirant hors du tunnel.

– Oui.

La « vraie », c'est ainsi qu'il appelle la musique qui est diffusée dans le haut-parleur de la machine. Celle qui vient de l'intérieur de ma tête n'est pas considérée comme vraie.

Toby tient à la main une feuille de papier sur laquelle sont répertoriés différents styles de vraies musiques.

– Et si on changeait de côté cette fois ?

– D'accord.

De l'autre côté de la page figure une liste de rocks. C'est la musique que préfère Toby. Je ne connais aucun des compositeurs de ces morceaux. Je finis par choisir un certain Santana, car cela me fait penser à Sandoval, mon propre nom. J'aime bien aussi le titre : *The Calling*.

– Sympa, remarque Toby dont le sourire me prouve qu'il apprécie mon choix. Santana et Clapton ensemble, c'est sympa.

« Sympa », me répété-je. Il faudra que je me souvienne d'utiliser ce mot la prochaine fois que quelque chose me plaira.

Quelques instants plus tard, Toby est de retour avec la liste, l'air soucieux.

– Il faut que tu choisisses de l'autre côté. Le boss estime que ce rock risque de trop stimuler ta matière grise, explique Toby en levant les yeux au ciel tout en regardant dans la direction du docteur Malone qui s'affaire dans la cabine de contrôle.

Je ne comprends pas bien le sens de l'expression de son visage.

Je choisis aussitôt le *Largo* du concerto pour piano n° 3 de Beethoven. J'aime bien la limpidité de sa mélodie. Et je sais qu'il ne dure qu'une dizaine de minutes.

Toby me refait glisser dans le tunnel.

– À quoi ressemble la musique que tu as dans la tête ? demande le docteur Malone quand je ressors du tunnel.

J'arrête de nouer les lacets de mes tennis afin de pouvoir réfléchir à sa question. Mais il est impossible d'exprimer par des mots cette musique intérieure. (Je préfère le terme « intérieur » à celui de « mental » quand je parle de cette musique. Le fait que cette MI, ainsi que je l'appelle en abrégé, résonne dans ma tête n'implique pas nécessairement qu'elle soit produite par mon cerveau.) À quoi ressemble la MI ? Combien de fois le docteur Malone m'a-t-il posé la question et combien de fois ai-je été incapable de lui répondre ?

– Sympa, c'est sympa.

Je cherche Toby du regard, mais il est remonté dans la cabine de contrôle.

– Tu veux dire qu'elle est agréable ? Les sons sont agréables à l'oreille ?

– Cette musique ne s'entend pas par les oreilles.

C'est alors que je réalise que « sympa » n'est pas le terme approprié. C'est vrai, la musique est très plaisante, mais elle est beaucoup plus que cela.

– Si on ne l'entend pas, qu'est-ce que c'est alors ?

Comment pourrais-je la décrire ? C'est un peu comme si on écoutait de la musique très fort dans un casque. Seulement, la musique semble provenir directement du cerveau. La sensation est extrêmement nette.

– Elle est là, c'est tout, dis-je au docteur Malone avant qu'une image ne me vienne à l'esprit. C'est une grosse pastèque.

– Pardon ?

Je n'ai aucun mal à déchiffrer les expressions du visage du docteur Malone, et c'est l'une des raisons pour lesquelles j'aime bien travailler avec lui. Ainsi, celle qu'il vient d'avoir est l'exemple type de la perplexité.

Je m'attarde un peu sur l'image qui vient de m'apparaître. C'est la première fois que je fais ce rapprochement, de sorte que je ne sais pas très bien où cela va me mener.

– Quand la musique intérieure est là, Marcelo est l'une des *graines*. Le reste de la pastèque est la musique.

Le docteur Malone fronce les sourcils. En fait, il les fronce à demi, tout en souriant aussi à demi, comme s'il s'efforçait de garder son sérieux.

– Sais-tu que tu as mis l'accent sur le bon mot ? C'est formidable ! L'année dernière, tu en aurais été incapable. Paterson t'a fait le plus grand bien.

Paterson. Je consulte ma montre. Aurora doit me conduire à Paterson après la visite chez le docteur Malone pour voir le petit poulain qui est né la nuit dernière. Harry (c'est ainsi que nous appelons M. Killhearn, le responsable des écuries à Paterson) a téléphoné ce matin à Aurora pour la prévenir que le poulain était né à deux heures trente-cinq du matin. Je l'ai suppliée de m'y emmener, bien qu'elle travaille toute la journée à l'hôpital. J'aurais pu patienter encore deux jours, jusqu'à lundi, jour où je dois commencer mon job d'été à m'occuper des poneys, mais je ne peux pas attendre. J'espérais déjà être là à sa naissance, et cette journée m'a paru aussi longue qu'une semaine.

Il me reste encore trente minutes d'entretien avec le docteur Malone, mais cette fois il faut que je prenne garde à ne pas dépasser l'heure, comme cela arrive souvent.

– Mais revenons à la musique, reprend le docteur Malone. Quel est le contenu de cette musique mentale ? Ressemble-t-il à celui des autres musiques ? Y a-t-il une mélodie ?

– Oui et non.

Je déteste l'imprécision. Mais, dans ce cas, mon imprécision est aussi précise et proche que possible de la réalité.

– D'accoooord… répond le docteur Malone en souriant. Qu'est-ce qui s'apparente le plus à de la musique normale dans la tienne ?

Je ferme les yeux et je vois un violoncelle aussi gros que la Terre et un archet aussi long que la Voie lactée, et l'archet glisse parfois lentement et parfois rapidement sur les cordes.

J'entends la voix du docteur Malone, lointaine.

– La musique a une mélodie, un rythme, un tempo. La musique mentale possède-t-elle une de ces caractéristiques ?

Je songe à présent à mon job d'été, à toutes ces journées consacrées aux poneys. Je reviens au docteur

Malone et à ses questions. Je suis payé pour faire ces expériences, me dis-je. Il faut que j'y mette du mien. Par ailleurs, j'aime bien le docteur Malone, et j'aime bien Toby aussi.

– Pas vraiment.

– Peux-tu la fredonner ?

– Non.

– Alors, ce n'est pas de la musique.

– Ce sont les sentiments que procure la musique, mais sans le son.

Voilà. C'est le plus précis que je puisse faire, avec le genre de langage qu'attend de moi le docteur Malone.

Je ne sais absolument pas comment qualifier ces sentiments. Parfois, la musique est vive et rapide, et je dis qu'elle est « gaie ». Parfois elle est plus lente et plus grave, et je dis qu'elle est « triste ». Mais la plupart du temps, elle est incroyablement paisible, douce. Sympa. J'adore ce mot.

– Marcelo ! Reviens avec nous ! Nous avons presque fini. Sont-ils toujours présents, ces sentiments que procure la musique sans le son ?

– Oui, quand je cherche à les faire surgir, oui. Quand Marcelo va les chercher, ils sont toujours là.

– Quand Marcelo va les chercher où ?

– Ici, dis-je en touchant ma nuque, à la base du cou.

– Ces sons apparaissent-ils alors que tu n'y tiens pas particulièrement ou persistent-ils quand tu voudrais qu'ils s'en aillent ?

Je réfléchis à cette question. À la vérité, l'attraction vers la musique est toujours là. Comme au moment où je tentais de la décrire au docteur Malone, j'avais envie de me glisser de nouveau dans la musique. Et une fois que je suis dedans, il m'est très difficile de m'en extraire. Mais ce n'est pas ce que je réponds au docteur Malone.

Je ne sais pas si je peux trouver les mots justes pour décrire ce que je perçois.

– Si cela se passait ainsi, alors Marcelo serait fou, non ? dis-je plutôt.

Le docteur Malone rit en hochant la tête. Il fait des expériences en permanence, poursuit ses recherches tout en surveillant ma santé mentale. Malgré toutes ses questions auxquelles il est impossible de répondre et son sens de l'humour particulier, cela ne me dérange pas d'aller voir le docteur Malone. C'est ce que je fais une fois tous les six mois depuis l'âge de cinq ans ; donc, puisque j'en ai dix-sept, j'ai vu vingt-cinq fois le docteur Malone. Les visites durent deux heures et ont trois finalités : premièrement, il vérifie l'état physiologique de mon cerveau ; deuxièmement, les données qu'il collecte lui serviront à soigner d'autres gens, qui en ont encore plus besoin que moi ; troisièmement, depuis l'année dernière, je perçois cinquante dollars par visite en vertu d'une subvention que touche le docteur Malone.

Il se dirige vers la cabine de contrôle où je le suis.

– C'est stupéfiant ! s'exclame-t-il après avoir étudié les écrans de deux ordinateurs. Viens ici. Je voudrais te montrer quelque chose.

Je m'approche du docteur Malone et de Toby.

– Voici une image de ton cerveau quand tu écoutais de la vraie musique, et une autre quand tu entendais la musique mentale, ou que tu étais en état de remémoration, comme tu dis. Tu vois ?

Je vois deux images de mon cerveau. Chacune présente des zones rouges et des zones bleues.

– Quand tu écoutes de la vraie musique, les deux côtés du lobe temporal sont activés.

Sur l'une des images, le docteur Malone indique une tache rouge vif située sur la région frontale de mon cerveau.

– Mais là, quand tu écoutes la musique mentale, il se produit quelque chose dans l'hypothalamus, la région la plus ancienne du cerveau humain. Tu sais, cette zone qui poussait nos ancêtres à se défendre ou à partir en courant, à se bagarrer ou à se barrer.

– L'ensemble du système limbique s'allume comme un feu d'artifice, là, explique Toby en montrant l'image de mon cerveau pendant la MI.

Le docteur Malone me regarde fixement.

– Tu es assurément absorbé par quelque chose, mais tu n'es pas en train de penser, affirme-t-il avant de se tourner vers Toby. Toby, compare avec ces expériences qu'ils ont faites avec les chats, tu sais, les scanners pris pendant qu'on agitait une ficelle devant eux. Il me semble que l'hypothalamus était stimulé également.

Je ne peux m'empêcher de sourire intérieurement. J'aime bien l'idée que mon cerveau ressemble à celui du chat. Cela me rappelle ce que m'a dit mon oncle Hector le jour où il m'a appris à soulever les haltères. Il m'a conseillé de me concentrer sur les muscles que j'utilisais, comme un lion en train d'observer un ennemi près de sa tanière.

Aurora m'attend à la réception. Je la dépasse, dans l'espoir qu'elle ne perdra pas de temps à demander au docteur Malone comment s'est passée la séance, ainsi qu'elle le fait chaque fois. Je voudrais partir à Paterson le plus vite possible. Harry n'est pas quelqu'un de patient. Il m'a promis ce job de palefrenier lorsqu'il a vu comment je me débrouillais avec les poneys, après l'école. Mais je n'étais pas le seul jeune de Paterson à le convoiter, car c'est vraiment un boulot génial, et je suis très inquiet de ne pas arriver à l'heure.

Mais mon stratagème ne marche pas : Aurora attend le docteur Malone, qui me suit de près.

– Alors ? dit-elle en regardant le docteur Malone. Vous avez découvert quelque chose là-dedans ?

– Vide, c'est totalement vide ! répond le docteur Malone en me touchant le sommet du crâne avant de se reculer brusquement, comme s'il s'apercevait soudain que je suis à présent aussi grand que lui.

– Son père veut l'envoyer dans un lycée normal l'année prochaine, lui explique Aurora.

Je rejoins Aurora et le docteur Malone.

– Non, répliqué-je aussitôt.

– Je connais ton sentiment, mon cher, me dit Aurora, mais je voudrais avoir l'avis du docteur Malone.

Je vois bien que le docteur hésite. Il sait ce que je pense de l'idée de quitter Paterson pour aller dans un lycée normal.

– Oui, il est tout à fait prêt. Il aurait d'ailleurs pu suivre ce genre de scolarité dès la maternelle. Oui, il en est tout à fait capable. Je suis désolé, mon vieux, ajoute-t-il en se tournant vers moi.

Je fixe un point par terre, tout en cherchant les mots propres à expliquer pourquoi aller dans un lycée normal ne me conviendrait pas. Puis j'entends Aurora qui cherche à me rassurer.

– Ça ne veut pas dire que tu vas forcément y aller. Ce n'est pas parce que tu peux le faire que tu le feras. Nous en discuterons.

– J'ai dix-sept ans ! lancé-je.

– C'est-à-dire ? s'enquiert Aurora.

– Ce devrait être la décision de Marcelo, risqué-je avant de prendre mon courage à deux mains et de lever les yeux vers Aurora, puis vers le docteur Malone. On devrait me permettre de suivre ma dernière année de lycée à Paterson, là où j'ai commencé.

– Ah ! Je crois que je vais rester en dehors de cette discussion, décide le docteur Malone.

– Est-ce que Marcelo a le même âge mental que les autres jeunes de dix-sept ans ? demandé-je en regardant le docteur Malone.

Il hoche la tête. Ce qui signifie qu'il comprend ma question.

– L'âge mental ? Qu'est-ce que ça veut dire ? Tout le monde est différent. Sous certains aspects, tu as cinquante ans d'avance sur la plupart des enfants de ton âge.

Aurora sourit.

Le docteur Malone n'a pas l'habitude de donner des réponses simples à des questions complexes uniquement pour mettre les gens à l'aise. Ce que j'aimerais qu'il dise, c'est qu'étant donné tout ce que je suis, je me sens mieux dans un endroit comme Paterson.

– Peut-être cela serait-il intéressant de vivre une expérience différente, suggère Aurora.

– Vous connaissez mon point de vue, répond le

docteur Malone à Aurora. Je ne crois pas aux vertus de la souffrance. Quand un enfant est heureux, compris et apprécié, il se développe à son rythme. Paterson a fait le plus grand bien à Marcelo. Voyez les résultats.

« Yessss ! Merci, docteur Malone. »

– Mmm, fait Aurora.

– Que veut dire ce « Mmm » ? demandé-je d'abord à Aurora, puis au docteur Malone.

C'est le docteur Malone qui décide de me répondre.

– Tu as frappé à la bonne porte : dans notre métier, nous autres médecins savons tout des « Mmm ». Je crois que dans ce cas, le « Mmm » de ta mère signifie qu'elle estime que tu as encore un certain nombre de choses à apprendre et que peut-être, s'il ne tenait qu'à toi, tu ne choisirais pas d'apprendre ces choses. Vous comprenez ce que je veux dire ?

– Oui, répond Aurora.

– Mmm…

C'est moi qui viens de dire « Mmm », mais je ne cherchais pas à être drôle.

2

En roulant vers Paterson, je songe aux neuf poneys haflinger dont je vais avoir à m'occuper cet été. Je connais le nom de chacun, leur âge et leur date de naissance. Je sais jusqu'à quel point les faire travailler, combien leur donner à manger et quand leur donner à boire. Je sais surtout comment ils aiment qu'on les brosse. En tant que palefrenier, je serai chargé de leur entretien, qui comprend également celui de l'écurie: elle doit être telle que la désire Harry, autrement dit impeccable. Les élèves potentiels et leurs parents vont toujours voir les poneys, c'est pour cela que Harry tient à ce que les écuries et les bêtes soient irréprochables. C'est dans ma nature d'aimer la perfection, de sorte que je suis la personne idéale pour ce genre de travail.

Mais il ne s'agit pas exclusivement d'un entretien matériel. En tant que palefrenier, je serai également chargé du bien-être des poneys. Ce sera à moi de décider du moment où un poney devra se reposer, être nourri et abreuvé. Les moniteurs et les thérapeutes me consulteront pour savoir quel poney convient le mieux à tel ou tel enfant, en fonction de son handicap. La vérité est que tous les poneys sont dressés pour s'adapter à toutes les sortes de handicaps. Que les enfants soient malvoyants, malentendants, autistes, infirmes moteurs cérébraux, atteints de sclérose en plaques, de spina-bifida, de trisomie 21, de troubles déficitaires de l'attention – peu importe, les poneys sont toujours doux et dociles. L'astuce, m'a expliqué Harry, ce n'est pas de choisir le poney sur lequel l'enfant sera le mieux, mais de choisir celui qui lui plaira le mieux. Harry trouve que j'ai le truc pour sentir ça.

– Tu es vraiment très impatient de commencer à travailler à Paterson ?

Voilà ce que me demande Aurora. Elle n'est pas du genre à me poser des questions inutiles. Bien sûr que je suis impatient de commencer ce travail, de même que faire ma terminale à Paterson. Ce job de palefrenier se poursuivra l'année prochaine, sauf que l'année prochaine, j'aurai la responsabilité non seulement de l'entretien des poneys et des écuries, mais aussi de leur dressage. Fritzy sera prêt à être dressé au début de l'automne. Et c'est une expérience formidable que de prendre ces poneys et de les habituer à tout ce qu'un enfant handicapé est susceptible de faire. Quels que soient le bruit, l'inconfort ou même la douleur, jamais un poney correctement dressé ne fera de mal à un enfant.

Voilà pourquoi la perspective d'être inscrit au lycée d'Oak Ridge High m'est si désagréable. Cela ne doit pas se produire. Arturo doit être convaincu que la meilleure façon que je devienne comme tout le monde est de me laisser à Paterson, où je peux m'instruire à mon rythme, où j'apprends à prendre des décisions, et à être responsable et autonome, toutes choses qu'il attend de moi.

– Aurora connaît la réponse à cette question. Pourquoi la pose-t-elle ?

Ma question peut sembler brutale, mais avec Aurora, je ne me gêne pas et je parle franchement.

– C'est seulement que…

Elle s'interrompt. S'interrompre au milieu d'une phrase, ai-je appris en cours de communication à Paterson, signifie que la personne qui parle va dire quelque chose qui risque de blesser son interlocuteur. J'ai ressenti une espèce de claquement dans la poitrine, une note discordante, comme lorsqu'une corde de guitare casse au milieu d'un morceau.

– Arturo.

Je veux formuler cela sous forme interrogative, mais je n'y parviens pas.

Aurora ne dit rien. Je n'insiste pas. Nous entrons dans le domaine de Paterson, et je mets toujours un point d'honneur à ne pas parler à ce moment-là. Je fréquente Paterson depuis le cours préparatoire et j'ai toujours le sentiment qu'il s'agit d'un endroit où enfin personne ne m'obligera à me dépêcher.

À gauche, en entrant par la grande allée, on longe des bâtiments de plain-pied en briques, disposés côte à côte, telles les cases noires d'une grille de mots croisés. Des trottoirs relient ces bâtiments entre eux, et l'on voit très bien, même de loin, qu'une personne en chaise roulante ou malvoyante n'aura aucun mal à se déplacer d'un lieu à un autre.

Sur la droite, se trouvent des terrains de jeux de toutes tailles et formes. De gros chênes et des ormes délimitent ces terrains, de sorte qu'en été on peut en faire le tour sans quitter l'ombre. Au fond, on aperçoit les écuries et les carrières.

Aurora gare la voiture sur le parking le plus proche des écuries et nous en descendons. Jane, l'une des thérapeutes, fait tourner à la longe Gambolino que monte une petite fille que je ne reconnais pas, autour de la carrière ovale.

La plus grande carrière circulaire est déserte. Quand débutera la session d'été, d'ici quelques jours, les carrières grouilleront de moniteurs, de thérapeutes, d'enfants et de bénévoles. La journée commencera à huit heures du matin et se terminera à six heures du soir. Je reconnais Harry devant la grange, qui nous fait des signes.

– Venez voir, je veux vous montrer quelque chose ! crie-t-il.

Je me mets à courir. Aurora presse le pas. Je sais déjà ce qu'il veut me montrer, alors je le dépasse dans la grange. Dans l'un des box, un petit poney qui vient de naître tète sa maman, Frieda.

– Il est né au milieu de la nuit. Je n'ai même pas eu à appeler le vétérinaire. Il est sorti tout seul, comme un lever de soleil.

– Il est troooop mignon, dit Aurora.

Je suis sous le choc. J'ai déjà vu des petits halfinger, mais celui-là est tellement... tellement sympa...

– Je voulais te téléphoner hier soir, pour que tu viennes, mais il est arrivé si vite. Quand je suis passé vérifier, vers onze heures, tout allait bien. Frieda avait le souffle un peu court, mais j'étais persuadé que le poulain ne serait pas là avant une petite semaine, ainsi que l'avait prévu le vétérinaire. Puis, vers minuit, j'ai entendu aboyer Romulus qui me prévenait de quelque chose ; et notre petit bonhomme était déjà en train de pointer le museau !

Romulus est le berger allemand que mon oncle Hector a offert à Paterson. Il est posté à côté du box de Frieda et monte la garde du poulain. Nous nous regardons, Romulus et moi, jusqu'à ce qu'il cligne des deux yeux.

– Vous lui avez déjà donné un nom ? demande Aurora.

– Oh, mon Dieu ! Les enfants lui ont donné un nom dès que nous avons décidé d'accoupler Fred et Frieda. Pour continuer avec la Prusse, ce sera Fritzy. Ç'aurait été Fredericka si ç'avait été une femelle.

– Fritzy, répété-je à voix haute.

– J'aurais préféré quelque chose comme Shanny, le diminutif de Shannon.

– Un nom bien irlandais, remarque Aurora.

– Mais les haflingers viennent de Prusse au départ. Les Amish les utilisent ici en Amérique, précisé-je.

– Et ils travaillent aussi bien que les autres chevaux, et mieux que la plupart. Ils sont capables de labourer un champ une journée entière et même la nuit. Tout indiqués pour ces enfants, avec leur dos assez large pour qu'ils tiennent aisément en équilibre et leur centre de gravité assez bas.

– Je peux rester un peu avec Frieda ? demandé-je.

– Oui, répond aussitôt Harry. Elle n'est pas encore très vaillante, ça lui fera du bien de te sentir près d'elle.

J'ouvre la porte du box et j'entre tout doucement, puis je m'assieds par terre, à côté de Frieda qui est couchée, les jambes repliées sous elle. Fritzy cherche une autre mamelle à téter. Je m'installe aussi près que possible de sa tête, mais sans la toucher. Il est inutile de toucher les animaux à moins qu'ils ne vous incitent à le faire par leurs différentes façons de communiquer : en s'approchant de vous, en levant la tête vers vous ou en vous regardant d'une certaine manière. Je ferme les yeux et croise les bras en humant l'odeur du foin et celle de Fritzy. Au loin, j'entends Aurora demander à Harry si elle peut lui parler un instant.

Sur la route du retour, je sens que quelque chose de désagréable va se produire et je me concentre pour essayer de découvrir l'origine de ce pressentiment. Aurora me demande si ça va et attend ma réponse, mais j'ignore sa question et reste silencieux. Aurora n'insiste pas. Elle sait que je parlerai au moment où j'en aurai envie.

Nous sommes à mi-chemin de la maison, et j'ai identifié l'effet de mon étrange sentiment : c'est comme quand on descend un escalier dans le noir et qu'on ne sait pas où se trouve la dernière marche. J'ai également réussi à retrouver l'origine de ce sentiment. Je me souviens qu'Aurora a dit au docteur Malone qu'Arturo voulait que je fasse mon année de terminale à Oak Ridge High. Je me souviens qu'Aurora s'est interrompue au milieu d'une phrase alors que nous discutions de mon futur travail aux écuries. Je me souviens qu'Aurora a demandé à Harry si elle pouvait lui parler un instant. Je remarque une foule de détails autour de moi et me souviens à peu près de tout ce que j'ai remarqué, même si souvent on a l'impression que je ne fais attention à rien. La difficulté est d'interpréter tous ces détails qui assaillent mon cerveau en même temps. Mais parfois j'y parviens. Comme maintenant. Ce que je déduis de tout ce que j'ai remarqué, c'est que mes projets pour l'année prochaine vont être bouleversés.

– Est-ce que tu es en état de remémoration ? me demande Aurora alors que nous sommes presque arrivés à la maison.

« L'état de remémoration », c'est l'expression qu'Aurora et moi employons pour évoquer les moments où j'écoute la MI ou que je me récite dans ma tête un passage de l'un des nombreux livres saints que j'adore lire. Quand j'étais petit et enclin aux colères, Aurora me demandait d'aller dans un endroit calme et de me mettre en état de remémoration. Écouter la MI ou me réciter les Écritures saintes m'aidait à me calmer. À présent, c'est moi qui choisis de me mettre en « état de remémoration », que je sois en colère ou non. Le fait qu'elle me demande si je suis en état de remémoration doit signifier qu'elle sait que quelque chose me préoccupe.

– Père se trompe, dis-je à Aurora au bout d'un certain temps.

– Ça fait longtemps que je ne t'avais pas entendu appeler ton père « Père ». À quel sujet Père se trompe-t-il ?

– Au sujet de mon inscription à Oak Ridge High l'année prochaine. Je sais que c'est ce que tu hésites à me dire. Marcelo se sent bien à Paterson. C'est là que j'apprendrai à être autonome, ainsi qu'Arturo le veut. C'est là que j'apprends à fonctionner, ainsi qu'il veut que Marcelo fonctionne.

– Il désire te parler quand on sera arrivés. Sois ouvert à ce qu'il a à te dire. Peut-être a-t-il raison.

– Je suis ouvert. J'y ai réfléchi plus que tu ne crois. Mais il a tort de vouloir retirer Marcelo de Paterson.

– Au début, il n'était pas partisan de t'envoyer à Paterson, mais tu y es depuis la maternelle. Il était contre tes visites à Rabbi Heschel, mais tu vas la voir tous les quinze jours depuis cinq ans. Il n'approuvait pas les séances avec le docteur Malone. Il ne voulait pas non plus que tu t'installes dans la cabane dans l'arbre. Et pourtant il t'a autorisé à faire toutes ces choses en dépit de ses réticences.

– Il avait tort aussi en ce qui concerne les bienfaits que Marcelo en a retirés.

– Je te propose de lui faire confiance à ton tour. Au moins, sois ouvert à ce qu'il va te dire. Écoute-le sans défiance. Fais-tu confiance à ton père ? Es-tu convaincu qu'il ne veut que ton bien ?

« Confiance », c'est l'un des mots que j'ai le plus de mal à comprendre. Dans le cas présent, je peux le remplacer par « croire », et cela semble marcher. Est-ce que je crois qu'il ne veut que mon bien ?

– Oui. Mais il a quand même tort.

3

Je sors de la voiture et je me dirige droit vers la porte de derrière. Arturo fait griller de la viande dans le jardin. J'espérais pouvoir entrer dans la maison sans qu'il me voie. Je ne suis pas prêt pour la discussion que je sais inévitable et j'ai besoin de davantage de temps pour anticiper ses questions et mémoriser mes réponses. Mais Aurora le hèle depuis la porte:

– Désolée pour le retard. On était coincés dans les embouteillages.

Il lui répond sans se retourner:

– Comme il n'y avait rien de prêt pour le dîner, j'ai fait griller un peu de viande.

– Je vais préparer de la salade, dit Aurora avant de disparaître dans la maison.

Je suis sur le point de la suivre, lorsque Arturo m'appelle:

– Marcelo, je peux te parler?

Je le rejoins le plus lentement possible. Arturo pique la viande rouge du bout d'une fourchette géante.

– Pas encore cuit, dit-il.

Il referme le couvercle du gril et s'assied sur l'une des chaises blanches en fer.

– Assieds-toi un instant, propose-t-il en m'approchant une chaise. Comment allait le docteur Malone ?

– Bien.

Je suis toujours debout. Je fixe la colonne rouge du thermomètre accroché au gril. Elle a dépassé les cent cinquante degrés Celius.

– Marcelo...

Je l'entends prononcer mon nom. Il tient à la main un gobelet de vin rouge. Je sais qu'Arturo n'approuve pas mes séances chez le docteur Malone. Il pense que si je fais des tests, c'est que quelque chose ne tourne pas rond chez moi, ce à quoi il ne croit pas du tout.

– Alors, que t'a fait le bon docteur Malone aujourd'hui ?

– Le cerveau était scanné pendant que Marcelo écoutait de la musique.

– Essaie de me redire ça autrement.

– *Mon* cerveau était scanné pendant que *j'*écoutais de la musique.

Je me souviens que je ne dois pas parler de moi à la troisième personne. Il faut que je me souvienne également de ne pas l'appeler Arturo.

– Merci. De la vraie musique ou celle que tu es le seul à entendre ?

J'ai remarqué que, lorsqu'il était question de la MI, Arturo était toujours mal à l'aise. J'essaie de changer de sujet.

– Après le docteur Malone, nous sommes allés voir le dernier petit poulain qui est né à Paterson.

– C'est bien. Mais tu ne m'as pas répondu.

Il n'y a jamais moyen de changer de sujet avec Arturo.

– De la vraie musique.

Ce n'est pas un mensonge : la MI est aussi vraie que l'autre.

– Combien de temps vont durer ces séances ?

– Une heure environ.

– Non, ce n'est pas ce que je voulais dire : pendant combien de temps encore ces expériences, ces observations, vont-elles durer ?

Mais avant que j'aie pu lui répondre, il enchaîne :

– J'ai une proposition dont j'aimerais discuter avec toi.

Je sens ma poitrine se serrer.

– Je ne vais pas au lycée d'Oak Ridge High.

J'entends ma voix qui tremble.

Le visage d'Arturo est grave. Je me prépare. Je sais comment Arturo peut passer du père à l'avocat en une seconde. Je connais moins le visage d'Arturo le père que ma sœur Yolanda. J'ai plus droit à Arturo l'avocat : ses yeux fixes rivés sur moi, le volume de sa voix parfaitement contrôlé. Il se transforme en une personne qui ne perdra son sang-froid que si elle le décide.

– Voici ce que je voudrais te proposer.

Je m'attends à ce qu'il s'interrompe un instant, car il parle beaucoup plus vite que d'habitude. Mais il continue, au même rythme que Yolanda.

– Je veux que tu travailles au cabinet d'avocats cet été.

La surprise est totale. Il me faut un moment pour trouver des mots, n'importe lesquels.

– J'ai un job d'été à Paterson.

– Tu aideras au courrier.

Il ne m'entend pas ou ne veut pas entendre ce que je dis.

– J'ai déjà un travail.

– Assieds-toi, s'il te plaît.

Il montre une chaise. Je m'assieds.

Il approche sa chaise, de sorte que nos genoux se touchent presque. Il baisse la voix. Il est le père à présent.

– Fils, je veux que tu aies un travail où tu seras en contact avec des gens, où tu devras comprendre et résoudre les problèmes tout seul. Que fais-tu à Paterson qui t'apprenne quelque chose de nouveau ?

– Je vais apprendre à dresser les poneys.

– Mais tu arrives à une étape de ta vie où tu dois travailler avec des gens.

– Pourquoi ?

– C'est une expérience que tu n'as jamais faite, crois-moi. À Paterson, tu es dans un environnement protégé. Les enfants qui y vont ne sont pas... normaux. La plupart resteront comme ça toute leur vie. Mais, toi, en revanche, tu as la capacité d'évoluer et de t'adapter. Même ton docteur Malone en est persuadé. Il l'a dit la première fois que nous l'avons vu. Tu n'étais pas absolument obligé d'aller à Paterson toutes ces années. Ce n'est pas un endroit qui te convient véritablement. Je sais que tu t'en es rendu compte par toi-même. Il n'y a rien d'anormal chez toi. Simplement, tu n'avances pas au même rythme que les autres jeunes de ton âge. Mais, pour que tu grandisses et progresses, tu dois te trouver dans un environnement normal. C'est le moment. Voici ce que je te propose : si tu travailles au cabinet d'avocats cet été, c'est toi seul qui décideras si tu veux faire ta terminale à Paterson ou à Oak Ridge High.

Il se tait. Il sait que j'ai besoin de temps pour réfléchir. Un été au cabinet d'avocats contre toute une année à Paterson. Je rate les premiers mois de Fritzy, mais je pourrai toujours le dresser l'année suivante. Arturo interrompt le fil de mes pensées.

– Encore une chose.

Il prend son gobelet de vin et le porte à ses lèvres. Cette fois, les mots viennent très lentement :

– Tu pourras faire ce que tu voudras à la rentrée...

Il attend que mon regard croise le sien avant de poursuivre :

– Mais cet été, tu dois te conformer aux règles du... monde réel.

– Le monde réel...

Je répète ces trois mots après Arturo, son expression préférée.

– Oui, c'est ça, le monde réel.

Si vague et large soit cette expression, je sens ce qu'elle signifie ainsi que les difficultés qui vont avec. Me conformer aux règles du monde réel, cela veut dire, par exemple, engager de petites conversations avec les autres. Cela veut dire éviter de parler de ma passion particulière. Cela veut dire regarder les gens dans les yeux et leur serrer la main. Cela veut dire faire des choses « au pied levé », comme on dit à Paterson : faire des choses qui n'étaient pas prévues au programme. Cela peut impliquer d'aller dans des endroits que je ne connais pas, des rues pleines de bruit et de désordre. Tout en m'efforçant de rester calme, je sens une vague de terreur me submerger alors que je m'imagine seul dans les rues de Boston.

Arturo sourit comme s'il lisait dans mes pensées.

– Ne t'inquiète pas, reprend-il d'un ton apaisant, nous irons tout doucement au début. Le monde réel ne te fera aucun mal.

Une question me hante, que je n'arrive pas à formuler avec des mots pour l'instant. Je serre les poings et les ouvre en attendant que la question se formule toute seule. Ce qui finit par arriver.

– À la fin de l'été, est-ce que Marcelo, est-ce que je pourrai décider où je veux faire ma terminale... dans tous les cas ?

– Dans tous les cas ? Je ne comprends pas.

– Tu as dit que si je respectais les règles du monde réel cet été, je pourrais décider où j'irais à la rentrée. Qui décidera si j'ai respecté les règles ou pas ? Je ne connais pas toutes les règles du monde réel. Elles sont innombrables, autant que j'aie pu m'en rendre compte.

– Ah...

C'est Arturo le père qui s'exprime.

– Eh bien, voilà : le monde de l'entreprise a ses règles. Le cabinet d'avocats a ses règles. La salle du courrier a ses règles. Le système judiciaire a ses règles. Le monde réel dans son ensemble a ses règles. Elles déterminent les comportements et la façon dont il faut procéder pour réussir. Réussir, c'est parvenir à accomplir la tâche qui nous a été confiée ou que nous nous sommes fixée. Tu vas devoir t'adapter le mieux possible à un environnement régi par ces règles. À Paterson, c'est l'environnement qui s'adapte à toi : s'il te faut davantage de temps pour terminer une activité, tu en auras. Dans la salle du courrier, un colis devra être expédié à un moment précis, par exemple. En ce qui concerne qui décidera, il me semble qu'il doit y avoir un enjeu pour que l'expérience ait un sens. Si tu te contentes de faire le minimum et de te pointer tous les jours sans manifester le moindre effort, alors là, non, tu ne pourras pas décider de ta terminale parce que tu n'auras pas respecté les règles du monde réel. Je crois qu'à la fin de l'été, nous saurons tous les deux sans le moindre doute si tu y es parvenu ou non. Mais, si pour quelque raison nous ne sommes pas d'accord, je pense que la décision me revient en dernier ressort. Je suis le père et tu es le fils. Je serai ton patron et tu seras mon employé. Est-ce que tout cela est bien clair ?

Je hoche la tête. Je ne mens jamais. Mais cette fois, oui. Arturo a dit quelque chose qui n'est pas clair pour moi.

Arturo attend de voir si j'ai d'autres questions. Il sait qu'il me faut un peu de temps pour traiter les informations. J'ai une dernière question à poser.

– Comment Marcelo réussira-t-il à travailler dans la salle du courrier ?

J'aimerais bien avoir un tableau ou une idée de ce que cela représente pour m'y préparer.

– Toutes les tâches que tu auras à accomplir auront leur propre critère de réussite. Tu as le droit de demander des instructions précises à tous ceux qui te donneront des tâches à exécuter au cabinet. Le succès dépendra de ta capacité à suivre ces instructions. Je sais que c'est assez flou et que tu aimerais plus de précision. Tu dois me faire confiance. Personne ne te demandera de faire des choses au-delà de tes capacités. Tu me fais confiance ? Je me suis toujours montré honnête, non ?

Cette fois, je ne sais pas comment est employé le mot « confiance ». Mais « honnête », oui, je comprends.

– Oui, c'est vrai. Arturo a toujours été honnête.

– Bien. Je vais être franc avec toi. J'espère qu'à la fin de l'été, tu choisiras d'aller au lycée d'Oak Ridge High. Il y a une vie dans cet établissement, une vie saine et normale que tu dois partager. Alors, marché conclu ?

– Il y a des choses que je suis incapable de faire même si je le veux.

– Quoi, par exemple ?

– Il y a tant de choses avec lesquelles j'ai énormément de difficultés. Je ne peux pas me rendre dans un lieu inconnu sans plan. Je me trouble quand on me demande de faire plus d'une chose à la fois. Les gens emploient des termes que je ne comprends pas ou ont des expressions du visage impossibles à décrypter. Ils attendent de moi des réponses que je ne peux leur fournir.

– Peut-être que si tu ne peux faire tout cela, ce n'est pas parce que tu n'en as pas les capacités, mais parce que tu ne t'es jamais trouvé dans la situation où tu devais les faire. Jasmine, la fille en charge de la salle du courrier, t'apprendra toutes les ficelles du métier. Je lui ai parlé de toi. Elle va y aller doucement au début. Mais y aller doucement ne signifie pas que tu ne seras pas obligé de sortir de ta zone de confort.

Je me dis qu'à l'automne je pourrai travailler à plein temps à Paterson, et dresser Fritz et les poneys. Cet été, je pourrai toujours aller voir les poneys tous les week-ends. Arturo me demande en gros de faire comme si j'étais normal, selon ses propres critères, pendant trois mois. C'est absolument impossible, autant que je sache, dans la mesure où j'ai le plus grand mal à ne pas me sentir normal. Pour quelle raison les autres ne pensent-ils pas comme moi et ne voient-ils pas le monde comme je le vois ? Mais d'ici trois mois, tout cela sera terminé et je pourrai enfin être de nouveau moi-même.

– Réfléchis-y. Et donne-moi ta réponse demain matin.

– D'accord. Je vais y réfléchir.

Je me dirige vers ma cabane dans l'arbre. Namu, qui était couché à mes pieds tout ce temps, marche à mes côtés.

– Tu commences à être trop grand pour vivre dans cette cabane, dit Arturo dans mon dos.

Je fais comme si ses paroles n'étaient pas parvenues à mes oreilles.

4

La cabane dans l'arbre était une idée de Yolanda. J'avais dix ans et nous étions en train de regarder un film au sous-sol, *Les Robinson suisses,* quand elle s'est mis en tête que je devrais avoir une cabane dans un arbre. Elle pensait que cela me ferait du bien d'avoir un endroit à moi où je pourrais surmonter ma peur de dormir ailleurs que dans ma chambre. D'après Yolanda, cette cabane me permettrait d'être plus autonome.

Elle s'est mise aussitôt à l'œuvre. Elle a trouvé un site Web consacré aux cabanes dans les arbres et téléchargé les plans de l'une d'elles. Le lendemain matin, elle a apporté ces plans à son école et réussi à convaincre son professeur de travaux manuels que la construction de cette cabane pourrait entrer dans le cadre d'un projet pédagogique.

La construction s'est faite sans difficulté. La classe de Yolanda a même construit une niche au pied de l'arbre pour Namu. Le plus dur a été de persuader Arturo de nous laisser la construire. Il estimait que cette cabane me couperait davantage des autres. Cela n'a pas été simple, mais Aurora et Yolanda ont fini par lui arracher son accord. Je ne sais toujours pas comment elles y sont parvenues. La seule condition qu'a posée Arturo, c'était que l'électricité y soit installée par un professionnel.

On pénètre dans la cabane par une trappe ménagée dans le plancher. Pour y arriver, il faut d'abord grimper à une corde à nœuds de trois mètres, soulever la trappe et se hisser à l'intérieur par la force des bras. J'y suis maintenant, couché sur le lit de camp. Mes poings s'ouvrent et se referment, comme lorsque je suis en colère. Je ne sais pas quoi faire. Je suis trop nerveux pour rester allongé. Je me lève et je m'assieds à mon bureau sur lequel il y a un lecteur de CD, des écouteurs et mon ordinateur portable. Je me lève et ouvre les deux fenêtres. Je retourne m'asseoir et suis sur le point de mettre mes écouteurs lorsque j'entends la voix d'Aurora.

– Ouvre, je vais tomber.

J'ouvre la trappe et la vois qui se tient à peine : elle a un sac en plastique avec un sandwich dans une main et la corde dans l'autre. Je lui prends le sac en plastique et l'aide à monter.

– Pfffui, soupire-t-elle une fois à l'intérieur. On ne peut pas dire que tu encourages les gens à te rendre visite, non ?

Il m'apparaît alors qu'elle n'est montée dans la cabane qu'une seule fois. Le jour où Abba est morte, c'est elle qui est venue me l'annoncer.

– Ça va ?

– Non.

– Ton père m'a dit qu'il t'avait demandé de venir travailler au cabinet cet été.

– Tu savais déjà qu'il allait m'en parler. C'est pour ça que tu as demandé à Harry si tu pouvais lui parler un instant. Tu voulais lui dire que Marcelo n'irait pas travailler cet été à Paterson.

Elle baisse les yeux avant de les lever de nouveau.

– Il était important que ton père soit le premier à t'en parler. Cela fait longtemps qu'il y pense. J'ai dit à Harry que nous l'appellerions demain pour le tenir au courant. La décision t'appartient toujours. Ton papa a dit qu'il t'avait laissé le choix.

– Je veux travailler à Paterson.

– Comprends-tu son point de vue ?

– Je comprends son point de vue, mais il a tort.

– Explique-moi pourquoi il désire que tu travailles au cabinet.

– C'est le monde réel.

Elle rit.

– Tu commences à être bon en matière de grimaces. Elles sont très comiques.

– Je n'ai pas l'intention d'être comique.

– Ton père veut que tu t'essaies à ce genre de travail.

– M'occuper des lettres dans la salle du courrier.

– Il n'y a pas que cela. Il veut que tu te rendes au bureau tout seul, que tu ailles de la gare au cabinet tout seul et que tu rencontres des gens… comme tout le monde. J'ai déjà croisé Jasmine, la fille avec laquelle tu vas travailler dans la salle du courrier. Elle n'a que deux ans de plus que toi. Elle va te plaire.

– Les enfants qui montent les poneys à Paterson sont des gens comme les autres. Harry est complètement comme tout le monde.

Elle se lève, quitte le plancher où elle était assise et prend place sur la chaise de bureau.

– Tu te souviens de la première fois où je t'ai emmené avec moi à l'hôpital ? Tu avais neuf, dix ans ?

– Marcelo avait huit ans la première fois.

– Tu étais aussi jeune ? J'allais rendre visite à Carmen. Tu te souviens de Carmen ? J'y suis allée un samedi, bien que ce soit mon jour de congé, parce que je savais qu'elle n'était pas du tout en forme. Je t'ai donc emmené et t'ai laissé dans la salle de jeux. Quand je suis revenue te chercher, tu étais en train de construire un château en Lego avec deux autres petits garçons. Tu ne leur parlais pas, ni même ne jouais véritablement avec eux. Vous montiez tranquillement tous les trois, côte à côte, le château. Eh bien, tu sais, après ça, tu as fait tout ton possible pour m'accompagner au travail. Tu te sentais bien en compagnie de ces petits enfants.

– Carmen, Joseph, ils sont tous morts.

– Oui. Je pensais que c'était bon pour toi d'être avec d'autres enfants. Et c'était bon pour eux également. Ils t'aimaient bien, même si tu ne leur parlais pas beaucoup. Ta simple présence les apaisait.

– Marcelo les écoutait.

Je ne sais pas pourquoi, mais avec Aurora je passe à la troisième personne.

– Mais après tu voulais tout le temps que je t'emmène. Je pensais que c'était formidable pour toi et les enfants. Mais, aujourd'hui, j'ai des doutes.

– Des doutes.

– Est-ce que c'était bien de te laisser au milieu de tant de souffrances, tant de morts ?

– La souffrance et la mort ne me touchent pas de la même façon qu'elles semblent toucher les autres.

– Ah bon ?

– Elles font partie de l'ordre universel de Dieu.

– C'est qu'en général les jeunes de ton âge ne pensent pas à ce genre de choses. Ils préfèrent être avec leurs amis, s'amuser. Ton père voudrait que tu expérimentes un peu le monde dans lequel vivent la plupart des gens.

– Dans quel monde la plupart des gens vivent-ils ?

– Malgré toutes les souffrances que tu as pu y côtoyer, Paterson et même St Elizabeth sont des lieux protégés. Ce que tu fais à Paterson avec les poneys et les enfants ne t'éloigne pas de ta « zone de confort », comme dit ton père. Cela ne te pousse pas, ni ne t'aide à faire évoluer les domaines qui te permettront de devenir autonome. Tu comprends ?

Il me faut un certain temps pour assimiler tout ce qu'elle me dit.

– Tu penses qu'à dix-sept ans je devrais être plus autonome que je ne le suis ?

– À Paterson, tu te contentes d'être toi-même. Il t'est facile de vivre avec les poneys et les enfants, et d'intervenir auprès d'eux dans la mesure de tes moyens. Le travail au cabinet d'avocats va exiger de nouvelles compétences de ta part, et tu vas te trouver parmi des gens qui ne seront pas forcément toujours gentils.

– Tu penses que je me débrouille bien avec les poneys et les enfants parce que je suis encore un enfant ?

– Tu te comportes comme un enfant. Et c'est ce qui te caractérise.

– Mais ?
– Tu as besoin d'apprendre à survivre.
Elle a l'air triste en disant cela.
– Marcelo a peur.
– Je sais. C'est bien le problème. Tu n'as pas peur à Paterson, n'est-ce pas ?
– Non.
– Donc, ce serait une bonne chose de relever ce défi, comme tu en as déjà relevé un certain nombre à ce jour.
J'ouvre et je ferme les mains précipitamment.
– Je ne veux pas travailler là-bas.
Aurora se tait. Elle ferme les yeux et je crois que les efforts qu'elle a faits pour me convaincre l'ont peut-être beaucoup fatiguée. Quand elle les rouvre, elle demande :
– Est-ce que je t'ai déjà parlé de M. Quintana ?
– Non.
– Quand j'avais ton âge, j'ai travaillé un été comme aide-soignante à l'hôpital Thomas Jefferson d'El Paso. M. Quintana était un vieux monsieur atteint d'un cancer du pancréas. Il se remettait d'une séance de chimiothérapie et attendait de savoir si le traitement avait fait de l'effet. Personne n'y croyait vraiment, car le cancer du pancréas est mortel. Mais il savait qu'à la suite de ce traitement, il se sentirait un petit peu mieux pendant quelques semaines. Après quoi, sa santé déclinerait irrémédiablement. En tout cas, un jour où j'étais en train de nettoyer sa chambre, il m'a demandé si j'avais le permis de conduire : je l'avais. Puis il m'a demandé s'il y avait un moyen que je l'emmène faire un tour à ce parc d'attractions où se trouve le grand

huit le plus terrifiant de tout le pays. Il m'a avoué qu'il n'était jamais monté dans un grand huit. Il était terrorisé, mais il ne voulait pas mourir avant d'avoir connu ça. Au cours de son séjour à l'hôpital, il avait fait la connaissance de deux enfants qui avaient également un cancer, et il voulait les emmener avec lui. Tout ce dont il avait besoin, c'était un chauffeur.

Aurora se tait pour vérifier si j'écoute. Mais elle sait bien que oui, et elle sait aussi ce que je vais lui demander :

– Et alors, que s'est-il passé ?

– Un petit miracle probablement. Je lui ai dit que je l'accompagnerais si ma mère m'y autorisait, sachant pertinemment qu'Abba ne serait jamais d'accord. Mais lorsque j'ai posé la question à Abba, elle n'a pas dit non tout de suite, comme je m'y attendais ; elle m'a répondu qu'elle aimerait bien rencontrer d'abord M. Quintana. Jamais, jamais je n'aurais imaginé, même dans mes rêves les plus fous, qu'elle aurait seulement envisagé de réfléchir à la question.

– Et alors ?

Une partie de moi cherche à deviner pourquoi Aurora me raconte cette histoire, tandis qu'une autre est impatiente d'entendre la fin.

– Elle l'a vu et après elle a dit que c'était d'accord. C'était une réponse incroyable… de la part d'Abba. Mais j'ai pris son accord si prompt comme le signe que cette expédition devait avoir lieu. Alors nous nous sommes lancés dans cette aventure folle, étrange, excitante, douloureuse et gaie à la fois. Un vieux monsieur à l'article de la mort, deux adolescents cancéreux en phase de rémission, d'un an de moins que moi, et une jeune fille de dix-sept ans qui n'avait jamais quitté le Texas. Et tous les quatre en route pour un dernier tour de grand huit.

– Et tout le monde est monté dans le grand huit.

– Le plus impressionnant de tous, un gigantesque grand huit en bois, dans le Tennessee, qui grinçait de partout. Une descente en cinq secondes, force 6 grand G ! Mais avant, il m'a fallu convaincre M. Quintana de commencer par deux autres, plus petits. J'avais peur qu'il n'ait une crise cardiaque s'il montait directement dans le grand. Il était toujours aussi terrorisé en prenant place dans le grand, mais il l'a fait. À l'arrivée, je lui ai demandé comment ça allait, et tu sais ce qu'il m'a répondu ?

– Non.

– Il m'a dit : « Je vous préviendrai quand mes *bolas* seront redescendues à leur place, au fond de mon slip. » Puis il m'a fait un grand sourire et a ajouté : « Maintenant, je peux mourir content. »

Aurora a ri elle aussi à ce souvenir. J'aime bien quand Aurora se permet de dire des gros mots. *Bolas,* je sais que cela signifie testicules en espagnol. (C'est encore une des choses qu'on nous apprend à Paterson.) Mais quand j'ai eu fini de rire, j'ai essayé de deviner la raison pour laquelle Aurora avait décidé de me raconter ce souvenir en ce moment précis. Elle espère certainement que je découvrirai tout seul la morale de l'histoire. Mais cette histoire a plusieurs messages différents, et je ne sais lequel choisir. Aurora essaie-t-elle de me faire comprendre que le cabinet d'avocats ressemble à un grand huit où mes testicules me remonteront jusqu'à la gorge, pour reprendre son image ? Je ne sais absolument pas quel effet cela peut faire, mais j'aimerais autant éviter cette expérience.

Comme elle s'aperçoit que j'ai du mal à répondre, elle me dit :

– C'est pour l'été seulement. Ton père est sincère quand il dit qu'à la rentrée tu pourras décider où tu veux faire ta terminale.

– Aurora.

– Oui.

– Est-ce que les autres me considèrent comme un enfant ?

– Tu ressembles à n'importe quel jeune homme. Mieux. Tu es plus beau que la plupart d'entre eux. Tu es grand, fort et séduisant.

– Comme Arturo.

– Oui.

– Mais parfois je raisonne comme un enfant.

– Tu es comme tu es.

– Si je suis comme je suis, pourquoi ne puis-je travailler dans un endroit où je peux être comme je suis ?

Elle rit en secouant la tête.

– Tu vas acquérir au cabinet d'avocats d'autres compétences et des moyens différents pour te débrouiller dans la vie.

– Différents de tout ce que je peux apprendre à Paterson ?

– Oui.

– Par exemple ?

Elle se tait un instant. Elle prend une profonde inspiration avant de répondre :

– Deux mois après notre expédition, M. Quintana est mort. C'est à ce moment que j'ai décidé de travailler auprès d'enfants atteints du cancer. J'avais toujours eu l'intention d'être infirmière, mais c'est après ce petit voyage, pendant son enterrement, que j'ai décidé quel genre d'infirmière je voulais être. Parmi toutes les possibilités qui m'étaient offertes, c'était celle qui me terrorisait le plus, mais également celle qui me permettrait de déclarer, à la fin de mes jours : « Maintenant, je peux mourir contente. »

« Mais j'ai compris que, pour travailler avec des enfants, j'allais devoir être à la fois douce et forte. Douce et affectueuse envers les enfants, mais forte et dure envers tout ce qui peut accroître leurs souffrances ou réduire leurs chances de guérison. À St Elizabeth, je suis parfois obligée de protéger les enfants contre les médecins arrogants ou désinvoltes. Parfois, je suis obligée de les protéger contre cette prétendue « hygiène ». Je les protège contre les bureaucrates de l'hôpital, les compagnies d'assurances. Je dois les protéger également contre leurs propres parents. Il m'arrive même de les protéger de leurs propres pensées négatives. J'aurais été incapable de le faire si je n'avais pas été adulte, si je n'avais pas été forte, si je n'avais pas été déterminée à me battre pour eux. Tu comprends ?

– Oui.

Et c'est la vérité. Je sais qu'Aurora est à la fois douce et forte.

– Je ne veux pas aller à Oak Ridge High l'année prochaine. Le lycée normal n'est pas fait pour Marcelo. Il ne me convient pas. Aurora vient de dire que Marcelo ne s'intéresse pas aux mêmes choses que les autres jeunes de son âge. À Paterson, les choses auxquelles je m'intéresse ou ma façon de fonctionner importent peu. J'apprends beaucoup plus et mieux dans un environnement où personne ne se préoccupe de savoir si je suis différent. Aurora a pu décider toute seule de ce qu'elle voulait faire. Abba ne lui a pas dit qu'elle ne pouvait pas devenir infirmière. Personne ne l'a empêchée de travailler avec les enfants. Après Paterson, j'ai envie d'être infirmier, comme Aurora, et de travailler avec les poneys haflinger et les enfants handicapés. Je ne vois pas la différence.

Elle sourit.

– Là, tu me fais penser à ton père, l'avocat, quand tu parles.

Puis elle cesse de sourire et hoche la tête pour me signifier qu'elle comprend.

– Tu n'iras pas dans un lycée normal à la rentrée si tu le décides. Et, par la suite, personne ne s'opposera à ce que tu choisisses ta propre voie. Si tu as envie de faire le même métier que ta mère, accroche-toi bien, personne ne t'en empêchera.

– Arturo a dit que je ne pourrais décider que si je parviens à respecter les règles du monde réel pendant trois mois.

– Va travailler au cabinet d'avocats et fais de ton mieux. Un point c'est tout. C'est toi qui décideras.

Elle se lève, approche les mains de ma tête et m'ébouriffe les cheveux.

– Maintenant, aide-moi à redescendre.

Dès qu'elle a touché le sol, je passe la tête par la trappe et l'appelle :

– Aurora.

– Oui.

Elle lève la tête vers moi.

– Marcelo ira travailler au cabinet d'avocats.

– Parfait. Parfait. Ton père veut que tu commences lundi.

– Lundi, ce n'est que dans deux jours.

– Mieux vaut foncer et ne pas trop y penser. Je vais prévenir Harry. À moins que tu ne préfères le faire toi-même.

– Appelle-le ce soir. Il aura besoin de temps pour trouver un nouveau palefrenier.

– Ou une palefrenière, dit Aurora.

– De toute façon, il faudra lui dire que ce n'est qu'un job pour cet été.

– C'est toi qui décideras, dit-elle en agitant la main pour me dire au revoir. Oh ! Je dois quand même t'inscrire à Oak Ridge High la semaine prochaine. Mais cela ne veut pas dire que tu iras. Je l'ai promis à ton père. Je voulais que tu le saches.

– Tu peux inscrire Marcelo, mais c'est inutile. Il n'ira pas là-bas en septembre.

5

J'éteins le réveil après le premier bip. Au cours de ma vie, rares sont les nuits où je n'ai pas dormi, mais cette dernière en est une. Je reste éveillé, immobile dans mon sac de couchage, à écouter les sons étranges qui défilent dans ma tête. La MI était différente cette fois. Elle était confuse, hachée, entrecoupée d'éclairs soudains, comme les traces lumineuses que l'on voit parfois dans le ciel lors des nuits d'orage électrique.

Je n'ai pas réussi à établir mon emploi du temps, ainsi que je le fais d'habitude, car je ne savais pas à quelle heure Arturo et moi rentrerions du cabinet d'avocats. Ce soir, lorsque je connaîtrai l'horaire du train, je pourrai le terminer. Sans emploi du temps pour me guider tout au long de la journée, je me sens perdu. Voici celui que j'ai préparé la nuit dernière pour ce matin :

5 h : réveil
5 h 05 : remémoration
5 h 35 : nourrir Namu
5 h 40 : haltères

6 h : lecture des psaumes

6 h 30 : petit déjeuner (crème aux céréales, sucre roux, banane, jus d'orange)

6 h 45 : douche et habillage

7 h : attendre Arturo pour partir à la gare

Arturo m'a dit que nous prendrions le train de sept heures quarante-cinq à West Orchard, à vingt minutes d'ici en respectant les limitations de vitesse. Arturo dit qu'il peut y être sans problème en dix minutes.

J'effectue toutes les consignes de mon planning comme prévu, et à sept heures je m'assieds dans le fauteuil à bascule, le sac à dos contenant toutes mes affaires pour le cabinet d'avocats à mes pieds.

J'entends les pas d'Aurora dans l'escalier.

– Bonjour, dit-elle en me voyant. Tu es très élégant aujourd'hui.

Aurora me dit exactement la même chose tous les matins, bien que je sois toujours habillé de la même manière : chemise blanche boutonnée de haut en bas (manches courtes l'été, manches longues l'hiver), pantalon de coton bleu (l'été) ou pantalon de velours bleu (l'hiver), chaussettes noires et tennis noires.

– Aurora est très élégante.

Aurora a un pantalon d'infirmière blanc, une blouse vert menthe avec de petits badges jaunes, des chaussettes blanches et des chaussures blanches avec d'épaisses semelles en caoutchouc blanc.

– Je t'ai préparé un déjeuner.

Elle sort un sac en papier du réfrigérateur et me l'apporte. J'ouvre mon sac à dos rouge et range le sac en papier à l'intérieur.

– Merci, Mère, de m'avoir préparé un déjeuner, me rappelle-t-elle.

– Merci, Mère, de m'avoir préparé un déjeuner, répété-je en l'imitant.

Elle s'assied sur le canapé, face à moi.

– Tu es angoissé ?

Je réponds sans la moindre hésitation :

– Oui.

– C'est normal. Tu ne sais pas ce qui t'attend. Mais demain, tu le seras un peu moins et, petit à petit, aller travailler ne sera plus qu'une routine pour toi.

Routine. Chaque fois que j'entends ce mot, je pense à une route, mais pas une grande route, une toute petite route. Je me demande si c'est le fait de changer de route, mes petites routes à moi, qui m'angoisse, ou bien la rancœur persistante d'avoir à faire quelque chose qui ne me plaît pas.

– Dis-moi à quoi tu penses, me presse Aurora. Il vaut toujours mieux dire ce qu'on a sur le cœur.

Je détourne la tête. Je pense que ce ne sont pas simplement Arturo et Aurora qui conspirent contre ma tranquillité d'esprit. Après la nuit que je viens de passer et les bruits qui m'encombrent la tête, j'ai l'impression que Dieu lui-même m'en veut.

– Non, répliqué-je.

Je réponds toujours non quand on me demande à quoi je pense.

– Parfait. Je vais me comporter en mère et te dire un certain nombre de choses que disent les mères en général. Il faut que tu fasses bien attention dans la rue, que tu ne traverses que lorsque le signal « piétons » t'y autorise, comme nous l'avons fait ensemble.

Elle sort un téléphone portable de sa poche.

– Je veux que tu le gardes tout le temps sur toi. J'ai mis en mémoire en raccourci mon numéro de téléphone, celui de ton père, de Rabbi Heschel et de Yolanda. Au dos du téléphone, je t'ai noté les raccourcis. Garde-le sur toi en permanence. Essayons-le pour voir si ça marche.

Elle appuie sur une touche et approche le téléphone de son oreille.

– Allô ? Yoli ? C'est moi. Marcelo s'apprête à partir au travail avec son père. Tu veux lui dire un mot ? (Elle me tend le téléphone.) C'est Yolanda.

– Salut ! crié-je.

– Salut, Mars. Prêt à partir bosser ?

C'est la voix de Yolanda.

– Non.

– Écoute-moi, Mars, ne te laisse pas entamer par ces imbéciles du cabinet. Tu es dix mille fois plus intelligent qu'eux. Approche le téléphone de ton oreille, je ne veux pas que maman entende.

Je colle de toutes mes forces le téléphone contre mon oreille.

– Écoute-moi bien, Mars. Papa m'a aussi fait travailler un été au cabinet d'avocats. C'est tout à fait normal que tu aies quelque appréhension. Ça craint un max. La plupart des avocats sont des connards. Tu sais, tu en as croisé quelques-uns aux barbecues que papa donne tous les étés à la maison. Tu te souviens de Stephen Holmes et de son fils, comment s'appelle-t-il déjà, Wendell ? Tu te souviens de la fois où on a joué au tennis avec eux ? Des connards, tous les deux, le père comme le fils. Mars, tu es toujours là ?

– Oui.

– Est-ce que maman peut m'entendre ?

– Non.

– Parfait. Écoute-moi bien, Mars, tu vas y arriver. J'y suis bien arrivée moi-même. Fais comme ces moines, sur lesquels tu as lu tellement de choses, quand ils entrent au monastère : abandonne tout espoir d'aimer ça. Un été et c'est tout. Ce sera très vite passé. Mais surtout, ne laisse personne t'emmerder. Tu as compris ?

– Oui.

– Qu'est-ce que je viens de te dire ?

– Ne laisse pas ces connards t'emmerder.

– Quoi ? Donne-moi ça ! hurle Aurora en m'arrachant le téléphone. Qu'est-ce que tu racontes à ton frère ? Je te remercie de ton aide ! Non, ce n'est pas vrai. Non, pas tous, en tout cas. C'est bon, je raccroche. Salut !

Aurora est en train de rire quand Arturo entre dans la pièce.

– Allez, on y va, mon grand, me dit-il.

– Vous allez rater le train, les gars, dit Aurora.

– N'importe quoi ! répond Arturo en se servant une tasse de café.

– Il est sept heures trente-cinq, fais-je remarquer en consultant ma montre.

– N'oublie pas ton déjeuner, dit Aurora.

– Au revoir, Aurora, dis-je.

À peine sommes-nous sortis qu'Arturo me retourne face à lui et déboutonne le premier bouton de ma chemise.

– Voilà. Tu n'as pas besoin d'attacher le premier bouton, sauf si tu portes une cravate.

Namu m'emboîte le pas.

– Non, Namu. Namu doit rester à la maison, lui dis-je.

J'aimerais bien que Namu puisse venir avec moi. Je n'aurais aucune difficulté à traverser la rue avec lui. Je me rappelle encore ce que m'a répondu Arturo le jour où je lui ai demandé si Namu pouvait m'accompagner au centre commercial : « Tu n'es pas un handicapé. »

Je m'enfonce dans le siège avant de la voiture de sport d'Arturo. La première explosion du moteur me projette en avant. Arturo jette un rapide regard à sa montre et lance la voiture dans l'allée.

Nous finissons de nous garer quand le train entre en gare. Nous sommes les derniers à monter, et ce uniquement parce que le chef de train nous voit courir et décide de nous attendre. Ma chemise blanche est sortie de mon pantalon et j'essaie de la rentrer tout en parcourant le couloir central, mais le train bringuebale et je dois me retenir à l'épaule d'une dame pour ne pas tomber.

– Pardon, dit Arturo à ma place.

Elle lève la tête et je vois qu'elle a l'air contrariée.

Nous trouvons des places libres en queue de train.

– Je te l'avais dit que nous l'aurions ! dit Arturo tout essoufflé.

– C'est plus reposant d'arriver en avance.

– Au travail comme au travail, mon bonhomme. Fini le repos, maintenant.

Après que le chef de train a pris notre argent, Arturo sort un journal de son porte-documents et l'ouvre en grand sur ses genoux. Demain, il faudra que je pense à prendre un livre. Peut-être parviendrai-je à lire sans avoir mal au cœur comme en voiture. Je me dis que c'est l'occasion idéale pour dire mon chapelet. Je sors le chapelet aux perles de toutes les couleurs qu'Abba m'a donné avant de mourir et je commence à réciter en silence le « Je vous salue Marie », ne bougeant que les lèvres. Je récite toujours mon chapelet en espagnol. C'est ce que je faisais avec Abba et j'ai continué à le faire tout seul dans cette langue.

Arturo replie soigneusement son journal.

– Nous allons passer en revue un certain nombre de choses.

Je termine un « Je vous salue Marie » et je m'arrête.

– Voyons, comment expliquer cela ? Tu vas entrer dans le monde des affaires. Tu sais que je n'ai rien contre ton penchant pour la religion. Je tiens à ce que tu sois pieux. Nous allons à la messe tous les dimanches depuis ta première communion, et même avant. Je te laisse voir Rabbi Heschel bien que tu ne sois pas juif, mais catholique. Je suis à cent pour cent d'accord avec ta passion pour la religion, tes livres religieux, tes prières ou tes remémorations, comme tu dis, avec le fait que tu récites le chapelet en espagnol, entièrement d'accord avec tout ça. Donc, je ne voudrais pas que tu te méprennes sur ce que je vais te dire. Je veux bien que tu sois pieux, mais, en même temps, je veux que tu participes au monde concret du travail quotidien, mon monde, et le tien dorénavant. Et, pour cela, tu dois respecter un certain nombre de règles établies. Dans le monde du travail, les gens se montrent discrets en ce qui concerne leur religion. Ils prient en privé. Ils ne citent pas les Saintes Écritures, à moins qu'il ne s'agisse d'une image, telle que « œil pour œil, dent pour dent », « un aveugle guidant un aveugle ». Tu vois le genre ; des expressions passées dans le langage courant.

– Un aveugle peut-il guider un aveugle ?

– Pardon ?

– La phrase exacte de Jésus était : « Un aveugle peut-il guider un aveugle sans tomber dans un trou ? » Luc, chapitre six, verset trente-neuf.

– C'est exactement ce que je veux dire : il n'est pas d'usage de citer la Bible devant n'importe qui, et encore moins d'indiquer le chapitre et le verset. Je pense que si tu veux tirer profit de cette expérience, tu dois essayer de te comporter selon l'usage.

Je sors de la poche de ma chemise le carnet jaune que j'ai toujours sur moi et j'écris :

« Ne prie pas de façon à ce qu'on voie M. prier. Ne cite pas les Saintes Écritures. Note : Repère les citations religieuses qui sont devenues des figures de style. Celles-ci sont autorisées, même si elles sont inexactes. Ne précise pas la version correcte ni le passage où elles figurent dans la Bible. »

Arturo attend que j'aie fini d'écrire avant de parler.

– Il y a une chapelle à côté de la gare. Je te montrerai où elle est. Tu peux t'y arrêter avant d'aller travailler et y dire ton chapelet si tu en as envie.

Nous ne disons rien pendant cinq minutes. Arturo n'ouvre pas son journal, donc je crois qu'il veut m'apprendre encore d'autres usages courants. Si seulement ces usages étaient logiques. Si seulement les règles étaient aussi simples que « Ne fais rien aux autres qui pourrait les blesser ». Si cela était la seule et unique règle, j'aurais cinquante pour cent de chances de l'appliquer correctement. Je me demanderais, par exemple, si le fait de réciter mon chapelet en silence dans le train pourrait blesser les autres. La réponse serait non, alors je pourrais le réciter. Telles qu'elles sont, les raisons pour lesquelles une chose se fait ou pas semblent arbitraires.

– Pendant que nous y sommes, c'est peut-être le moment de t'expliquer un certain nombre de choses sur le cabinet d'avocats.

C'est bien ce que je pensais : Arturo voulait me faire encore une liste de ce qui se fait et ne se fait pas.

– Un cabinet d'avocats ne ressemble en rien à Paterson. Dans un cabinet d'avocats, c'est l'esprit de compétition qui règne. Je fais concurrence à Stephen Holmes, par exemple. J'essaie de faire entrer au cabinet plus d'affaires que lui et il essaie d'en faire entrer plus que moi. Les associés rivalisent en ardeur et efficacité au travail. Cela ne veut pas dire pour autant qu'ils ne sont pas amis. On peut être ami avec quelqu'un et son rival en même temps. La compétition, la concurrence, est une bonne chose pour tous les partenaires. Plus Stephen travaillera, plus je travaillerai, et mieux. Plus les associés travailleront, plus le cabinet dans son ensemble travaillera. Quand Yolanda a postulé pour entrer à Yale, elle a dû se battre contre des centaines de jeunes qui voulaient aussi s'y inscrire. Elle a travaillé dur et a réussi là où les autres ont échoué. C'est valable pour toi lorsque tu voudras entrer en fac. Tu devras te battre. Mais il faut que tu en aies la volonté. Il ne faut pas que cela te fasse peur. Voilà l'une des choses que j'aimerais que tu apprennes cet été.

Je sors de nouveau mon carnet jaune et je m'apprête à écrire quand je songe à demander :

– Contre qui Mar… contre qui aurai-je à me battre au cabinet d'avocats ?

– Tout le monde. Les gens vont te tester. Ils voudront voir si tu es capable d'assumer ce travail ou si tu es là uniquement parce que tu es le fils du patron.

Je commence à avoir le vertige. Plus et mieux que qui suis-je censé travailler ?

Arturo continue :

– L'esprit de compétition est une attitude. C'est une façon de comprendre que, derrière une action, la motivation peut être l'intérêt personnel, et de savoir y répondre en conséquence.

– Les motivations des gens sont impossibles à comprendre avec certitude.

– Précisément. C'est pourquoi il est utile de partir du principe que la plupart des gens cherchent à te doubler : moi d'abord.

À cet instant, je visualise un groupe de gens au coin d'une rue en train de se passer les uns devant les autres. Arturo a dû remarquer mon air interloqué, car il me dit :

– C'est une expression. Cela signifie que l'on prend en compte avant tout ses propres intérêts.

– Les premiers seront les derniers, dis-je, oubliant que je ne devais pas citer la Bible.

– Dans le monde du travail, les premiers sont les premiers et seront toujours les premiers, et les derniers sont les derniers et ils le resteront.

– Je ne comprends pas. Peux-tu me donner un exemple ?

– Je vais te donner un exemple pratique et très concret : il y a quinze jours, j'ai prévenu Stephen Holmes que tu viendrais travailler au cabinet cet été. Vendredi dernier, il me dit : « Tiens, à propos, Wendell va venir nous donner un coup de main au service juridique cet été. » Tu te souviens de Wendell ?

– Oui. Yolanda dit que c'est un connard.

Je regrette aussitôt d'avoir dit cela. J'espère que je ne vais pas attirer d'ennuis à Yolanda.

Arturo rit.

– Elle a peut-être raison. Mais ce que j'essaie de te faire comprendre, c'est que lorsque Stephen m'a appris que Wendell allait travailler au cabinet, je me suis demandé quelles étaient les motivations de Stephen. Pour quelle raison engage-t-il son fils au cabinet tout l'été alors qu'il est en dernière année à Harvard ? Il peut trouver tous les jobs qu'il veut en ville. Et pour quelle raison Holmes me l'a-t-il annoncé de cette manière ? « Il pourra peut-être emmener ton fils déjeuner de temps en temps », m'a-t-il dit aussi. La réponse est qu'il voulait que je sache et que tout le monde sache que mon fils était…

J'attends qu'il termine sa phrase. Je sais que lorsqu'on s'interrompt au milieu d'une phrase, cela signifie qu'on s'aperçoit tout à coup qu'on ne devrait pas dire ce qu'on s'apprêtait à dire. En fait, la personne a commencé à parler avant de réaliser la portée de ses paroles sur son interlocuteur. C'est pourquoi je pense à beaucoup plus de choses que je n'en exprime et que je suis si lent. Je réfléchis trop à ce que j'entends et à ce que je vais dire, et c'est un gros problème pour la conversation. Naturellement, de temps en temps, des choses m'échappent. Comme quand j'ai répété à Arturo ce que Yolanda m'avait dit sur Wendell. « Il voulait que je sache et que tout le monde sache que mon fils était... » Il faut que je me rappelle de compléter plus tard la phrase d'Arturo, lorsque j'aurai le temps d'y réfléchir.

Le train ralentit et j'entends le grincement déchirant du métal contre le métal. Je me bouche instinctivement les oreilles. Les bruits stridents me sont insupportables.

– On est arrivés, me dit Arturo en m'ôtant les mains des oreilles. Ce que je voudrais que tu comprennes, c'est qu'il faut absolument que tu développes ce que j'appelle « l'intelligence de la rue ». L'une des raisons pour lesquelles je veux que tu travailles au cabinet, c'est que tu peux y acquérir une meilleure compréhension des motivations des gens. C'est comme ça, mon fils. Tous les jours, en allant au boulot, je me dis que je suis un guerrier qui part au combat. Je prends ma tête de tueur; c'est aussi une façon de parler. C'est une façon de dire que je comprends qu'il faudra être attentif aux motivations des uns et des autres, que je devrai me battre, comme dans une guerre, où il y a des gagnants et des perdants. C'est très important que tu découvres cet aspect de la vie.

« Le monde réel. » Voilà ce que je me dis.

6

Arrivé au bureau, je suis Arturo dans la salle du courrier. Une femme se tient devant une énorme photocopieuse. Je sais que c'est une photocopieuse parce que je vois un rayon lumineux qui se déplace d'avant en arrière, comme sur les machines qu'ils ont à Paterson. Arturo dit trois fois « Bonjour » avant qu'elle ne se retourne. Je sens aussitôt son regard me toiser de la tête aux pieds et retour, à l'instar de la photocopieuse. Quand je parviens à la regarder dans les yeux, je suis frappé par leur couleur bleu foncé. « Azur » est le mot qui me vient à l'esprit. Une mèche de cheveux bruns lui retombe sur le visage. Je suis prêt à lui serrer la main, mais elle ne vient pas vers nous.

– Voici Marcelo, dit Arturo avant de me donner une petite tape dans le dos et de s'adresser à moi : Voilà Jasmine. Cet été, tu seras sous les ordres de Jasmine. Fais tout ce qu'elle te demandera de faire. Mais prends garde, elle dévore les petits garçons à son petit déjeuner.

Probablement une image, me dis-je, mais je ne sais pas ce qu'elle signifie.

Dès le départ d'Arturo, Jasmine se retourne et fixe de nouveau la photocopieuse. Peut-être est-elle hypnotisée par le rayon lumineux qui se déplace. Je regarde autour de moi cet endroit qu'Arturo appelle la salle du courrier. C'est une vaste pièce séparée du reste du cabinet par une cloison avec un comptoir comme à la poste. La photocopieuse que fixe Jasmine se trouve contre le mur faisant face à la porte par laquelle nous sommes entrés. Il y a deux bureaux, chacun contre un mur opposé, de sorte que si deux personnes s'y installent elles seront dos à dos. Cette disposition me plaît, à supposer que je doive prendre place à l'un de ces bureaux. Cela me gênerait d'avoir quelqu'un en face de moi.

Le bureau situé à côté de la photocopieuse est en métal gris et plus petit que celui en bois près de la porte. Un lecteur de CD avec des écouteurs branchés est posé sur le grand bureau en bois, et une photo représentant un sommet enneigé est accrochée au mur qui lui fait face. Le reste de la pièce est envahi du sol au plafond par des rayonnages métalliques. Ces rayonnages métalliques sont remplis de gros dossiers bruns. Je remarque que les rayonnages sont munis de roulettes en inox et que ces roulettes sont placées dans des rails qui permettent de les déplacer pour avoir accès à ceux qui sont derrière.

– Tu peux poser ton sac là-bas, dit Jasmine en tournant la tête dans ma direction un bref instant.

De sa main gauche, elle m'indique le petit bureau métallique à côté de la photocopieuse.

J'ôte le sac à dos de mon épaule et le pose sur le bureau. Puis je reste immobile, fasciné par les feuilles de papier que crache la machine par plusieurs fentes. Jasmine ne fait rien d'autre que regarder le faisceau lumineux aller et venir, aller et venir. J'ai l'impression que cela pourrait me plaire de faire des photocopies.

Quand la machine s'arrête, Jasmine prend les piles de papier qui se sont amoncelées.

– Tu peux t'asseoir si tu veux. C'est ton bureau.

– Merci.

Je tire la chaise noire qui est poussée sous le bureau. Comme les rayonnages, la chaise est munie de roulettes en inox. Je m'assieds et la chaise recule aussitôt avec moi dessus.

– Nous allons te trouver un tapis de caoutchouc pour empêcher la chaise de rouler, dit Jasmine.

– Merci.

Je visualise le tapis de caoutchouc que nous avons au fond de la baignoire à la maison et me demande comment ça pourra marcher avec la chaise. Ensuite je vois que de petits morceaux de Scotch sont collés sur le mur devant moi. Peut-être que la personne qui était là avant avait mis une photo. Je me demande si je ne pourrais pas apporter une photo de Namu et la mettre au mur. Sur le joint, entre les moellons du mur, quelqu'un a écrit une phrase en caractères minuscules. Je m'approche pour déchiffrer et voici ce que je lis : « Merde à ce bureau et aux enculés qui y bossent ! » J'ai appris à Paterson ce que veulent dire ces gros mots et qu'on ne doit pas les prononcer, mais on en dit souvent quand on est en colère ou même plein de haine.

Je me retourne furtivement : Jasmine a fini de ramasser les piles de papier et les range à présent dans des classeurs en plastique. Elle s'est installée pour cela au grand bureau qui se trouve derrière moi. Ce doit être son bureau. Je me retourne de l'autre côté. Il y a d'autres choses écrites sur le mur, mais je décide de ne pas les lire. Je me demande si la dernière personne qui était à ma place à ce bureau avait été elle aussi forcée de venir travailler au cabinet.

– Ton père a dit que tu avais un ordinateur portable.

C'est Jasmine qui parle dans mon dos. J'essaie de me retourner, mais ce faisant je roule jusqu'au milieu de la pièce.

– Oh... dis-je.

Jasmine sort de la salle du courrier en silence. Je reste assis sans savoir que faire. Elle revient quelques instants plus tard avec un immense carré de plastique qu'elle laisse tomber par terre devant mon bureau. C'est donc le tapis de caoutchouc dont elle parlait.

– Oui, dis-je.

– Oui, quoi ?

– Oui. Mon père t'a informée correctement. J'ai un portable à moi. Tu veux le voir ?

– Ce n'est pas nécessaire. Il y a une prise sous ton bureau où tu peux te brancher. Je te connecterai au serveur du bureau quand on aura distribué le courrier.

– Merci.

Un sentiment de soulagement m'envahit. Avec mon ordinateur, je me sentirai moins perdu. Si je ne comprends pas ce qu'on me dit, je pourrai chercher. Je me penche pour prendre le portable qui est dans mon sac à dos. Je le pose sur le bureau et l'ouvre. Je me dis que c'est peut-être le moment de montrer à Jasmine tous les logiciels que j'ai.

– Ça ne me plaît pas du tout que tu sois là.

Je mets quelques secondes à réaliser que Jasmine me parle. Je me tourne vers elle.

– Je comprends, dis-je.

Je ne sais pas quoi faire de mes deux mains. Chaque fois que je dis quelque chose que je ne pense pas, mes mains m'embarrassent.

– Tu comprends ?

Je voudrais lui expliquer que je comprends ce qu'elle dit, et non pourquoi elle l'a dit, mais il me faut trop de temps pour trouver comment le formuler.

– Allons distribuer le courrier.

Je la suis dans un angle de la pièce.

– Voilà le chariot à courrier. Tu sais lire, non ?

Je me demande pourquoi elle me pose cette question. Peut-être est-ce une plaisanterie que je ne saisis pas ?

– Oui.

– Quand le courrier arrive ici, tu le ranges dans le dossier au nom de la personne. Les dossiers sont classés par ordre géographique. Ils suivent la disposition des bureaux, donc quand tu fais le tour du cabinet tu n'as qu'à distribuer les dossiers les uns après les autres.

Je me dis que c'est une excellente idée. Elle continue :

– Il y a parfois des lettres qui ne sont adressées à personne en particulier et ce sera à toi de déterminer où il faut les déposer. La plupart sont des prospectus publicitaires. Si tu ne sais pas quoi en faire, mets-les dans cette boîte. Je regarderai plus tard. Il ne faut rien jeter sans que j'aie d'abord regardé, c'est bien compris ?

Cette fois, je comprends parfaitement.

– Oui, dis-je avec assurance.

– J'ai déjà trié le courrier de ce matin. Nous faisons quatre distributions régulières : une en début de matinée, celle que nous allons faire tout de suite, puis à onze heures et demie, une heure et demie et trois heures. Évidemment, si quelque chose nous arrive par coursier, ou en exprès, nous le distribuons aussitôt. Tu vas également distribuer les journaux. À quelle heure penses-tu arriver le matin ?

J'effectue quelques calculs dans ma tête. Il nous faut à Arturo et à moi vingt minutes pour aller à pied de South Station au cabinet, mais nous avons fait un détour pour qu'Arturo me montre où était la chapelle. Le train est arrivé à huit heures vingt, donc si je m'arrête à la chapelle…

– Peu importe, dit Jasmine. Tu trouveras bien un moment pour le faire. Ils peuvent attendre leurs journaux. Mais tu vas venir travailler tous les jours, non ?

– Tous les jours.

Je me demande si les samedis et les dimanches sont inclus. Il arrive souvent à Arturo d'aller travailler ces jours-là. Peut-être a-t-il l'intention que j'en fasse autant.

– Eh bien, allons-y.

Elle pousse le chariot chargé de dossiers verts. Une fois que nous avons quitté la salle du courrier, elle me tend une feuille de papier.

– C'est un plan du cabinet avec les noms des avocats et des secrétaires, ainsi que l'emplacement de leur bureau. Il faut que tu l'apprennes par cœur pour ne pas perdre de temps à chercher les gens. Comme je te le disais, en plus des distributions régulières, tu devras leur apporter les plis par coursier et les exprès dès leur arrivée. Tous ces exprès, plis, colis, etc., passent d'abord par la salle du courrier. Nous les enregistrons, puis nous les distribuons.

Elle attend que je la rejoigne et me regarde.

– Je pense que tu pourras les enregistrer si je ne suis pas là. Tout ce que font ces gens est urgent et doit être fait pour hier.

– Hier est déjà passé.

– Va l'expliquer aux avocats qui travaillent ici.

Nous nous arrêtons à la hauteur du premier bureau. Une femme est assise à une table à l'entrée.

– Bonjour, Marcelo, dit la femme. Tu te souviens de moi ? Cet été, chez toi, au barbecue ?

Je me rappelle son visage, mais pas son nom. En conséquence, dois-je lui répondre oui ou non ? Je décide de répondre oui, puisque c'est en partie exact. Je lui tends la main.

– Ravi de faire votre connaissance, lui dis-je, réalisant aussitôt que ce n'est pas la chose à dire à quelqu'un que l'on a déjà vu.

– Ravie de… refaire ta connaissance, dit la femme. Oh, tu es encore plus beau que ton père.

Elle me toise de la tête aux pieds, comme Jasmine, mais, contrairement à Jasmine, son inspection est plus lente et son regard s'attarde vers le milieu de mon corps.

– Mon Dieu ! M. Holmes amène Wendell, et maintenant nous avons celui-là. Comment une fille peut-elle se concentrer avec tous ces jeunes gens dans le secteur ?

– Tu n'as qu'à garder tes distances, répond Jasmine.

– Ne soyons pas égoïste, réplique la femme.

Jasmine s'éloigne avec le chariot.

– Oh, tu es jalouse parce que tu es rachitique, dit la femme.

Jasmine s'arrête et la regarde.

– Pour ton information, sache que je ne suis pas jalouse, mais que je t'envie. Je t'envie parce que si nous avions un accident d'avion et que nous tombions à l'eau, je n'aurais pas tes bouées de sauvetage, donc pas les mêmes dispositions naturelles à flotter que toi.

– Oh, petite peste !

La femme éclate de rire et fait mine de gifler Jasmine.

Nous avançons. Les bouées. Je sais qu'elles servent à flotter, mais dans ce contexte, je ne vois pas bien ce qu'elles représentent. Je sors le carnet jaune de ma poche tout en marchant et je note : « Quelle différence entre jalouse et envieuse ? » La distinction entre ces deux sentiments intimes m'a toujours posé un problème.

Quand j'ai fini d'écrire, Jasmine s'adresse à moi :

– À ta place, je me tiendrais à bonne distance des secrétaires.

– Comment puis-je leur donner le courrier si je reste à distance ?

– Je veux dire que tu n'as pas à les encourager à être très amies avec toi, surtout celles qui sont célibataires et désespérées, comme Martha, qu'on vient de voir.

– Pourquoi ?

– Parce que Martha n'hésiterait pas une seconde à te sauter sur le râble.

Je pense au passage de la Bible où le prophète Ézéchiel saute sur un tas de crânes et d'ossements. La vitesse à laquelle je découvre de nouveaux concepts me donne le vertige.

– Quel est ton problème, au fait ?

– Il faut me parler clairement. Je ne sais pas ce que veut dire une phrase telle que « te sauter sur le râble ». Si tu étais plus littérale, cela m'aiderait.

– Littérale ?

– Si tu employais les mots au sens propre, littéral, pas métaphorique.

– Mais j'étais très littérale : Martha te sauterait véritablement sur le râble si elle en avait l'occasion.

– Oh !

– Mais je faisais allusion à ton problème mental, la façon dont tu raisonnes. Ton père a parlé d'un trouble cognitif.

– Il a dit ça.

Cela m'étonne de la part d'Arturo qu'il parle de moi ainsi. Il a toujours affirmé que je n'avais aucun problème. Le terme de trouble ou désordre cognitif sous-entend que je ne raisonne pas convenablement ou que je ne perçois pas correctement la réalité. Je perçois parfaitement bien la réalité. Il arrive même que je la perçoive beaucoup plus et mieux que les autres.

– Je suis pratiquement sûre qu'il a employé ces mots-là.

– Trouble cognitif ne représente pas exactement ce qui se passe dans la tête de Marcelo. La réalité, c'est plutôt une tentative excessive d'ordre cognitif.

– Ah oui ? J'aime l'ordre excessif pour ma part. C'est une maladie ?

– Si cela vous empêche de fonctionner en société ainsi qu'une personne normale est censée le faire, alors notre société considère que c'est une maladie.

– Mais la société n'a pas toujours raison, non ?

Je ne lui ai pas répondu car je suis encore en train de penser à la façon dont mon père a décrit mon état. Il m'a appris à toujours remettre en question les étiquettes que les autres veulent me coller. J'hésite quelques instants, puis je me lance :

– D'un point de vue médical, la description la plus proche de mon état est le syndrome d'Asperger. Mais par rapport aux individus présentant un syndrome d'Asperger, j'en possède très peu de caractéristiques, donc ce terme n'est pas vraiment approprié.

– Quelles caractéristiques, par exemple ?

C'est un sujet de conversation que je maîtrise parfaitement, mais que je n'apprécie pas particulièrement. Les explications sur mon état se fondent sur la supposition que la façon dont je me comporte n'est pas normale, et à Paterson j'ai appris au fil des ans que cela ne m'est d'aucune utilité de considérer ainsi mon comportement ou celui des autres enfants qui y résident. Je me considère différent dans ma façon de penser, de parler et d'agir, mais pas comme quelqu'un d'anormal ou de malade. Mais comment expliquer la différence aux gens ? Cela les arrange d'avoir un terme prétendument scientifique. Mais, en réalité, je trouve malhonnête de dire que j'ai un syndrome d'Asperger, parce que les effets négatifs de ma différence sur ma vie sont extrêmement faibles comparés à ceux des enfants qui souffrent véritablement du syndrome d'Asperger ou de toute autre forme d'autisme. J'ai toujours l'impression de faire du tort à ceux-ci en employant le terme médical, parce que ensuite les gens peuvent dire : « Oh, ça n'a pas l'air si grave. Pourquoi en faire toute une histoire ? »

À contrecœur, j'essaie de répondre à la question de Jasmine.

– Les principales caractéristiques du syndrome d'Asperger se situent dans les domaines de la communication et de l'interaction sociale, ainsi que dans un répertoire de passions particulières, centres d'intérêts envahissants et répétitifs. L'Asperger se distingue de la plupart des gens dans ces domaines.

– Ah bon ?

Je sors les mains des poches et reboutonne le haut de ma chemise. Nous sommes au milieu du vestibule, et les gens défilent autour de nous en arrivant au bureau. Certains d'entre eux disent bonjour à Jasmine, mais elle est trop absorbée par ce que je lui raconte pour leur répondre.

– Oui, en règle générale.

– Cela caractérise la majorité des garçons que j'ai fréquentés.

– Oui.

Je prends cette réflexion pour un trait d'humour, de sorte que je m'efforce de rire, mais mon rire ressemble plutôt à une toux.

– Et toi, quelle est ta propre passion envahissante ?

Je remets les mains dans mes poches et serre les poings. C'est toujours le moment le plus épineux. Chaque fois que j'en ai parlé, j'ai eu l'impression qu'une cloison de verre se dressait entre moi et mon interlocuteur. C'est pourquoi j'hésite et me demande jusqu'où je peux me confier à Jasmine.

– Certains utilisent le terme « obsessionnel » au lieu d'« envahissant », mais il n'est pas tout à fait approprié. Il suppose une espèce de compulsion ou d'incapacité à empêcher les mêmes pensées ou les mêmes comportements de se répéter. À Paterson, l'école que je fréquente, nous préférons la formule « passion particulière ou envahissante ». C'est un centre d'intérêt que la personne choisit, car cela lui procure du plaisir ou même de la joie à y penser ou à s'y livrer. Il monopolise l'attention de l'Asperger aux dépens de tout le reste, car il est plus important et plus amusant. Les Asperger dotés de ces passions particulières sont des experts dans leur domaine.

– Comme les horaires des trains ou le calcul mental.

– Ces exemples précis viennent à l'esprit de la plupart des gens. Mais mémoriser les horaires des trains et calculer rapidement sont des manifestations caricaturales : un grand nombre d'Asperger développent des passions qui requièrent une faculté de raisonnement et de compréhension complexe.

– Et toi, alors ?

J'aimerais boire un verre d'eau. Je n'ai plus de salive dans la bouche. Je tousse de nouveau.

– Ma passion particulière est Dieu.

– Pardon ?

– La religion. Ce que l'humanité a expérimenté, dit et pensé au sujet de Dieu. J'aime beaucoup lire ce qui s'y rapporte et réfléchir à tout cela.

– C'est bien ?

– Je ne sais pas si c'est bien ou non, c'est ainsi.

Elle se remet à pousser le chariot, mais très lentement cette fois. Je songe qu'à présent elle me trouve bizarre. Je n'ai plus envie d'être là. À Paterson, personne ne me considère avec suspicion ni ne me tient à l'écart parce que je m'intéresse à la religion. Il faut que je me souvienne de ne pas parler de religion tant que je suis ici. Cela fait peur aux gens. Puis j'ajoute quelque chose :

– C'est ma passion particulière, mais j'aime aussi écouter de la musique. J'ai des centaines de CD à la maison.

Pour une raison que j'ignore, cela n'a jamais été considéré comme anormal. Elle arrête le chariot et me demande :

– Quel genre de musique ?

– On appelle ça de la musique classique. Bach est mon musicien préféré. Le piano est mon instrument préféré. Le violon vient en second. Les morceaux pour piano seul ou violon seul sont ceux qui me plaisent le plus. Parce que, dans ces pièces, je peux entendre toutes les notes et toutes les combinaisons de notes séparément. J'aime beaucoup ça.

– C'est vrai ?

Sa bouche reste entrouverte, comme si elle n'avait jamais entendu une chose pareille. Je crains d'avoir un peu exagéré la description de ma seconde passion particulière.

– Oui.

Je suis content de la voir enfin sourire.

– J'aime aussi les chevaux, surtout les poneys haflinger.

– C'est vrai ?

Elle ouvre grand les yeux, ce qui signifie qu'elle est étonnée.

– Oui. C'est vrai. Cet été, à Paterson, je devais m'occuper des quinze poneys de l'école.

Je réalise qu'en parlant à Jasmine des poneys juste après lui avoir parlé de la religion et de la musique classique, je lui dis qu'ils représentent également une passion particulière, bien que je ne les aie jamais considérés comme tels. Une passion particulière, c'est quelque chose qui absorbe toute ton attention, avec la curiosité, la soif d'apprendre tout ce qu'il y a à connaître sur ce sujet. Je n'ai jamais éprouvé ça avec la MI ni les poneys. La MI est la MI et les poneys sont les poneys, c'est comme ça. J'adore passer le plus de temps possible avec eux, mais je n'ai pas envie de tout savoir sur eux.

Nous nous remettons en marche. Après que nous avons déposé le dernier paquet de lettres, elle me dit :

– Veux-tu savoir pourquoi ça ne me fait pas plaisir que tu sois là ?

– Oui.

– Il y a trois mois, j'avais un assistant. Il s'appelait Ron. En résumé, j'ai dû le renvoyer. Mais même s'il était paresseux, il m'aidait, et après son renvoi, ton père m'a promis que je pourrais le remplacer. J'ai trouvé Belinda qui a travaillé ici un été quand elle était étudiante, et j'étais très contente d'elle parce qu'elle était géniale. Je vais trop vite ?

– Ça ne fait rien.

Elle parle en effet beaucoup trop vite à mon goût. Il y a des mots et des phrases qui m'échappent. Mais à

Paterson j'ai appris à laisser les gens parler, même si je ne comprends rien à ce qu'ils racontent. Les choses s'éclaircissent au fur et à mesure. Il m'a fallu des années d'entraînement pour ne plus demander le sens de chaque mot.

– Donc, au moment où je m'apprête à embaucher Belinda, ton père me dit de n'en rien faire parce qu'il veut que tu travailles ici cet été.

– Je comprends.

– Maintenant, tu es au courant.

– J'ai une excellente capacité de concentration. Si Jasmine me montre comment faire quelque chose, j'apprendrai.

Nous atteignons le bout du couloir. Derrière une cloison de verre, une femme est assise à un bureau plus grand et plus beau que ceux des autres secrétaires. En se regardant dans un petit miroir, elle se met du rouge à lèvres d'une couleur que je n'ai jamais vue. Je crois qu'il s'agit de la couleur « carmin ».

– Voici Juliette, me dit Jasmine. La secrétaire de Holmesy.

– M. Holmes, corrige la femme.

– Peu importe, répond Jasmine.

– Alors, dit Juliette en pinçant les lèvres l'une contre l'autre, c'est toi le nouveau préposé au courrier. M. Holmes m'a dit que tu arriverais aujourd'hui. Il veut te voir, donc je t'appellerai dès qu'il aura un moment de libre.

– Pour quoi faire ? demande Jasmine. Pourquoi Holmesy veut-il le voir ?

– Je ne crois pas que cela te regarde, répond Juliette.

– Il travaille pour moi.

– Et toi tu travailles pour M. Holmes.

– Tu as tout faux, ma belle. Je suis sous les ordres du patron, son père.

– Ça, je n'en ai jamais douté, répond Juliette en retroussant les coins de sa bouche, avant d'ajouter, pour moi : Je t'appelle quand M. Holmes peut te voir. Je suppose qu'il a le même numéro de poste que le jeune voyou qui travaillait avec toi avant, non ?

Jasmine se penche par-dessus le bureau de Juliette et lui brandit son index sous le nez.

– Écoute-moi bien. Je vais te dire exactement ce que je dirai à Holmesy quand je le verrai. Il ne fera aucune des tâches que sa secrétaire, responsable de je ne sais quoi, quel que soit ton titre ronflant, est censée faire. Il ne classera ni ne photocopiera aucun document que tu peux classer ou photocopier à sa place. Il ne sera pas non plus le coursier de Wendell. Tout ce que toi, Holmesy ou Wendell aurez à lui demander devra passer d'abord par moi. Si Holmesy a à te faire faire quelque chose qui est au-dessus de tes capacités intellectuelles, il n'aura qu'à demander à Wendell, là-bas, de s'en charger.

Jasmine montre du doigt le bureau situé en face de celui de Juliette.

Pendant la fraction de seconde où je regarde Juliette, je vois ses narines frémir. Puis elle répond à Jasmine :

– Oliver Wendell travaille avec son père sur l'affaire Vidromek. Il n'est pas là pour faire un boulot réservé aux idiots.

Elle me regarde en prononçant ces trois derniers mots.

Jasmine se tourne vers moi.

– Allons-nous-en avant que je ne perde mon sang-froid et me retrouve en prison.

– Enchantée d'avoir fait ta connaissance, dit Juliette.

Mais quand je la regarde, rien sur son visage ne m'évoque un quelconque enchantement.

Lorsque nous avons regagné le hall d'entrée, Jasmine pousse un gros soupir.

– Cette femme est une véritable salope, au sens strict. Écoute-moi : si elle, ou Holmes, ou le petit Wendell te demandent quoi que ce soit, viens me le dire immédiatement. Tu as compris ?

– Oui. Je connais Wendell. Il n'est pas petit. Il a trois ans de plus que moi.

– Oui, bon d'accord. Il a huit ans d'âge mental.

– J'ai joué au tennis avec lui une fois. Pas vraiment au tennis. Il frappait la balle et je la lui renvoyais.

J'étais sur le point de lui répéter ce que Yolanda m'avait dit ce matin, mais je me suis retenu à temps. Au lieu de cela, je lui ai dit :

– Il est à Harvard.

– Oui, oui ! Et il se croit irrésistible auprès de la gent féminine. La seule chose qui m'amuse de le savoir ici cet été, c'est de voir sa tête d'enterrement. Il déteste être au bureau alors qu'il pourrait faire du bateau, ou autre, mais son père tient à ce qu'il soit là, Dieu sait pourquoi.

– Dieu sait pourquoi.

Je me demande si mentionner Dieu au travail ne se fait pas non plus, comme prier ou citer la Bible. En tout cas, cela ne semble pas déranger Jasmine.

– En attendant, dit Jasmine, voilà pourquoi je t'ai dit que je n'étais pas contente que tu travailles ici.

Il me faut un certain temps avant de retrouver le fil de la conversation que nous avions avant de tomber sur Juliette.

– Il faut que tu saches aussi que je veux bien travailler avec toi parce que ton père m'a donné une prime de deux mille dollars par mois et que j'ai besoin de cet argent. Mais deux mille dollars ou pas, j'aurais quand même préféré avoir Belinda. Maintenant, tu sais.

– Je comprends.

– La première distribution de la matinée est rapide parce qu'il n'y a pas beaucoup d'avocats au bureau. Ils arrivent vers neuf heures et sont capables de travailler jusqu'à point d'heures le soir. C'est une habitude de la maison.

– Je ne suis pas content non plus d'être ici.

Je m'entends prononcer ces mots et je ne suis pas sûr que c'est moi qui les prononce.

– Je préférerais être en train de m'occuper des poneys à Paterson.

Jasmine me regarde fixement un temps infiniment long, puis hoche la tête comme pour m'approuver. Elle ouvre la porte de la salle du courrier et pousse le chariot à l'intérieur.

– Il faut fermer la porte à clé chaque fois que tu sors et que je ne suis pas là. Je te donne une clé. Personne n'a le droit d'y entrer à part toi et moi. Si quelqu'un a besoin d'un dossier, il attend de ce côté-ci du comptoir qu'on le lui donne. Je vais te montrer comment ils sont classés. Les gens avaient l'habitude d'entrer à leur guise et de ranger tout seuls leurs dossiers ; un jour on en a égaré un et le cabinet a été poursuivi pour faute professionnelle. Depuis, plus personne ne pénètre ici, pas même le service du nettoyage. À la fin de la journée, nous sortons les poubelles devant la porte. D'accord ?

– Oui.

– Maintenant, allons brancher ton ordinateur.

7

Jasmine connecte mon ordinateur portable au réseau du cabinet, de sorte qu'à présent je peux recevoir les e-mails de tous les avocats et des employés. À peine a-t-elle quitté la pièce que je décide de chercher sur Internet « trouble cognitif ». Ce terme est contraire à tout ce que j'ai toujours entendu Arturo dire à mon sujet et je suis curieux de savoir ce qu'il a voulu signifier par là. Arturo n'a pas pu penser que j'avais un trouble cognitif, c'est impossible. Il y a tant de maladies mentales graves désignées sous le nom de troubles cognitifs : démence, schizophrénie, paranoïa, hallucinations (auditives ou visuelles). J'en conclus qu'Arturo a employé une formule commode et concise pour décrire une réalité complexe à expliquer. C'est la seule explication rationnelle. Arturo aurait-il insisté pour que je travaille au cabinet, que j'entre dans un lycée normal ou que j'aille à l'université s'il avait pensé que j'étais en dehors de la réalité ? Il s'est battu toute ma vie contre tout ce qui me séparait de la normalité.

J'entends sonner le téléphone de mon bureau. La

sonnerie est forte, plus forte que toutes celles que j'ai jamais entendues, et on dirait qu'elle est enragée.

– Allô, dis-je.

J'entends une voix de femme.

– M. Holmes veut te voir maintenant.

– Maintenant.

– Oui, maintenant. Tout de suite. Il ne dispose que de quelques minutes avant son rendez-vous de onze heures. Si tu pouvais venir immédiatement, ce serait génial.

– D'accord.

Je me lève. Je ne suis pas certain de pouvoir trouver tout seul le bureau de Stephen Holmes. Puis j'entends la voix de Jasmine. Elle était à son bureau pendant tout ce temps et je ne m'en étais pas aperçu.

– Laisse-moi deviner : Holmes veut te voir.

– Maintenant. Il veut me voir maintenant.

– C'est toujours comme ça avec Holmesy : maintenant.

Je reste planté là, l'air embarrassé.

– Qu'est-ce qu'il y a ?

– Je ne sais plus comment on fait pour aller dans son bureau.

Elle se lève et me fait signe de la suivre.

– J'apprendrai où se trouvent tous les bureaux quand je serai revenu. Je voulais le faire après la distribution du courrier, mais j'ai été occupé à autre chose.

Jasmine n'a pas l'air contrarié d'avoir à me conduire jusqu'au bureau de Stephen Holmes. Elle semble plongée dans ses pensées.

– Tu ferais bien d'essayer de mettre Holmesy de ton

côté. Il adore qu'on s'extasie sur son bureau et qu'on reste bouche bée devant tout ce qu'il dit. Bon, c'est là. Quand tu auras terminé, ou plutôt quand Holmesy en aura terminé avec toi, tu tourneras à gauche en sortant, et encore une fois à gauche pour arriver à la salle du courrier. Gauche, gauche, compris ?

– Gauche, gauche.

Puis elle fait demi-tour et s'éloigne. Je suis en face de Juliette qui tape à toute vitesse sur son clavier.

– Entre, dit-elle sans lever les yeux.

J'entre et je vois Stephen Holmes derrière un immense bureau de verre. Tout dans cette pièce semble en verre et extrêmement fragile. Stephen Holmes couvre de la main le micro du téléphone et dit :

– Assieds-toi, Gump, je suis à toi tout de suite.

Au début, je me dis qu'un certain Gump est entré dans la pièce, puis je me rappelle que c'est ainsi que Stephen Holmes m'appelle depuis le jour où j'ai échangé quelques balles avec son fils, Wendell, au barbecue. « Ton fils est un véritable Forrest Gump », avait dit Stephen Holmes à Arturo quand on a eu fini de jouer.

– Qu'est-ce que tu entends par là exactement ? lui avait demandé Arturo.

Je me souviens que tous les invités dans le patio s'étaient brusquement tus.

– Tu sais bien, Forrest Gump quand il joue au ping-pong dans le film…

Je me rappelle qu'Aurora avait obligé Arturo à se rasseoir sur sa chaise. Je me rappelle aussi Stephen Holmes et Arturo, plus tard dans la soirée, sous mon arbre, ignorant que j'étais au-dessus, dans ma chambre. Arturo expliquait à Stephen Holmes qu'il y avait l'électricité dans la cabane et que c'était les camarades de classe de Yolanda qui l'avaient conçue et réalisée. Et il a dit : « Au fait, ne t'avise plus jamais d'insulter mon fils. » Je ne lui avais jamais entendu ce ton-là. Stephen Holmes a gloussé, puis il a répondu : « Ne sois pas si susceptible, Art. »

Le lendemain, j'ai demandé à Yolanda pourquoi Stephen Holmes m'avait appelé Gump et nous avons loué le film *Forrest Gump*. Quand j'ai vu le passage où il devient champion de ping-pong, j'ai compris pourquoi Stephen Holmes m'avait appelé Gump. Ce que je n'ai pas compris, et que je ne comprends toujours pas, c'est pourquoi cela a tellement contrarié Arturo. Le personnage principal de ce film est quelqu'un de très bien.

Stephen Holmes raccroche et pose aussitôt ses pieds sur le plateau de verre de son bureau. Il n'y a rien d'autre dessus que le téléphone et un stylo argenté.

– Assieds-toi, Gump, assieds-toi.

– Je ne m'appelle pas Gump. Je m'appelle Marcelo Sandoval.

– Oui, bien sûr. Asseyez-vous, monsieur Marcelo Sandoval.

Stephen Holmes prononce mon prénom Mar*ch*elo au lieu de Mar*s*elo, comme il se doit.

– Comment va le tennis ?

– Ce n'est pas vraiment du tennis, dis-je en m'asseyant tout au bord d'une chaise noire.

– N'importe quoi ! Tu es un véritable Pancho Gonzales. Hé, tu sais que Wendell travaille ici cet été ; il va m'aider à traiter quelques dossiers. Vous devriez aller tous les deux au club de squash.

– Yolanda m'a appris à lui renvoyer la balle pour qu'elle puisse s'entraîner. J'y arrive quand elle est tout près ; mais quand elle n'est pas envoyée droit sur moi, en général je la rate.

– Tu te débrouilleras très bien au squash. Tu n'as pas besoin de courir après la balle comme au tennis.

– Je ne suis pas bon aux sports de compétition. Marcelo a du mal à se déplacer rapidement. J'ai tendance à trop réfléchir.

– Ça me fait penser à ce que je voulais te dire : j'aimerais que tu donnes un coup de main à Wendell pour le dossier sur lequel il travaille. C'est un garçon brillant, mais il a tendance à négliger les détails, tu sais, organiser, classer, trier. Et il y a des tonnes de photocopies à faire.

– Jasmine m'a dit de voir avec elle avant que je travaille pour vous ou pour Wendell.

– Jasmine, Jasmine. Je ne comprends vraiment pas ce que ton père lui trouve.

Soudain, j'ai très chaud à la tête. Bien que je ne saisisse pas tout, j'ai le sentiment que Stephen Holmes est en train d'attaquer Arturo, chose qui me met toujours en colère. Alors je réponds sans réfléchir :

– Jasmine doit bien travailler pour qu'Arturo l'apprécie.

Je me moque de savoir si ce que je viens de dire, et la façon dont je l'ai dit, est irrespectueuse.

Stephen Holmes sourit. En réalité, ce que Stephen Holmes fait avec ses lèvres ressemble plus à un sourire en coin.

– Elle est certainement bonne à quelque chose si ton père apprécie sa présence, dit-il en grimaçant de nouveau son sourire. Essaie donc de découvrir pourquoi ton père garde Jasmine au bureau. Voilà un bon objectif pour toi cet été. Quoi qu'il en soit, ne t'inquiète pas pour Jasmine. Je m'en charge.

– Marcelo ne s'inquiète pas.

Je suis encore en colère, mais cela commence à passer. Je prends une très profonde inspiration, ainsi qu'on me l'a montré à Paterson.

– Je sais, répond Holmes en riant. J'aimerais bien ne pas m'inquiéter non plus. Ce doit être agréable d'avoir un esprit simple, pas compliqué.

– C'est à votre portée si vous voulez.

– Ah bon ?

– Ce n'est pas difficile de simplifier les processus de réflexion du cerveau. Tout ce que vous avez à faire, c'est empêcher les pensées indésirables de survenir.

– C'est vrai ?

– Je me suis rendu compte que le meilleur moyen d'y parvenir est d'apprendre par cœur un passage de la Bible et de vous le réciter dès que vous voulez empêcher ces pensées indésirables d'entrer.

Je me demande si je dois dire une chose pareille ou pas. Je me rappelle la recommandation d'Arturo de ne pas parler de religion au travail.

Stephen Holmes ôte ses pieds du bureau et les pose sur le tapis rouge sous la table, les deux en même temps. Je sens qu'il me scrute. J'éprouve toujours une sensation de malaise quand je suis en présence de Stephen Holmes.

– Nous pourrions peut-être déjeuner ensemble un

de ces jours et tu me raconteras comment tu fais. Je crois que j'ai une audioconférence qui m'attend depuis dix minutes. Je vais dire à Wendell de t'emmener déjeuner de temps en temps. Il pourra t'apprendre à perdre ton temps, et toi tu lui apprendras à se concentrer. Ce serait pas mal, non ?

Je reste assis, cherchant dans mon répertoire mental le sens de tout ça.

– C'est bon, Gump. Tu peux retourner à la salle du courrier, sous les auspices de la petite protégée de ton père. À propos, comment va Yolanda ? Elle se plaît à Yale ?

Comme Yolanda se plaint en permanence de la difficulté de ses études, je ne sais que répondre. Finalement, je décide de dire oui, même si ce n'est pas tout à fait exact.

– Qu'est-ce qu'elle étudie ? Elle a envie d'être infirmière, comme ta mère ?

– Yolanda veut étudier le cerveau de l'homme. Elle travaille comme assistante de recherche dans un hôpital de New York.

– Bien, bien, bien. Ah bon ? C'est intéressant. Bon, allez, va-t'en. Je dirai à Wendell de t'emmener au club de squash.

À peine ai-je quitté le bureau de Stephen Holmes que je note dans mon carnet jaune le mot « squash ». Je me doute qu'il doit s'agir d'un jeu proche du tennis, mais je ne vois pas le rapport avec les courges.

– Marchelo ! Hé, Marchelo !

Au début, je pense que c'est Stephen Holmes qui me rappelle, mais la voix vient du bureau d'en face. Je m'approche de la porte et vois Wendell assis derrière une pile de boîtes en carton. C'est un Stephen Holmes en plus jeune et plus négligé.

– Mon nom se prononce Mar-se-lo.

Je repense au gros mot que Yolanda a employé au sujet de Stephen Holmes et de son fils, Wendell.

– Ah oui, bien sûr. Assieds-toi, Marcelo, assieds-toi un instant.

– Il faut que j'aille aider Jasmine. Elle va me montrer comment fonctionne la photocopieuse, dis-je en restant debout.

– Une seconde seulement.

Wendell émerge derrière la pile de cartons et enlève un sac en papier de la chaise où il veut que je m'asseye.

– Il faut que je me sorte cinq minutes de toutes ces conneries.

Je m'assieds et pose les mains sur mes genoux. Je voudrais dire quelque chose à Wendell qui semble attendre que j'entame la conversation, mais je ne trouve rien. Malgré des heures d'entraînement à Paterson, j'ai toujours énormément de mal à converser.

– Tu joues au squash, dis-je enfin.

Je suis bien conscient de ne pas avoir énoncé ma phrase sous forme de question.

– J'ai vu que tu parlais au vieux.

– Ton père n'est pas vieux.

– Je le lui dirai de ta part. Il va être content.

– C'est bien d'être content.

Je pense à Jasmine. Jasmine n'est pas contente que je travaille au cabinet d'avocats. Moi non plus, cela ne me fait pas plaisir. L'effort que je dois fournir pour discuter poliment m'ôte toute joie.

– À propos, j'aimerais bien passer mes journées

dans le même bureau que Jasmine. Elle est bonne, non ?

– Bonne.

Comment se fait-il que lorsque je ne comprends pas la façon dont un mot est employé j'aie tendance à le répéter ?

– Tu fais attention à ces choses-là, Marcelo ? Tu sais, quand une femme est agréable à regarder, séduisante ? Est-ce que tu ressens aussi cette pulsion que l'on éprouve quand on voit un beau corps de femme ?

– Non.

Je pense qu'il faut répondre non à cette question. Je suppose que Wendell fait allusion à l'attraction sexuelle.

– Tu plaisantes, hein ?

– Non.

– Ce n'est pas possible. Tu es attiré par les hommes, alors ?

– Non.

– Peut-être que ta testostérone ne te travaille pas encore. Mais ça ne va pas tarder. Ce besoin qu'a le mâle de verser sa semence n'importe où, n'importe quand, autant et aussi souvent que possible, peut-être ne l'as-tu pas encore ressenti. Tu as quel âge, dix-huit ans ?

– J'ai eu dix-sept ans le 26 mars.

– Alors les hormones de l'adolescence doivent être là depuis un petit bout de temps. Ça se voit rien qu'en te regardant. Regarde-toi : tu es presque aussi grand que moi et je mesure un mètre quatre-vingts. Ta voix est plus grave. Tu te rases, non ?

– Oui.

– Tu es bien bâti. Regarde-moi ces biceps.

Wendell m'attrape le bras et le serre. J'essaie de me dégager. Je n'aime pas que les gens me touchent sans prévenir. J'espère que je n'ai pas vexé Wendell.

– Je fais des haltères tous les jours.

Wendell ignore ma réflexion et retourne à son propos originel.

– Tu veux dire que lorsque tu regardes Jasmine ou que tu me regardes, ça te fait le même effet ?

– Vous êtes tous les deux des personnes.

– Mais nous avons des corps différents.

– Vous êtes tous les deux des personnes. Vous êtes fondamentalement pareils.

– C'est profond, Marcelo. Très profond. Si c'est réellement ce que tu ressens et que tu ne te moques pas de moi, je te tire mon chapeau. Mais je ne suis pas totalement convaincu. Je ne te crois pas absolument honnête avec moi.

– Tu n'as pas de chapeau.

C'est une tentative d'humour et de changement de sujet, mais ni l'un ni l'autre ne marchent.

– Tu veux dire que tu n'as jamais (Wendell baisse le ton), jamais eu envie de, tu sais, de faire ça.

Wendell forme un cercle en refermant le pouce et l'index, dans lequel il introduit le majeur de son autre main et le fait aller et venir plusieurs fois.

– Ça.

– Ça.

À présent, Wendell lève le bras très lentement comme un éléphant dressant sa trompe.

Je sais que le geste de Wendell avec son doigt signifie avoir un rapport sexuel et le bras levé représente une érection. Les règles concernant la sexualité et les discussions autour de la sexualité sont floues, imprécises. Je ne sais pas si Wendell plaisante ou s'il a l'intention de parler sérieusement de ce sujet. Je décide que Wendell plaisante vraisemblablement et que je n'ai pas besoin de répondre. Je me lève et je dis :

– Il faut que j'aille aider Jasmine.

– Attends, attends, dit Wendell en me rasseyant. Je ne voulais pas te vexer. J'étais simplement curieux, d'un simple point de vue anthropologique.

– Je n'étais pas vexé.

Et je me relève.

– Attends un instant, dit-il en se levant à son tour. Je vais t'arranger ton col.

Avant que je comprenne ce qu'il est en train de faire, il défait le bouton du haut de ma chemise.

– Si tu dois passer un petit bout de temps avec Jasmine, autant que tu n'aies pas l'air d'un asocial.

De retour à la salle du courrier, Jasmine me tend un papier et me dit :

– J'ai fait la liste de tout ce que tu devras savoir exécuter. Nous commencerons après le déjeuner. Nous passerons l'après-midi à voir ça ensemble, et demain tu te débrouilleras tout seul.

Je vais m'asseoir à mon bureau et je lis le papier que m'a donné Jasmine.

12 h 30 : photocopier, assembler, relier

13 h 30 : aller au palais de justice pour y enregistrer des documents

14 h : scanner

15 h : trier le courrier

15 h 30 : classement et recherche de dossiers

16 h 30 : dernière distribution du courrier (Éviter Martha : son état s'aggrave en fin de journée.)

17 h : rentrer à la maison (Tu viens de passer ta première journée au camp du mini-enfer. Envisage sérieusement d'éviter cela à l'avenir et reste chez toi demain.)

Aurora m'a dit un jour qu'elle savait que j'étais différent dès les premiers mois après ma naissance, parce que, quand j'étais bébé, je ne pleurais jamais. Elle n'avait aucun moyen de savoir si j'avais faim ou mal au ventre jusqu'à ce que je sois en âge de le lui montrer et de parler. Même quand je tombais, et qu'il était évident que je m'étais fait mal, je ne pleurais pas. Lorsque je n'arrivais pas à mes fins, je m'en allais, je boudais ou je piquais une colère. Mais je ne pleurais jamais. Plus tard, à onze ans, quand Abba est morte, je n'ai pas pleuré. Quand Joseph, mon meilleur ami à St Elizabeth, est mort, je n'ai pas pleuré. Il se peut que je ne ressente pas la même chose que les autres. Je n'ai aucun moyen de le savoir. Mais j'éprouve des sentiments. Seulement, ce que je ressens ne déclenche pas de larmes. Au lieu de pleurer, je ressens une solitude incommensurable, comme si j'étais seul au monde.

Voilà pourquoi cela m'a fait un effet si étrange de sentir mes yeux se remplir de larmes en lisant la liste de Jasmine.

8

Tous les matins, cette semaine, après la première distribution du courrier, mon travail consistait à faire le tour de toutes les photocopieuses et imprimantes du cabinet et à les réapprovisionner en papier; je devais aussi laisser des ramettes de papier à proximité des machines. Me déplacer dans tout le bureau avec un chariot rempli de courrier ou de papier pour photocopieuses ou imprimantes est la tâche qui me plaît le moins. Inévitablement, quelqu'un me parlera et j'aurai à lui répondre.

La conversation. Je sais tout de la conversation. Je l'ai étudiée à Paterson et j'ai un certain nombre de réponses toutes faites, ainsi qu'un certain nombre de questions pour les fois où, pour une raison ou une autre, je sens qu'il est nécessaire que j'entame une conversation. Au cours d'interaction sociale, nous avons appris à formuler quatre ou cinq questions concernant les événements de la journée. En lisant le journal ou en cherchant sur nos ordinateurs, nous avons mémorisé des questions sur le temps, le sport, l'actualité. Tous les matins, cette semaine, j'ai consulté une page Web qui présente les événements locaux et j'ai noté quelques questions, en cas de nécessité, du genre « Que pensez-vous des résultats du dernier match de basket de l'équipe universitaire ? ».

Fort heureusement, je n'ai pas eu besoin d'avoir recours à ces questions toutes prêtes. Le matin, quand j'arrive, Jasmine est déjà là. Elle me tend ma liste du jour et nous vaquons tous les deux en silence à nos affaires. Cela me plaît. Je crois que cela convient aussi à Jasmine, car lorsqu'elle travaille à son bureau, elle met ses écouteurs. Mais, de temps en temps, je me demande comment était Belinda et si Jasmine mettait aussi ses écouteurs quand Belinda était là, à ma place.

Ouvrir les cartons et sortir les ramettes de papier, je peux le faire sans trop de concentration. La plupart des tâches au cabinet sont de cet ordre, ce qui me convient, car cela me permet de penser à autre chose, comme maintenant. Je suis en train de me demander si l'on peut avoir ici des discussions sérieuses, et non des conversations sur la pluie et le beau temps. Il m'arrive d'entendre parler les avocats entre eux de leur travail. Ils discutent du contenu des lettres qu'ils reçoivent ou de leurs coups de téléphone ou de ce qu'on leur a dit dans une réunion. J'entends beaucoup de « alors il m'a dit, alors elle m'a dit », et c'est toujours restitué avec beaucoup d'émotion. Je crois que cela représente les « discussions sérieuses » du cabinet, puisqu'en général les conversations ordinaires ne sont chargées d'aucune émotion.

Je me demande comment définir une discussion sérieuse. Celles que j'ai avec Rabbi Heschel le sont, dans la mesure où il est question de Dieu. Celle que j'ai eue avec Aurora après qu'Arturo m'a appris que j'allais travailler au cabinet en était une aussi. Toutes mes conversations avec mon ami Joseph à l'hôpital étaient sérieuses, même si nous ne parlions que de petits riens : nous savions tous les deux que chaque mot était important. Ce que je ne comprends pas, c'est pourquoi je ne fais jamais de distinction entre les conversations sérieuses et les autres à Paterson. Je sais que ce n'est pas logique, mais toutes nos discussions à Paterson sont sérieuses.

– Excuse-moi.

On me parle. Je me retourne et je découvre devant moi la secrétaire de la division n° 18. Je cherche son nom. Division 18. Beth. Elle travaille pour l'avocat Harvey Marcus. Je la regarde sans savoir quoi lui dire.

– Où est Jasmine ?

J'adore ce genre de questions.

– Elle est partie à la poste.

– Merde !

Je ne m'attendais pas à cette réponse. Puis je vois une petite pile de documents sur le comptoir et je comprends qu'elle a un service à demander à Jasmine. Je surprends son regard vers la grosse pendule blanche accrochée au-dessus de mon bureau.

– Je lui ai pourtant dit que j'allais lui apporter des documents à relier impérativement avant onze heures.

Je sais qu'on peut relier des documents, car Jasmine m'a montré la machine qu'on utilise pour cela, mais elle ne m'a pas encore appris à m'en servir.

– Elle sera de retour vers dix heures.

Je regarde la pendule : il est neuf heures et demie.

– Harvey en a besoin pour le conseil d'administration qui se tiendra ici à onze heures.

Je regarde les documents qu'elle a posés sur le comptoir.

– Il n'y a que six feuillets, dis-je.

– Il m'en faut dix exemplaires et chacun devra comporter des onglets et être relié.

Elle ne me regarde pas. Elle écrit quelque chose sur un des petits formulaires posés sur le comptoir. Elle appuie si fort avec son stylo que le papier se déchire.

– Merde ! Me dis pas que c'est à moi que ça arrive !

Je ne pense pas qu'elle me demande réellement de le lui dire. Je ne sais pas ce qu'est un onglet et je ne sais pas me servir de la relieuse, mais je peux faire des photocopies.

– Je peux faire les photocopies, pour commencer.

Elle me regarde.

– Mais tu n'es pas att… je veux dire lent ou je ne sais quoi ?

Comment répondre à cela ? Je sais très bien ce qu'elle a voulu dire avant de s'interrompre : « attardé ». Donc, Beth s'attendait à ce que je sois attardé, lent ou autre, et j'ai dit quelque chose ou proposé de faire quelque chose qui l'a fait changer d'idée. Mais d'où lui venait cette idée ? Qui la lui a mise en tête ?

– Hé, il y a quelqu'un ?

Elle claque des doigts sous mon nez.

– Je suppose que si tu travailles ici c'est que tu peux exécuter le travail, non ?

Je ne réponds pas. Mais je ne pense pas que la conclusion qu'elle tire soit forcément exacte.

– Tu vois ces languettes autocollantes jaunes ? Ce sont les endroits où il faut placer les onglets. Il faut les ôter avant de faire les photocopies, mais ne pas oublier de les remettre pour connaître l'emplacement des onglets.

– Je ne sais pas ce que sont les onglets.

Elle regarde la pendule au mur. Elle fait une grimace. J'ai déjà vu des enfants à Paterson faire ce genre de grimace juste avant de fondre en larmes, de rage et de frustration.

– Je n'ai vraiment pas le temps de t'expliquer. Tiens, j'ai laissé une note. Je suis venue ici à temps pour que le travail soit exécuté à temps. Si le cabinet n'est pas capable d'engager du personnel à la hauteur… ce sera à Harvey de se débrouiller. Moi, j'ai fait ce que j'avais à faire.

Elle ne cesse d'agiter les mains en l'air tout en parlant. Je me demande comment il est possible qu'elle se mette apparemment dans un tel état pour quelque chose d'aussi peu important que des documents à photocopier et à relier.

Jasmine revient à dix heures. Elle pose un sac en plastique sur le comptoir. Elle s'approche et examine les six petits tas de papier que j'ai faits: dix photocopies de chacun des documents que Beth m'a laissés. Je suis sûr qu'elle se demande ce que j'ai fait là.

– Beth.

Je lui tends la note déchirée.

– Il faut mettre des onglets et les relier. Il y a une réunion à onze heures. Elle était très contrariée que tu ne sois pas là.

Jasmine hoche la tête. Contrairement à la plupart

des employés du cabinet, elle garde toujours son calme. Même quand elle est en colère, comme après Juliette, par exemple, on ne peut pas dire qu'elle se laisse emporter. Je m'en rends compte à sa respiration : elle est toujours régulière. Une personne qui est véritablement en colère manifeste des réactions physiques qui durent un certain temps, même après la disparition de l'origine de la colère.

– Tu as commencé à faire les photocopies, dit-elle en prenant la première page de la première pile. Il n'y a pas de table des matières. Comment savoir où il faut mettre les onglets ?

Je vais à mon bureau et je lui montre les six documents que Beth a apportés avec les signets jaunes. Jasmine en prend un.

– C'est comme ça qu'elle les a apportés ?

– Oui. Comme ça, avec des Post-it jaunes pour indiquer les pages où elle voulait les onglets.

– Donc, tu as enlevé les Post-it pour faire les photocopies et tu les as remis sur les originaux qu'a apportés Beth. Tu les as bien recollés sur les mêmes pages, n'est-ce pas ?

Je prends une feuille de papier sur mon bureau et lui montre la liste des numéros des pages où se trouvaient les Post-it. Je n'ai pas besoin de la lui lire. Je m'oblige à regarder Jasmine en face et je vois se dessiner sur ses lèvres un imperceptible sourire.

– C'est bon, allons-y avant que Beth ne nous fasse une dépression nerveuse.

On dirait que Beth a l'habitude de faire des dépressions nerveuses.

Nous nous activons en silence, sauf quand j'annonce

un numéro de page. Jasmine colle les onglets sur toutes les copies et sort la relieuse. Elle me montre comment disposer le document entre deux feuilles de plastique avant de le placer dans une presse électrique qui fait les trous et le relie. Après en avoir relié quelques-uns, Jasmine me laisse la place et me fait signe de continuer.

Je regarde l'horloge. Il est dix heures trente et Beth a besoin de ces documents pour onze heures. Je sais ce qu'il faut faire, mais je ne pense pas pouvoir être assez rapide pour avoir terminé les cinquante-six dossiers en une demi-heure.

– Je ne suis pas sûr, dis-je.

– Sûr de quoi ?

– Marcelo n'est pas aussi rapide que Jasmine.

– Marcelo perd du temps à discuter au lieu de s'y mettre.

Après quoi elle va à son bureau et pose ses écouteurs sur ses oreilles.

La première reliure est ratée. Je n'aligne pas correctement les couvertures en plastique. Je décide de la mettre de côté et de passer à la suivante au lieu de demander à Jasmine ce qu'il faut faire. La seconde est réussie, mais je mets trois minutes pour l'exécuter. Je n'ai qu'un certain nombre de gestes à faire, mais savoir que je suis limité par le temps me ralentit. Et puis je me dis que c'est peut-être la tâche qui m'enverra à Oak Ridge High. N'était-ce pas cela le marché ? « Toutes les tâches que tu auras à accomplir auront leurs propres règles, a dit Arturo. Le succès dépendra de ta capacité à suivre ces règles. »

Je m'arrête. Je respire profondément. Je ferme les

yeux. Je songe au fumier que je débarrasse dans les écuries de Paterson. Je songe au mouvement lent de la pelle, à la brouette que je remplis de fumier que je vide dehors, où un camion viendra plus tard l'emporter encore ailleurs. Harry disait que je pelletais le fumier comme si c'était de l'or, tant j'y mettais de précautions. C'est ainsi que je travaille en ce moment, lentement et méthodiquement, mais avec régularité. Que puis-je faire d'autre ? Marcelo peut-il être quelqu'un d'autre que Marcelo ? Quand je rouvre les yeux, Jasmine s'est retournée et m'observe. Je cherche sur son visage un signe de contrariété ou de colère de ne pas me voir travailler assez vite, mais, non, elle me fixe sans le moindre reproche.

À dix heures cinquante-cinq, Beth se présente au comptoir. Elle commence par inspecter les feuillets que j'ai reliés, puis me regarde et se tourne vers Jasmine.

– Je n'y crois pas !

Jasmine ôte ses écouteurs, mais elle ne se lève pas.

– Tu as parlé ? demande-t-elle à Beth.

– Ne t'ai-je pas noté que Harvey avait une réunion à onze heures et qu'il nous fallait les documents pour cette heure-ci ? Il n'en a pas fait la moitié, et les gens sont déjà arrivés. Harvey en a besoin pour les distribuer dès le début du conseil.

– Harvey aurait dû nous transmettre ces documents un petit peu plus tôt.

– Je les ai apportés à neuf heures et demie. Il y a une heure et demie. Je m'en fiche, j'ai une copie de ma note qui le prouve.

– Regarde-toi, tu vas avoir une crise cardiaque.

Jasmine voit la même chose que moi : Beth est tellement rouge que son visage vire au violet. Elle se retient si fort au bord du comptoir qu'elle a le bout des doigts tout blanc. Elle se met à trembler.

– Pourquoi ne l'aides-tu pas ? Si tu l'avais aidé, ce serait déjà prêt.

Beth est en train de hurler. Je retourne à la relieuse.

– Mais qu'est-ce que tu cherches, hein ? Tu veux qu'il se plante pour récupérer Belinda, c'est ça ?

Je m'arrête pour regarder Jasmine. Je me demande si c'est pour cette raison qu'elle ne m'a pas aidé. Jasmine se lève lentement de sa chaise et marche droit sur Beth.

– Tout le cabinet va t'entendre hurler. Est-ce bien nécessaire ? Harvey aura ses documents d'ici une demi-heure. Il les aurait eus exactement à la même heure si je m'en étais chargée. C'est le travail d'une seule personne. Je ne peux pas l'aider.

Jasmine s'approche de la table où je m'active et prend l'un des documents que je viens de relier.

– Regarde : la reliure est parfaite. Ça n'aurait pas été aussi réussi si ç'avait été moi. Je me serais dépêchée et j'aurais fait des bêtises.

L'espace d'un instant, Beth a l'air de réaliser brusquement que tout le monde a entendu son esclandre.

– Tu t'arrangeras avec Harvey. Moi, j'ai fait ma part. Je les ai déposés dans les délais. J'ai une copie de ma note, dit-elle avant de repartir.

Jasmine se tourne vers moi et secoue la tête. Je ne sais pas ce que cela signifie. Peut-être que je n'ai pas à croire tout ce que Beth vient de dire.

– Merci, dis-je.

– Pour quoi ?

– Pour ne pas avoir dit la vérité à Beth. Les documents seraient reliés si Jasmine s'en était chargée. Jasmine met trente secondes pour relier un document. Il faut à Marcelo deux minutes vingt-cinq secondes au minimum pour réussir une reliure satisfaisante.

– Tu as chronométré ?

– Oui, pour déterminer ma vitesse optimale.

– Ta vitesse optimale.

– À Paterson, on appelle vitesse optimale le temps qu'il nous faut pour effectuer correctement une tâche, en fonction de qui on est. Tout le monde a la sienne.

– Incroyable. En attendant, tu ferais bien d'augmenter ta vitesse optimale pour finir ces documents avant que Harvey ne se pointe, suant et ahanant. Tu as peut-être trouvé que Beth était une tragédienne de première, attends un peu de voir Harvey nous faire son numéro !

– Les documents ne seront pas prêts à temps pour la réunion.

– Mais tu le savais avant. Tout ce que tu avais à faire, c'était multiplier ta vitesse optimale par le nombre de documents qu'il te restait à relier.

– Oui.

– Mais tu n'es pas allé plus vite.

– Non.

– Pour quelle raison ?

– Il était impossible de respecter le délai sans faire d'erreurs.

Elle vient vers moi.

– Ici, tout le monde est convaincu que ses propres délais sont les plus importants. Certains le sont vraiment, d'autres non. Il ne se passera rien, ce ne sera pas la fin du monde, il n'y aura pas mort d'homme et ce ne sera pas non plus la ruine si les documents ne sont pas prêts pour onze heures. Le pire qui puisse arriver, c'est que Harvey ait à dire que les documents ne vont pas tarder à arriver. Mais il ne le dira pas car personne n'aura besoin de discuter de ces documents, ni même de les consulter durant cette réunion. Harvey veut que les gens repartent avec. Donc cette heure limite de onze heures n'existe que pour que Harvey puisse se donner de l'importance : il veut que les rapports soient sur la table quand les gens arriveront parce qu'il imagine que ça va les impressionner.

– Ce n'est pas important d'impressionner les gens.

– C'est extrêmement important !

Elle secoue sa main comme pour indiquer qu'elle a peur, mais elle fait semblant, je le sais.

– La réunion se termine à midi pour le déjeuner. Nous apporterons les documents à ce moment-là et tout ira bien pour Harvey. Je vais voir si je peux lui éviter de péter un câble.

– C'est la faute de Marcelo.

Elle baisse les yeux. Je croyais être le seul à avoir peur de regarder les gens dans les yeux, mais elle aussi apparemment.

– Écoute, il y a des délais pour lesquels les gens risquent, peut-être pas de perdre la vie, mais en tout cas beaucoup d'argent, s'ils ne sont pas respectés. Cela prend un certain temps pour savoir les identifier.

– Même s'il les identifie, Marcelo ne peut pas travailler plus vite.

– Nous allons nous partager le travail, voilà ce que

nous allons faire : tu te chargeras des tâches les moins urgentes et moi des autres.

– J'ai une grande capacité de concentration lorsque je peux travailler à ma vitesse optimale.

J'ai essayé d'être drôle, mais cela ne fait pas sourire Jasmine, alors je lui dis :

– Belinda aurait respecté le délai.

Au départ, je voulais que cette phrase soit une question, mais j'en ai fait une affirmation.

– Oui.

Puis je la vois sortir de la pièce. Elle va tenter d'empêcher Harvey de péter un câble.

9

Je fais des progrès de jour en jour au cabinet d'avocats, progrès selon la définition d'Arturo : être capable d'accomplir avec succès les tâches qui me sont confiées. Je peux circuler dans les rues, si je m'en tiens au trajet que j'ai mémorisé, que je le suis sur le plan que j'ai imprimé sur l'ordinateur et surtout si je ne me focalise pas sur les mots et les bruits de la ville. Il y a des mots partout. Les mots couvrent tout manifestement. Il y a des mots sur les bâtiments et les vitrines, sur les voitures et les vêtements des gens. Il y a des gens assis sur le trottoir, avec une pancarte portant ces mots : « sans abri, ne boit pas ». Si je m'arrête pour tout lire, je n'arriverai jamais au palais de justice où je me rends tous les jours pour enregistrer des documents.

Il se passe la même chose avec les bruits. J'ai l'impression qu'il faudrait couper l'alimentation d'une partie de mon cerveau pour qu'il fonctionne convenablement. Des centaines d'individus n'ont aucun mal à assimiler des sons différents. Ils marchent en parlant au téléphone. Ils évitent les voitures tout en discutant.

Au début, j'étais surpris par le nombre de gens qui parlaient tout seuls dans la rue. C'est Jasmine qui m'a fait remarquer les minuscules micros qui pendaient près de leur visage.

Tous les jours, à l'heure du déjeuner, je vais m'asseoir dans un petit jardin en face de l'immeuble du cabinet d'avocats. Je mange mon sandwich au thon, une barre de Granola et une pomme. J'observe. Dernièrement, je regardais les femmes, en essayant de ne pas les fixer, pour voir si j'étais capable de savoir si elles étaient attirantes. J'imagine que c'est à cause des conversations que nous avons eues, Wendell et moi. En réalité, ce ne sont pas des conversations. Wendell parle et j'écoute. Wendell me fait profiter presque tous les jours de ses vastes connaissances concernant la gent féminine.

Je retourne à la salle du courrier, après déjeuner, quand Wendell m'alpague.

– Juste un instant, Marcelo, s'il te plaît. Je deviens dingue à lire ces conneries.

– Jasmine m'attend pour aller enregistrer les actions en justice, dis-je.

– Dis-toi que tu fais ta bonne action quotidienne, insiste-t-il.

Je m'assieds.

– Sais-tu à quoi j'ai passé mon temps ?

– À lire des conneries.

– Exact. J'ai dû passer en revue trente-cinq boîtes de conneries, à éplucher des mémos, des lettres et des documents en tout genre, la plupart en espagnol.

– Tu parles espagnol ?

– Un peu. J'en ai fait trois ans en classe.

– Je faisais mes prières en espagnol avec ma grand-mère quand elle habitait chez nous.

– Sans blague ? À propos de prières, moi j'en fais pour que Jasmine sorte avec moi. Je ne comprends pas pourquoi elle refuse. Elle t'a déjà parlé de moi ?

Je réfléchis à sa question et décide de ne pas y répondre. Au lieu de cela, je lui en pose une à mon tour. C'est une des choses que m'a apprises Rabbi Heschel : « Quand tu ne veux ou ne sais comment répondre à une question, pose une question. »

– Est-ce que tu trouves que Jasmine est belle ?

Le visage de Wendell s'illumine.

– Tu as frappé à la bonne porte pour poser cette question, mon ami.

Je me demande si qui que ce soit, considéré comme normal, m'a déjà appelé son « ami ». Même Joseph ne m'a jamais appelé son « ami », alors que nous l'étions. Cela me fait plaisir que Wendell m'appelle son « ami ».

– Oui, on peut affirmer sans l'ombre d'un doute que Jasmine est belle.

– Donc, si une femme ressemble à Jasmine, on peut dire qu'elle est belle aussi.

– Ça ne marche pas tout à fait comme ça, monsieur Spock.

Wendell a pris l'habitude de m'appeler ainsi dès que je dis quelque chose de logique.

– Jasmine a une splendide chevelure brune, mais une blonde, une rousse ou même une chauve peut être tout aussi belle. Parfois, être mince est joli, et parfois un homme a envie de quelque chose d'un peu plus consistant. Mais oui, comme point de départ, si une femme ressemble à Jasmine, tu peux affirmer sans risque de te tromper qu'elle est belle. Mais ne te limite pas. Sois large d'esprit, si je puis dire, dans ton appréciation de la beauté.

Wendell rit à ses propres paroles.

– Quelle autre femme est belle ici ?

– Ici, au cabinet, presque toutes les femmes ont quelque chose de séduisant. C'est ce qui sauve cet endroit. À part peut-être la vieille Margie. Mais même elle, on peut dire qu'elle a été belle, oh… il y a quatre-vingts ans…

Les femmes sont la passion particulière de Wendell, me dis-je.

– Il existe trois sortes de beauté féminine, déclare Wendell qui m'évoque M. Rafferty, mon professeur en sciences sociales de Paterson. La Terrienne, l'Élégante, l'Élémentaire.

– Peux-tu me donner des exemples, s'il te plaît ?

Je regrette aussitôt d'avoir posé cette question. J'ai déjà dix minutes de retard par rapport à mon planning et Jasmine m'attend pour aller au tribunal.

– Certainement. Prenons trois belles femmes qui travaillent au cabinet. Chacune représente l'un de ces trois types de beauté. Tout d'abord, tu as Martha, la Terrienne. Les Terriennes ont une poitrine plutôt généreuse, elles sont maternelles. Elles sont naturellement sexy, sans façon, spontanément, et se donnent librement. Le sexe fait partie de leur nature nourricière. L'attirance des hommes pour les Terriennes vient de ce désir de leur petite enfance d'être possédés, tout en suscitant chez ces femmes celui de les protéger.

« En ce qui concerne la deuxième catégorie, Juliette, de l'autre côté du couloir, représente la femme

Élégante. Les Élégantes sont minces en général. Elles sont froides et inaccessibles. Elles sont extrêmement conscientes de leur effet sur les hommes et savent tirer parti de cet avantage. Elles stimulent l'esprit de compétition des hommes. L'attirance se fonde ici sur le besoin qu'a l'homme de conquérir et de soumettre, mais aussi de s'approprier aux dépens des autres. Les Élégantes sont des trophées, des biens ostentatoires. La plupart du temps, le simple fait d'être vu en leur compagnie fait pâlir les autres d'envie. C'est pour cela que mon père a embauché Juliette.

Wendell se tait soudain.

– Jasmine est peut-être un exemple de beauté élémentaire, dis-je.

Wendell sort de sa rêverie et me donne une tape sur le genou.

– Pigé ! Tu apprends vite, mon gars.

Wendell se cale de nouveau sur son siège. Il n'a pas le même ton que lorsqu'il me décrit les différentes sortes de beauté. Il est solennel et grave.

– La beauté élémentaire est moins tributaire des atouts physiques que les autres. Théoriquement, je suppose qu'une femme peut être Élémentaire sans être physiquement séduisante. Tu as déjà entendu parler du tableau périodique des éléments ?

– Oui.

– Qu'est-ce que c'est ?

– C'est la table de tous les éléments chimiques de la matière organisés selon le nombre de leurs atomes.

– Parfait. Pourquoi étais-je sûr que tu connaissais la réponse à cette question ?

– Je l'ai appris à Paterson.

– Excellente école, ce Paterson. Bien, laisse-moi continuer, parce que c'est moi qui ai la main. Tout ce qui existe dans l'Univers est la combinaison de plusieurs éléments de ce tableau.

Je ne suis pas d'accord avec Wendell. Les éléments du tableau périodique concernent les aspects les plus matériels de la réalité, ceux que l'on peut voir et toucher. Mais il existe des énergies, des forces, au cœur de l'atome qui composent aussi cette réalité, et, au-delà, il y a d'autres forces que nous ne percevons pas encore. Je décide de ne pas interrompre Wendell, car s'il me demande d'expliquer, cela pourrait m'amener à lui parler de religion.

– Tu te demandes certainement ce que tout cela a à voir avec la beauté !

En fait, je me demande si les conversations entre amis ressemblent toujours à cela : deux esprits unis par leur intérêt pour un même sujet.

Wendell poursuit.

– La force de séduction de la beauté élémentaire réside en ce qu'elle contient une promesse de satisfaction totale, absolue, pleine et entière, éternelle. La femme qui est dotée de ce genre de beauté ressemble au tableau périodique : elle possède tous les éléments de la féminité, mais de façon sous-jacente, discrète, comme la matière elle-même.

– Jasmine est ainsi ?

Cette fois, je parviens à ce que ma phrase s'entende comme une question.

– Elle est solide. Non seulement son corps est ferme, parce qu'elle fait des haltères toute la journée, mais elle est aussi inébranlable, courageuse, stable, fondamentale, organique. Si tu étais perdu dans le désert avec elle, elle trouverait de l'eau.

– Jasmine fait des haltères, dis-je un peu pour moi-même, et cette idée me fait plaisir.

– Mais ce qu'il y a d'exceptionnel chez ce type de femme, plutôt rare, c'est qu'en dépit de sa force, elle reste éminemment désirable. Oh, mon Dieu ! C'est une érection qui vient du plus profond de l'âme. Voilà pourquoi Jasmine est une Élémentaire.

– Je vois.

Peut-être est-ce la façon incongrue dont Wendell a évoqué Dieu, mais je me sens tout à coup mal à l'aise. Je me lève. Wendell se lève également tout en continuant à parler. La leçon n'est pas terminée.

– Le seul problème avec les Élémentaires, c'est qu'elles peuvent aussi bien se laisser aimer que le contraire. Non qu'elles soient froides et calculatrices, comme les Élégantes. Elles suivent leur propre chemin. Vous pouvez en faire un petit bout avec elles, mais elles garderont leur cap avec ou sans vous. Quand on parle du loup...

Jasmine est devant la porte. Elle me regarde.

– Si je ne vais pas au tribunal avant la fermeture, Riese va piquer une crise.

– C'est ma faute, dit Wendell. Nous étions en train de disserter sur le sens de la vie.

– Il n'est pas là pour travailler à ta place, lui dit Jasmine.

– Tout doux. Je te le laisse.

– Au revoir, mon ami, dis-je à Wendell.

Mais Wendell ne m'entend pas. Il pose une question à Jasmine.

– Tu as pensé à ce que je t'ai demandé ?

– Tu sais ce que ça veut dire « non » ?

Jasmine a déjà fait demi-tour quand elle prononce cette phrase.

Sur le chemin du tribunal, Jasmine me dit :

– Méfie-toi de Wendell. Il ne faut pas se fier à lui.

– Que veux-tu dire ? Qu'a-t-il fait pour que tu dises ça ?

– C'est une impression. Il est entièrement dans l'apparence, comme son père et, à l'intérieur, tout aussi méchant. Je n'ai aucune confiance en lui.

Je me rappelle le moment où Arturo, il y a quinze jours, m'a demandé si je lui faisais confiance et j'ai répondu que oui. C'est vrai. J'ai confiance en Arturo. Je sais qu'il tiendra sa promesse et me laissera décider seul où je veux aller en classe l'année prochaine. Mais ma confiance en lui tient plus de la conviction que de la sensation : je sais qu'il a toujours tenu ses promesses. Je n'ai jamais considéré la confiance comme une sensation physique, mais c'est pourtant ainsi que la perçoit Jasmine.

– Et l'absence de confiance, quelle impression cela fait-il ? lui demandé-je.

– Une impression très désagréable à l'intérieur.

– Désagréable.

– Oui, désagréable. Wendell me fiche les chocottes.

– Les chocottes. Tu peux être plus claire ?

– Est-ce que tu as déjà eu très envie de quelque chose ?

– Oui.

– Quoi, par exemple ?

– Des CD. Je n'en ai jamais assez. Dès que j'en vois un, j'ai envie de me l'acheter, même si je n'en ai pas besoin, même si j'ai déjà le même à la maison.

– Parfait. Eh bien, quand je suis dans le voisinage de Wendell, je ressens exactement la même chose que ce CD, s'il était capable d'éprouver des sensations.

10

Ce matin, pendant que j'attendais qu'Aurora me conduise à la gare, Arturo m'a demandé de prendre mes tennis, un T-shirt et un short. Maintenant, je sais pourquoi. Nous sommes en route pour le club de gym. Je ne savais pas qu'Arturo « s'entraînait », comme il dit, presque tous les jours. Il préfère se dépenser le matin avant d'aller au bureau. Il adore partir seul en voiture, même si je suis réveillé quand il quitte la maison ; c'est Aurora qui me dépose à la gare en partant à l'hôpital. Arturo estime que j'en apprends plus sur le monde réel en prenant le train tous les matins. Peut-être croit-il que je me lie davantage avec les gens dans le train. Mais, la plupart du temps, je fais le trajet en silence, m'efforçant de faire surgir la MI, de moins en moins accessible.

– Comment ça se passe au boulot ? me demande Arturo.

– C'est chouette.

J'essaie de m'exprimer comme Jasmine, mais je n'ai pas la bonne intonation.

– Chouette ? répète Arturo.

Je ne comprends pas pourquoi j'ai tant de mal à retrouver la MI. Il m'est impossible de l'écouter au travail, même les rares fois où je suis assis à mon bureau sans rien à faire. On dirait que la MI craint de se faire entendre de peur qu'on se moque d'elle.

– C'est la première fois que je t'entends dire ce mot, remarque-t-il.

– C'est Jasmine qui le dit.

– Je vois.

Arturo marche en silence. Je préfère. C'est l'heure vers laquelle je descends manger mon sandwich dans le petit jardin en bas de l'immeuble. Cette sortie au club de gym correspond à l'unique heure de la journée où je peux diriger mes pensées à ma guise sans risquer d'être interrompu. J'étais contrarié quand il m'a annoncé ce que nous allions faire pour déjeuner, mais je n'ai rien dit. Je sais que j'ai tendance à être contrarié quand on me demande de faire quelque chose d'imprévu. J'ai fait d'énormes efforts au fil des ans pour réduire l'ampleur et la durée de cette contrariété. Je travaille à cela depuis toujours, aussi loin que je puisse me rappeler.

– Donc vous vous entendez bien, Jasmine et toi.

Cela m'apparaît comme une conclusion et non comme une question, donc je ne réponds pas. Nous attendons au coin de la rue que le petit bonhomme passe au vert pour pouvoir traverser. Ce qui m'ennuie aussi dans le fait d'aller m'entraîner, c'est que je n'en ai aucun besoin. Je soulève des haltères tous les matins, depuis le jour où mon oncle Hector m'a montré comment il faut faire.

– Je t'ai demandé si vous vous entendiez bien, Jasmine et toi.

Donc, c'était une question. J'hésite parce qu'Arturo traverse la rue bien que le petit bonhomme soit encore rouge. Je reste sur le trottoir, mais Arturo me fait signe de le suivre. Je regarde s'il n'y a pas de voiture avant de m'avancer sur la chaussée. Une voiture tourne au coin et se dirige vers nous, mais Arturo ne presse pas le pas. Je lui prends mécaniquement le bras. C'est probablement ce qu'aurait fait un petit enfant.

– Elle ne s'est pas plainte de toi, dit-il au milieu de la rue.

Nous arrivons sur l'autre trottoir. On croirait qu'Arturo parle tout seul. Il me faut quelques secondes pour réaliser qui est ce « elle ».

– Donc tout se passe bien avec Jasmine ?

– Oui, Père.

Est-ce que mon ton est impoli ? Mon intonation est presque toujours la même quoi que je dise, même si dernièrement j'ai réussi à hausser la voix à la fin d'une phrase pour poser une question. La plupart des gens ont du mal à savoir si je suis inquiet et nerveux simplement parce que je leur parle, ou si je le suis parce que je cherche ce que je vais pouvoir leur répondre. Et c'est en effet le cas avec presque tout le monde, excepté Aurora, Yolanda, Rabbi Heschel, les enfants de l'hôpital et ceux de Paterson. Et, maintenant que j'y pense, avec Jasmine non plus. C'est très étrange. Je n'y avais pas songé auparavant. Je me demande comment j'ai fait pour ne pas m'en apercevoir.

C'est vrai qu'Arturo me rend nerveux. Il me questionne en permanence, me pousse à améliorer mes capacités à répondre vite. Je suis nerveux à présent, alors que nous marchons vers le club de gym. Je me demande si cela ressemblera au gymnase de Paterson.

Il ouvre la porte du club et montre sa carte à une jeune femme derrière un comptoir.

– Bonjour, monsieur Sandoval.

– Bonjour, Jane.

Tout le monde connaît mon père, et mon père connaît tout le monde. Personne ne l'appelle Arturo, sauf peut-être Holmesy. Holmesy. Je dois avoir pris ça à Jasmine aussi.

Nous nous approchons des bicyclettes d'exercice et un homme en train de pédaler fait signe à Arturo. Puis il prend une serviette et essuie la sueur sur son visage. Arturo s'arrête.

– Il faut que je vous parle, dit l'homme à Arturo en baissant la voix, comme s'il ne voulait pas qu'on l'entende.

– Ça ne m'étonne pas, répond Arturo.

L'homme étouffe un petit rire.

– Je peux vous appeler cet après-midi ?

– Impossible, dit l'homme.

La peau de son ventre et de ses cuisses est toute flasque et il a des taches brunes sur les bras.

– Je m'envole pour Los Angeles à trois heures, reprend-il. Pourquoi ne prendriez-vous pas un vélo à côté de moi, comme ça nous pourrions discuter quelques minutes ?

– Je suis avec mon fils, dit Arturo en se tournant vers moi. Marcelo, je te présente M. Gustafson.

– Comment allez-vous ? dis-je.

Sa grosse main ne quitte pas le guidon, de sorte que je ne tends pas la mienne.

– Comment allez-vous ? m'imite-t-il, avant d'éclater de rire et de s'adresser à Arturo. Il est mignon, hein ? Tel père, tel fils. Il me reste vingt douloureuses minutes à passer sur cet engin de malheur. J'ai déjà parlé à Holmes, il est d'accord sur le principe. Il faut que vous soyez sur le coup. Vingt minutes, pas plus.

Je regarde la rangée de télévisions face aux bicyclettes. Il doit y avoir une douzaine d'écrans branchés sur différentes chaînes. Puis j'entends Arturo dire :

– C'est bon, j'arrive tout de suite.

Le vestiaire est rempli d'hommes qui déambulent sans le moindre vêtement sur le dos, alors je garde les yeux baissés. Cela ne m'est pas difficile, puisque c'est ainsi que je me comporte en général. Je ne comprends pas comment on peut rester nu devant tout le monde sans ressentir une violation de son intimité. La seule fois où je me suis déshabillé devant quelqu'un, c'était chez le docteur. Je lève les yeux juste assez pour repérer les douches. Je suis soulagé de voir qu'elles sont protégées par des rideaux en plastique que l'on peut tirer.

Arturo a un casier de vestiaire avec une serrure à combinaison. Il m'indique le casier voisin et me dit que je peux y ranger mes vêtements, hormis mon portefeuille, qu'il mettra dans le sien. À Paterson, il n'y a pas de casier dans les vestiaires des garçons. Il y a des patères au mur et on n'a pas à s'inquiéter pour son portefeuille.

Je trouve un tabouret et commence à me changer. Arturo est déjà en short et T-shirt alors que je viens à peine d'enlever mes chaussures et que je déboutonne ma chemise. Un haut-parleur blanc au-dessus de nos têtes diffuse de la musique pop à plein volume. J'essaie de comprendre les paroles de la chanteuse, mais c'est impossible. Je saisis un mot de temps en temps. Sa voix est noyée sous la batterie.

– Je vais aux vélos, m'informe Arturo tandis que j'ôte mon T-shirt. Rejoins-moi quand tu auras fini de te changer.

– J'aimerais bien faire des haltères.

– Je sais, mais j'ai pensé qu'on pourrait passer un petit moment tous les deux. Quand j'aurai fini de discuter avec M. Gustafson, nous nous entraînerons ensemble et bavarderons un peu pour savoir comment ça va.

– Bavarderons.

– Bavarderons. Oui, comme un père et son fils qui parlent de tout et de rien. Je t'attends, d'accord ?

– D'accord.

Après le départ d'Arturo, j'enlève mon pantalon et je le plie soigneusement. Puis j'enfile le short bleu avec le logo de Yale que m'a donné Yolanda. Je m'aperçois que je n'ai pas pris de chaussettes blanches, donc je garde mes noires aux pieds et mets mes tennis. Je songe à la difficulté que j'ai de communiquer avec mon père. C'est la personne au monde avec laquelle j'ai le plus envie de « bavarder ». Nous pourrions nous installer dans le jardin à la maison et avoir des conversations plus ou moins sérieuses, peu importe. Mais cela exige un effort, ou plutôt une absence d'effort qui est au-delà de nos forces. À présent, nous allons « bavarder », et je crois que c'est une bonne chose, mais cela ne me sera pas facile. Je sais très bien ce qui l'intéresse quand il me demande « Comment ça va ? ». Il veut que je confirme qu'il avait raison, que je peux fonctionner dans le monde réel. J'aimerais tant que cela l'intéresse moins. J'aimerais tant pouvoir bavarder avec lui de choses et d'autres, comme avec Rabbi Heschel. J'aimerais qu'il me parle du Bouddha, de Jésus ou de Jacob, de tout ce qui occupe mes pensées.

Je quitte les vestiaires et trouve un vélo libre à côté de mon père. Je commence à pédaler et une série de petites lumières s'allument sur l'écran de contrôle de la bicyclette. Arturo discute avec le gros bonhomme qui nous a dit bonjour à notre arrivée. Des écouteurs reposent sur le guidon. Je les mets, pensant qu'ils diffusent un autre genre de musique, mais ils transmettent le son de la télévision qui est face à nous. Je les enlève. Je veux empêcher la musique stridente qui sort de la centaine de baffles d'entrer, mais à la place je suis attiré par la voix de mon père. Les deux hommes sont obligés de parler très fort pour se faire entendre, donc j'entends parfaitement bien moi aussi ce qu'ils se disent.

– Écoutez, dit M. Gustafson tout en s'épongeant le front avec une serviette blanche. C'est gagnant-gagnant. Nous amenons nos clients à trouver un accord à l'amiable en échange de la somme que nous avons fixée et nous prélevons au passage un petit bonus. Ce qui représente les frais que nous aurait coûté de toute façon la poursuite des hostilités.

Je ne sais pas pourquoi je sens qu'Arturo m'observe. Je me retourne et surprends son regard interrogateur, soupçonneux, plutôt. La suspicion, c'est ce que reflète le plus souvent le visage de mon père. Je détourne la tête et ferme les yeux.

Quelques instants plus tard, j'entends Arturo dire :

– Ça va être difficile de convaincre les gens de Vidromek de négocier. Vous savez bien qu'ils détestent votre cabinet. Ils sont persuadés que vous avez rameuté cinq personnes blessées par leurs pare-brise et que vous les avez plus ou moins incitées à porter plainte dans l'espoir de récolter une somme rondelette. Pour tout vous dire, Vidromek veut que je vous écrase. Ils veulent que je vous extermine par tous les moyens pour vous faire regretter d'avoir intenté ce procès.

– Ne jouez pas les vertueux avec moi. Nous n'avons pas eu beaucoup de mal à « rameuter » des gens, comme vous dites. Mes cinq clients sont sortis du bois sans problème.

– Vous n'êtes pas les seuls à nous poursuivre, vous savez. Il y a toute une bande de chasseurs d'ambulances qui attendent pour récolter les miettes. Nous leur avons dit non à tous, même à ceux auxquels nous aurions pu verser quelques milliers de dollars pour qu'ils nous fichent la paix. Vidromek ne veut d'accord à l'amiable avec personne.

Je m'aperçois que je n'avais jamais entendu mon père parler de ses affaires. Maintenant que je travaille au cabinet, je ne sais toujours pas vraiment ce qu'il y fait.

– Oui, c'est bien le problème. Les autres idiots sont représentés par des nuls. Je suis le seul dont Vidromek ait à s'inquiéter. Vous vous débarrassez de moi et de mes cinq clients, et la voie est libre. Vous pouvez écraser tous les autres.

Arturo baisse le ton.

– Écoutez, c'est très risqué à plus d'un titre, vous le savez. Pour que cela marche, je vais devoir convaincre mon client que vous serez l'unique exception et que nous agirons en toute discrétion. Ensuite nous présenterons les choses sur le papier pour que ça tienne debout. Les risques valent bien le petit bonus, comme vous dites.

– Donc, qu'est-ce que vous me proposez ?

– Je ne veux pas en parler ici. Vous discuterez chiffres avec Stephen. Tout ce qui lui conviendra m'ira aussi.

– Oh, non, Art, ne m'obligez pas à discuter avec Holmes ! Il est aussi vorace qu'un petit cochon !

– C'est pourquoi je le laisse s'occuper des bonus.

– Ah, ah ! Parfait. Je quitte cette salle de torture, et je ne parle pas que des machines !

Je l'entends descendre de vélo et s'éloigner. J'ai tenu les yeux fermés pendant toute la conversation. J'ai essayé de garder le rythme avec les jambes, mais je n'y suis pas arrivé. La discussion entre Arturo et M. Gustafson me préoccupait. Cela me rappelait le moment où j'apprenais le langage des signes. Les enfants, à Paterson, bougeaient les mains si rapidement que je ne percevais qu'un mot par-ci, par-là. Mais cette fois il y avait autre chose : j'ai eu l'impression de surprendre une conversation qui ne m'était pas destinée ou de voir mon père sous un angle que je n'étais pas censé voir.

– Tu es réveillé ou tu dors ?

Je réalise qu'Arturo est en train de me parler et j'ouvre les yeux.

– Réveillé.

– Tu as entendu ce que nous disions, M. Gustafson et moi ?

Pendant une seconde, je suis tenté de dire non, peut-être était-ce la façon dont il avait formulé la question, un peu comme s'il avait voulu que je réponde par la négative.

– Oui, j'ai entendu.

– Et qu'en as-tu pensé ?

– Pensé.

– De cette conversation. Quelle impression t'a-t-elle faite ? Qu'as-tu compris ?

– Je n'ai pas compris tous les termes. Qu'est-ce que ça signifie régler une affaire à l'amiable ?

– Ça veut dire que nous sommes d'accord pour payer les gens qui nous font un procès, sans aller au tribunal. Nous faisons un arrangement avec eux. Nous les payons et ils abandonnent les poursuites.

– Il y avait des mots comme détester et écraser, mais aucune colère entre toi et M. Gustafson.

– Exact. C'est comme ça que ça se passe dans les affaires. Il n'y a rien de personnel.

– Vidromek veut que tu mettes le cabinet de M. Gustafson en faillite. Vidromek déteste M. Gustafson.

– Pas forcément M. Gustafson.

– Détester est un mot très fort. C'est l'envie de blesser quelqu'un physiquement ou émotionnellement par des mots ou des actes. C'est vraiment ce mot que tu voulais employer ?

– Oui. Je crois que c'est ça. Ils ne veulent pas lui faire du mal physiquement, mais ils aimeraient bien l'atteindre financièrement et… peut-être aussi psychologiquement.

– Ils veulent qu'Arturo fasse mal à M. Gustafson financièrement et peut-être émotionnellement.

– Je suis l'avocat de Vidromek, donc, oui, c'est mon rôle.

– Arturo peut faire ça ? Est-ce que tu peux le faire ?

– Oui. Parfois, c'est nécessaire. Tu as cessé de pédaler. Ça ne va pas ?

À proximité des bicyclettes sur lesquelles nous pédalons, Arturo et moi, j'aperçois une fontaine d'eau fraîche.

– Excuse-moi.

Je descends du vélo, me dirige vers la fontaine et me verse de l'eau dans un gobelet en carton de forme conique. Je sens mon cœur battre dans ma poitrine et mon visage est brûlant, comme si j'avais pris un coup de soleil. Je sais que ce n'est pas le vélo. J'ignore comment ça m'est arrivé. C'est une drôle d'impression. Comme le jour où j'ai porté la main à ma poitrine et que je me suis aperçu que j'avais perdu la croix qu'Abba m'avait donnée avant de mourir.

– Ça va ?

Je sens la main d'Arturo sur mon épaule et je me dégage aussitôt.

– Oui. Je voudrais faire des haltères à présent.

Je sens le regard d'Arturo posé sur moi. Il se demande à quoi je pense.

– Avant, tu m'as posé des questions sur moi auxquelles je n'ai pas répondu.

– Lesquelles ?

– Tu m'as demandé comment ça se passait au travail. Puis tu m'as demandé si nous nous entendions bien, Jasmine et moi.

– Exact. Tu as une bonne mémoire.

– J'aimerais répondre à tes questions maintenant.

Ça se passe bien au cabinet. J'arrive à exécuter les tâches qu'on me confie, bien que je sois un peu plus lent que prévu pour certaines. Je n'aime toujours pas y travailler. Quant à ta deuxième question : Jasmine et moi nous entendons bien au sens où nous ne nous disputons pas, qu'elle est gentille avec moi et qu'elle ne me reproche pas mes erreurs. Je suis néanmoins certain qu'elle préférerait avoir Belinda pour l'aider. Ce n'était pas juste de lui donner Marcelo alors qu'on lui avait promis Belinda.

– Eh bien, voilà un excellent résumé de la situation. Ne t'en fais pas pour Belinda. Et vous n'avez aucun besoin Jasmine et toi d'être amis, ni même de parler d'autre chose que du travail en cours. Tu devrais plutôt te rapprocher de Wendell. Il peut t'être utile. Allez, vas-y. Va faire des haltères. Je reviens te chercher quand c'est l'heure.

Je me dirige vers l'endroit où sont entreposés les poids et haltères. Je ne suis pas certain d'avoir eu avec mon père le genre de conversation qu'il espérait, comme un père et un fils qui passent un petit moment ensemble à parler de tout et de rien.

11

La tâche la plus stressante que j'ai à accomplir au cabinet, c'est l'enregistrement des documents au palais de justice. C'est véritablement stressant, car les avocats, pour une raison que j'ignore, ne sont pas capables de me les remettre avant la toute dernière minute. Il faut à Jasmine trente minutes au minimum en marchant vite pour apporter les documents au palais de justice et faire tamponner la date et l'heure par le greffier. Moi, il me faut deux fois plus de temps. Voilà pourquoi c'est Jasmine qui gère les affaires très, très urgentes ou qui m'accompagne, comme aujourd'hui.

Une fois arrivés au palais de justice, nous devons nous rendre au greffe, où il y a toujours la queue. On dirait qu'arriver à la dernière minute est la règle pour tous les cabinets d'avocats. Jasmine et moi attendons derrière trois autres personnes en fixant les aiguilles noires de la pendule blanche qui se rapprochent de cinq heures. Nous y sommes allés ensemble aujourd'hui parce que Juliette ne nous a remis les documents qu'à seize heures trente-cinq.

– Je suis sûre qu'elle l'a fait exprès, affirme Jasmine en parlant de Juliette.

– Pourquoi aurait-elle fait ça ? Si les documents ne sont pas enregistrés à temps, c'est Stephen Holmes et son client qui en pâtiront.

– Pour nous attirer des ennuis. Ça ne m'étonnerait pas de sa part. « Je les leur ai déposés largement à temps », ajoute Jasmine en singeant la voix haut perchée de Juliette.

Je ne m'inquiète pas pour l'heure : j'ai déjà accompagné Jasmine au greffe, et j'ai vu la façon dont l'assistant greffier, qui s'appelle Al, s'adressait à elle. Il est toujours très chaleureux. La dernière fois, il a pris les documents alors qu'il était dix-sept heures passées de trois minutes, et il a réussi à les enregistrer à seize heures cinquante-neuf. Je le vois sourire à Jasmine tout en tamponnant les documents des autres clients.

– Est-ce qu'Al est ton petit ami ?

Jasmine me dévisage comme si elle ne m'avait jamais vu.

– Noooonnn, dit-elle.

– Il t'aime bien.

– Qu'est-ce qui te fait dire ça ?

– Il te regarde tout le temps et te sourit, et il est gentil avec toi, mais pas comme avec les autres. Quand je suis venu tout seul mercredi, j'ai essayé de voir s'il était aussi gentil avec moi qu'avec toi. Eh bien, non : il ne m'a pas souri ; pas une seule fois.

Nous avançons d'une place dans la queue.

– Ah bon ? Mmm. J'ai toujours cru qu'il était gentil avec tout le monde.

– Jasmine sait-elle qu'elle est belle ?

– « Jasmine sait-elle qu'elle est belle ? » Qu'est-ce que c'est que ces questions ? Comment est-on censé répondre à cela ?

– C'est juste une question.

Nous allons être parfaitement dans les temps. Al travaille à toute vitesse. Il vient de tamponner les quinze documents de la femme devant nous en trente secondes. À présent, il hoche la tête en souriant à Jasmine. Jasmine ne semble pas faire attention à lui. Peut-être réfléchit-elle à ma question.

– Comment dois-je répondre à ça ? C'est vraiment une question idiote, dit-elle, mais elle n'a pas l'air fâché.

C'est notre tour, et je décide d'observer Al le plus attentivement possible. J'arrive très bien à regarder tout en gardant la tête baissée, tandis que mes yeux bougent en tous sens. Les gens croient que je ne fais pas attention à eux, mais c'est faux. Il faudrait que je travaille là-dessus, parce que c'est un peu gênant, mais c'est parfois utile. Ça me permet d'observer sans qu'on s'en aperçoive.

Al semble troublé en présence de Jasmine. Il tient le document des deux mains en lui demandant comment s'est passée sa journée : le papier tremble.

– Je suis désolée d'arriver à la dernière minute, lui dit Jasmine. Vous savez comment c'est…

– Oh, je vous en prie, il n'y a pas de problème, pas de problème du tout.

Mais je vois bien que les joues d'Al sont passées du rose au rouge. Il semble incapable de lever la tête et de regarder Jasmine dans les yeux, comme s'il était face au soleil. Puis j'observe Jasmine : elle se comporte avec

Al comme avec n'importe qui. Elle sourit rarement. Elle est concentrée sur ce qu'elle fait comme un rayon laser. Elle est polie avec les gens, dit « s'il vous plaît » et « merci » dès que la situation l'exige, plaisante avec eux ou les remet à leur place quand on la cherche, mais elle a toujours l'air de réagir, sans jamais prendre l'initiative, et ses réactions sont parfaitement mesurées. On dirait un soleil qui ne voudrait pas briller trop fort.

Une fois dehors, alors que nous descendons les marches du palais de justice, elle me dit :

– Si nous nous dépêchons, tu peux encore avoir ton train.

– Je rentre en voiture avec Arturo aujourd'hui.

C'était le jour du bilan des progrès de Marcelo.

– Ton père finit tard.

Je remarque que Jasmine ne marche pas au même rythme que d'habitude.

– J'ai pris un livre.

Jasmine hoche la tête. Nous marchons côte à côte en silence. Jasmine réfléchit à cet instant précis. À quoi pense-t-elle ? Voit-elle défiler ses pensées sur un écran, comme moi ?

– Qu'est-ce que tu lis ?

Sa question me désarçonne. Je m'attendais à ce que nous rentrions au cabinet sans échanger une parole, comme d'habitude. Mais, en plus, je ne m'attendais pas à une question pareille de la part de Jasmine.

– Un livre que m'a prêté Rabbi Heschel. Ça s'appelle *Dieu en quête de l'Homme*. Il a été écrit par Abraham Joshua Heschel, mais il n'a pas de lien de parenté avec Rabbi Heschel.

– Qui est Rabbi Heschel ? Je croyais que tu étais catholique. Je t'ai vu dire ton chapelet à ton bureau… quand tu croyais que personne ne regardait.

– Oh…

Une vague de chaleur me traverse tout le corps. J'ai l'impression d'avoir été surpris en train de faire quelque chose de mal. C'est très étrange, car, jusqu'à présent, j'ai toujours pensé que c'était bien.

– Ne t'inquiète pas. Je ne le répéterai pas à ton père, dit-elle avec un sourire.

Elle a dû voir mon air inquiet.

Je hoche la tête. Je suis content qu'elle m'ait surpris à dire le rosaire et ne m'ait fait aucune réflexion sur l'instant.

– Ma famille va à l'église catholique. Pas toute la famille. Aurora ne vient pas avec nous. Elle est croyante à sa manière. Elle ne va pas à l'église, c'est tout. Depuis que Marcelo est petit, il a toujours aimé lire des livres sur les religions. Rabbi Heschel travaille avec Aurora à St Elizabeth. Je vais la voir tous les quinze jours. Nous discutons des textes religieux que je lis. Parfois, nous nous concentrons sur un texte précis, parfois, nous sautons de l'un à l'autre. En ce moment, nous lisons les psaumes.

– Ma mère adorait les psaumes. Elle en connaissait plein par cœur.

– Moi aussi.

Quel bonheur de pouvoir parler de ma passion particulière. Je prends garde à ne pas monopoliser la conversation, ainsi que j'ai tendance à le faire quand je parle de ce que j'aime le plus, et à poser aussi des questions. Je me demande si Jasmine est croyante, mais c'est une autre question que je lui pose.

– Tu as utilisé l'imparfait pour parler de ta mère. Tu as dit que ta mère *aimait* les psaumes.

– Elle est morte il y a quatre ans.

Jasmine fixe un feu rouge. Quand quelqu'un vous dit qu'un parent est mort, vous êtes censé répondre que vous êtes désolé. Je suis sur le point de le dire, quand Jasmine intervient.

– Tu te débrouilles nettement mieux pour le courrier.

Elle change de sujet, mais, de temps en temps, les gens sont contraints de le faire pour éviter les souvenirs douloureux. Je vais dans son sens.

– Est-ce que Marcelo est mieux que Belinda ?

– Non.

La réponse de Jasmine est très rapide, plus rapide que je ne l'aurais cru.

– Mais le travail de Marcelo est parfait, ajoute-t-elle.

Un léger sourire apparaît sur ses lèvres avant de s'évanouir.

– Est-ce que ça te plaît un peu plus ? De travailler au cabinet, je veux dire ?

– Non.

Mon « non » est aussi prompt que celui de Jasmine, et cela m'étonne. Puis je pense à demander :

– Est-ce que Jasmine aime travailler au cabinet ?

– Bof…

Là encore, sa réponse est immédiate.

– Que signifie « bof » ?

Je fronce le nez comme elle en disant cela.

– Ça veut dire que ça peut aller. C'est un boulot. Tout bien considéré, il n'est pas trop mal. Il y a pire. Quand je suis arrivée ici, il y a deux ans, j'étais l'assistante de Rose, la vieille dame qui était là depuis que ton père avait ouvert le cabinet. Un an plus tard, Rose a pris sa retraite pour être avec son mari. J'ai posé ma candidature pour ce poste. J'avais vu travailler Rose et je savais que je pouvais me débrouiller, mais il y avait des tas de gens au cabinet pour penser qu'une fille de dix-huit ans était trop jeune pour prendre la responsabilité de payer les factures dans les délais, d'établir celles du cabinet, de suivre les besoins en fournitures, bref tout ce qu'on fait. J'ai convaincu ton père de me prendre à l'essai et il m'a donné ma chance.

– Tu ne l'as pas déçu.

– Sûrement, parfois. Ç'a été dur avec Ron. Il n'est resté ici que six mois, mais ç'a été difficile. Il était plus âgé que moi, et ça n'a pas été simple d'être son chef et de me faire respecter.

Nous marchons en silence le long d'un pâté de maisons. Je repense à ce qui est écrit sur le mur devant mon bureau.

– Ron n'aimait pas travailler au cabinet.

– Non.

Jasmine me regarde comme si elle avait du mal à se décider. Puis elle s'adresse à moi d'une façon que je ne lui connais pas. Tentative prudente. Voilà ce que je pense en l'écoutant parler.

– Il y a un parc tout près où j'aime bien aller. Tu veux qu'on y aille ? Je voudrais te montrer quelque chose. Tu seras rentré à l'heure pour rejoindre ton père, mais tu n'auras peut-être plus le temps de lire ton livre. Ça te va ?

– D'accord.

Me promener dans les rues avec Jasmine ne me fait pas du tout peur, et je crois que parcourir la ville avec elle, écouter ses bruits, sentir ses odeurs, c'est quelque chose qui aurait plu à Abraham Joshua Heschel. J'ai envie de lui prendre le bras pour pouvoir marcher et parler plus commodément, mais j'ignore s'il est permis de toucher quelqu'un comme Jasmine. Qu'est-elle au juste ? Mon amie ou ma chef ? Suis-je pour elle ce qu'était Ron ? Sauf qu'elle n'a pas besoin de s'assurer de mon respect.

– Le jardin que je veux te montrer est à quelques blocs d'ici.

Nous marchons sur les trottoirs, le long des rues encombrées de voitures. Il n'est pas facile non plus d'avancer sur les trottoirs, également encombrés de gens qui se hâtent d'aller prendre leur train ou leur bus, je suppose, ou simplement de quitter leur travail le plus vite possible. Mais à mesure que nous nous éloignons du centre de la ville, il y a davantage d'espace et je peux marcher aux côtés de Jasmine sans bousculer les passants pressés. Je décide de lui dire ce que j'ai gardé dans un recoin de mon cerveau depuis que nous sommes entrés au palais de justice.

– Ce n'était pas une question idiote.

– Quoi donc ?

– Marcelo voulait vraiment savoir si Jasmine savait qu'elle était belle.

– Mais c'est quand même une question idiote. Pourquoi demandes-tu cela ?

– Les hommes trouvent que Jasmine est belle.

– Quels hommes ?

– Wendell.

– Tout doux, mon cœur, tu bats trop vite ! s'exclame-t-elle en posant la main sur sa poitrine et imitant les battements d'un cœur.

– Cela s'appelle du sarcasme.

Il n'y a pas de quoi être particulièrement fier d'avoir reconnu son ironie, mais je le suis.

– Si tu me demandes ça à cause de Wendell, laisse tomber. Wendell perd complètement la boule dès qu'il s'agit des femmes.

J'adore cette expression, même si je ne suis pas d'accord. En fait, Wendell a plus de boules qu'il ne lui en faut quand il s'agit des femmes.

– D'autres hommes regardent Jasmine. Al, tous les avocats du cabinet. Ils te regardent comme on regarde les étoiles dans la nuit.

– Et tu es poète en prime ?

Jasmine rit. Son rire est nouveau pour moi. C'est un rire de petite fille. Je ralentis le pas. J'ai du mal à parler et à marcher en même temps. Jasmine ralentit elle aussi.

– Qu'est-ce qui rend les femmes belles ? De les regarder ?

– Je ne sais pas.

Je ne sais soudain plus quoi dire. Puis il me vient une idée. Si Jasmine est effectivement belle, ce doit être dur pour elle de se faire remarquer en permanence, d'être regardée par les gens.

– Tu ne sais pas ?

J'ai l'impression que Jasmine se moque de moi,

mais elle accélère l'allure et je ne vois plus son visage. Je la rattrape et tente de rester tant bien que mal à sa hauteur. Je voudrais trouver quelque chose à lui répondre. Nous discutons d'un mystère qu'elle pourrait m'aider à résoudre, puisque au dire de tous elle est censée être belle. Parler de ce qui rend une femme belle tout en marchant est nettement au-delà de mes forces.

– Nous y sommes, annonce-t-elle.

Quand elle a dit que nous allions dans un parc, j'imaginais une immense pelouse avec des arbres et des fleurs, des allées et des bancs. Son « parc » est une sorte de carré de ciment entouré d'un grillage, à peine plus grand que notre court de tennis, à la maison. Le moindre espace est occupé par des enfants. Il y a des tout-petits qui grimpent sur la cage à poules et glissent sur le toboggan. Le bruit est celui d'un essaim, multiplié par cent. Des bancs sont disposés tout le long du grillage. Jasmine ouvre le portillon et se dirige vers une place libre.

Je m'assieds à côté d'elle, au bord du banc.

– C'est là que tu viens ?

– Regarde tous ces visages, dit-elle en montrant les enfants.

Je regarde et vois des dizaines de visages qui sourient, qui crient, qui hurlent, qui rient.

– Ils sont chinois, remarqué-je.

Je reconnais leurs traits grâce aux photos de mon livre de géographie, à Paterson.

– La plupart, oui. L'école et les crèches sont juste à côté, donc on les emmène jouer ici. J'aime bien les voir arriver. Ils se tiennent par la main, en rang deux par deux, ou tiennent une corde, les uns derrière les autres, à la queue leu leu, comme de petits prisonniers.

À présent que nous sommes assis, je peux peut-être reprendre ma conversation.

– Je ne sais pas ce qui rend une femme belle.

– Tu en es toujours là ?

– J'ai besoin de savoir.

– Pourquoi ?

Je déglutis avec difficulté.

– Quand je regarde Jasmine, je ne sais pas si elle est belle ou non. Je ne sens pas qu'elle est belle. Je ne sens pas non plus qu'elle n'est pas belle.

– Mmm… C'est bête.

Cette fois, je sais qu'elle se moque de moi.

– Je n'avais jamais pensé que j'avais des difficultés à percevoir les choses. Mais… peut-être que c'est moi qui ai un problème. Peut-être ne sentirai-je jamais que quelqu'un est beau.

– Peut-être.

Une petite fille avec des nattes s'approche d'une femme assise à côté de Jasmine. Elle se glisse entre les genoux de la femme et se met à sucer son pouce. La femme lui caresse les cheveux et se penche pour lui parler dans une langue que je ne comprends pas.

– Ça me préoccupe, dis-je.

Ai-je enfreint les règles en confiant à Jasmine ce que j'ai sur le cœur ? Chaque fois que je lui jette un coup d'œil, elle a le regard fixé sur les enfants qui se livrent à leurs différentes activités. Au moment où je décide de ne pas insister, j'entends Jasmine :

– Qu'est-ce que tu trouves beau, toi ?

– Beau ? Personne.

– Pas uniquement les gens. Y a-t-il quelque chose dont tu peux dire « C'est beau » ?

– Oui, je crois. Je peux dire ça de la musique. Il y a des musiques que je trouve belles.

Elle acquiesce. Je m'attends à ce qu'elle me demande de décrire ces musiques, mais elle ne le fait pas. Comme si elle savait exactement ce que je voulais dire.

– Tu sais ce qui est beau aussi ?

– Non.

– Ça, dit-elle en me montrant le terrain de jeux résonnant de tous les cris d'enfants.

12

Après mon entretien avec Rabbi Heschel, nous sortons nous asseoir sur les marches en ciment, à l'arrière du temple Emmanuel. Le parking est désert, à l'exception de la voiture de Rabbi Heschel, une Volkswagen Beetle qu'elle appelle Habbie, à cause du prophète Habacuc, parce que, dit-elle, la voiture, comme le prophète, a pleuré pendant des années sans que personne n'y prête attention.

– J'aimerais bien fumer une cigarette, dit-elle en s'asseyant sur une marche.

– C'est mauvais de fumer.

– Je sais. Mais parfois je suis si nerveuse que j'en ai envie.

La façade du bâtiment projette son ombre sur les marches. C'est une bonne chose, car l'après-midi est très chaud. Rabbi Heschel porte un pantalon orange vif et un chemisier jaune fluo. Quand il fait froid, elle met un chapeau qui me fait penser au chat chapeauté des livres du Dr Seuss. Son épaisse chevelure brune présente par endroits des taches blanches qui ressemblent à des flocons de neige.

– Tu sais, commence-t-elle sans me regarder, pourquoi Aurora t'a amené ici… il y a combien de temps déjà ? Sept ans ? Oh, mon Dieu, tu n'avais que dix ans à l'époque.

– Elle ne voulait pas que Marcelo méconnaisse les livres saints.

Elle soupire.

– Tu te souviens de Joseph, ce petit garçon que tu aimais tant ? Quand il est mort, elle m'a dit qu'elle t'avait emmené parce qu'elle s'inquiétait pour toi. Mais je crois qu'elle s'inquiétait plutôt pour moi. Sa mort, pour une raison que j'ignore, m'avait terriblement affectée, tandis que toi, tu semblais plutôt serein.

– Aurora a emmené Marcelo voir Rabbi Heschel parce que vous êtes un saint homme. Un saint homme qui est une femme.

– Ah ! Ce saint homme qui est une femme, comme tu dis, n'est pas certain d'avoir encore des choses à t'apprendre.

– Marcelo a une question.

– Oh, non ! Pas sur le bouddhisme. Si tu me demandes ce que le Bouddha entend par « vide », je retourne dans mon bureau et je m'arrache les cheveux.

– Ce doit être de l'humour. Je le sens. Le vide, c'est facile à comprendre. J'ai une question sur la Genèse, le livre saint préféré de Rabbi Heschel.

– Je me prépare… C'est bon, allons-y.

Elle prend sa respiration. Je sais qu'elle aime bien mes questions, surtout les difficiles.

Je sors le carnet jaune de ma poche et lis :

– « Pourquoi Adam et Ève ont-ils eu honte de se

retrouver tout nus après avoir mangé le fruit de l'arbre de la connaissance ? »

– Ah, c'est tout ! Je croyais que c'était une question difficile.

– Rabbi Heschel connaît-elle la réponse ?

Je pensais en effet qu'il s'agissait d'une question difficile. En tout cas, je n'étais pas capable d'y répondre tout seul, même après avoir lu et relu le passage, et y avoir réfléchi pendant des heures.

– Je plaisante. C'est une des questions les plus compliquées. Raconte-moi d'abord ce qui est écrit dans la Bible.

– Adam et Ève étaient nus avant d'avoir mangé le fruit de l'arbre du bien et du mal, mais ils n'en avaient pas honte. C'est après l'avoir mangé qu'ils ont réalisé qu'ils étaient nus. Adam a eu peur que Dieu le voie ainsi. On nous fait comprendre qu'il a honte. Pourquoi la nudité est-elle quelque chose de mal ? Pourquoi ont-ils eu honte ?

– Mmm. Tu considères que c'est mal d'être nu, toi ?

La façon dont elle répond toujours à mes questions par des questions est un peu pénible.

– Dieu non, car quand Il a créé l'homme, Il l'a créé nu, et ensuite Il a dit que ce qu'il avait créé était bon. La femme provient d'une côte d'Adam, donc elle est très bonne elle aussi.

– Parfait. Mais j'ai un peu de mal avec cette histoire de côte... (Elle se tait quelques secondes puis reprend.) Avant que nous nous plongions dans l'interprétation, puis-je te poser une question ?

– Oui.

– Pourquoi me demandes-tu cela aujourd'hui ?

S'est-il passé quelque chose au cabinet qui t'incite à poser cette question ?

– Non. Peut-être. Oui. J'ai réfléchi à la nature de l'attraction et à la beauté physique. Wendell, quelqu'un avec qui travaille Marcelo, a parlé de l'attraction qui, pour lui, est sexuelle. Mais…

– Raconte-moi.

– Il y a quelque chose dans sa façon de considérer les femmes qui ne me paraît pas bien, mais je ne sais pas quoi.

– Je vois.

– Marcelo n'arrive pas à regarder les femmes comme Wendell. Lorsque j'ai essayé de faire comme lui, il y a eu quelque chose qui m'a fait penser à Adam et Ève quand ils se sont vus nus et qu'ils ont eu honte. Pourquoi ? Si le sexe n'est pas mal, pourquoi y a-t-il de la honte ?

Elle se passe les doigts dans les cheveux. Puis elle prend une mèche blanche et l'entortille sur son index. Ensuite, elle reprend la parole :

– Tu te souviens, un peu plus loin, dans la Genèse, quand Caïn tue Abel ?

– Oui. Mais pourquoi Caïn était-il jaloux ? Je suis incapable d'imaginer ce que cela fait d'être jaloux.

– Attends, attends. Ne gratte pas tous tes boutons en même temps, où tu n'auras plus de peau du tout ! Est-ce que tu te rappelles avec quoi Caïn a tué Abel ?

– Ce n'est pas dit.

– D'accord. Mettons alors qu'il a pris une pierre.

– Rien n'est moins sûr.

– Rien n'est moins sûr non plus que Caïn ait véritablement existé, donc laisse-moi cette hypothèse, s'il te plaît. Il a pris une pierre.

– Il a pris une pierre. Peut-être.

– Bien. D'accord. Donc quand Caïn a vu cette pierre, par terre, il n'a pas seulement vu une pierre, il l'a considérée comme une arme qu'il pouvait utiliser pour tuer Abel. Tu me suis ?

– Oui.

J'essaie d'imaginer la pierre comme une arme.

– Caïn savait ce qui était bien et ce qui était mal, autrement dit, il savait que des choses bonnes pouvaient être utilisées pour faire le mal. Tu vois où je veux en venir ? Avec la nudité d'Adam et Ève, j'entends ?

– Non. Marcelo ne voit pas du tout où Rabbi Heschel veut en venir.

– En réalité, je ne suis pas sûre non plus de savoir où je vais moi-même. Mais réfléchissons. Après avoir mangé le fruit défendu, Adam et Ève ont pris conscience que leur nudité, qui était bonne, pouvait être utilisée d'une manière qui ne l'était pas. Auparavant, comme tu l'as dit, tout ce que Dieu avait créé était bon, et l'homme était mieux que bon, il était très bon. Donc, en conséquence, le corps, nu ou pas, est bon aussi. Mais, à un certain moment, l'homme et la femme ont su que le corps, qui est bon, le leur ou celui de n'importe qui d'autre, pouvait être utilisé de mauvaise façon s'ils en avaient envie. Après avoir mangé le fruit défendu, Adam et Ève se sont aperçus qu'ils avaient en eux un penchant au mal comme un penchant au bien.

Je ferme les yeux. Je me rappelle une image d'Adam

et Ève qui se trouvait dans la bible qu'Abba avait dans sa chambre. Ils étaient tout nus, à l'exception d'une feuille de vigne, et ils détournaient leurs regards l'un de l'autre.

– Je ne peux pas imaginer comment un corps nu peut être utilisé à des fins mauvaises. Le mal est destructeur, comme le meurtre d'Abel par Caïn. Mais je n'arrive pas à voir ce qu'Adam a vu en regardant le corps nu d'Ève et ce qu'il a imaginé de faire qui n'était pas bien. Qu'a imaginé Adam ?

Rabbi Heschel m'a demandé d'une voix lente :

– Est-ce qu'on t'a déjà parlé de sexe à Paterson ?

– Les êtres humains procréent en ayant des rapports sexuels. Le pénis en érection de l'homme pénètre dans le vagin de la femme. Je ne suis plus un enfant.

– Je suis désolée. Je le sais bien que tu n'es plus un enfant. Tu es un jeune homme.

– C'est simplement qu'une part de moi aimerait bien ressentir ce que ressent Wendell et qu'une autre part a l'impression qu'il y a quelque chose de mal à cela, mais je ne sais pas quoi. C'est frustrant de ne pas comprendre. Comment les rapports sexuels peuvent-ils être mauvais ?

– À propos des rapports sexuels, les gens disent « faire l'amour ». Tu connais cette expression ?

– Oui. Certains termes à ce sujet sont acceptables, d'autres non. « Faire l'amour » est acceptable. « Baiser » non.

– Parfait. Avoir un rapport sexuel procure du plaisir et c'est bien. Dieu nous l'a donné pour que deux personnes puissent s'unir et *faire* l'amour, c'est-à-dire créer de l'amour dans le monde, grâce aux enfants qui provienne nt de cet acte, comme de l'intimité que les gens ressentent dans l'acte lui-même.

Je me demande en silence ce que peut être cette intimité. En ferai-je un jour l'expérience ?

– Je pense que ce que l'auteur de la Genèse veut nous faire comprendre, poursuit-elle, c'est que cet homme, quand il est uni avec Dieu, n'est pas divisé. Dans cette unité, il n'y a ni bien ni mal. Toutes nos inclinations, fussent-elles sexuelles, sont bonnes quand nous sommes au jardin d'Éden, c'est-à-dire quand nous marchons aux côtés de Dieu et que nos actes, paroles et pensées cherchent à respecter Sa volonté. Mais l'homme peut décider de se séparer de Dieu, et en s'en séparant, il crée le mal en imaginant des façons d'utiliser le bien à des fins qui lui seront préjudiciables, à lui ou aux autres, puis en passant à l'acte.

– Marcelo ne peut imaginer comment le sexe peut être utilisé à des fins mauvaises.

– Oh, mais c'est parce que tu es un cas ! Tu marches aux cotés de Dieu dans le jardin d'Éden. Puisse le Très-Haut, béni soit-Il, être toujours à tes côtés !

– Donne un exemple à Marcelo.

Rabbi Heschel croise les mains et ferme les paupières, comme en prière.

– Mon Père, qu'il en soit fait selon Ta volonté et non la mienne… murmure-t-elle en levant les yeux au ciel avant de se tourner vers moi.

– Les façons dont nous pouvons nous servir du sexe pour nous faire du mal sont infinies et indicibles. Par exemple, quand nous considérons une personne comme un objet de plaisir et non comme un individu comme toi et moi. Quand le sexe ne consiste qu'à prendre et non à donner. Quand quelqu'un emploie la force physique ou psychologique pour avoir un rapport sexuel contre la volonté de l'autre. Quand quelqu'un mystifie quelqu'un d'autre dans le seul but d'avoir un rapport sexuel avec cette personne. Quand une personne se sert du sexe pour faire mal physiquement ou psychologiquement à l'autre. Toutes les fois qu'un adulte a ce genre de rapport avec un enfant. Voilà des cas où le sexe est mauvais. Je ne peux t'en dire davantage. Ce n'est pas à moi de te fournir des images du mal. Cela m'attriste de savoir que tu ne tarderas pas à découvrir tout seul les différentes manières de se faire du mal les uns aux autres.

Elle s'interrompt et se frotte les yeux, comme si elle avait mal à la tête. Je voudrais lui dire de ne pas s'inquiéter pour moi, mais je reste silencieux, incapable de trouver les mots qui la réconforteraient.

13

Nous déjeunons, Wendell et moi, au dernier étage de ce qu'il appelle le « club ». L'homme grand et ridé qui nous a accueillis à la porte a disparu dans une petite pièce et en est ressorti avec une veste bleue et une cravate à rayures rouges et blanches. Il me les a tendues et je ne savais qu'en faire jusqu'à ce que Wendell me dise qu'il fallait que je les mette. Il m'a aidé à nouer la cravate. Wendell porte déjà une veste et une cravate, c'est pourquoi l'homme n'a rien eu à lui donner.

Nous nous installons près d'une fenêtre qui donne sur la mer et Boston Harbor. Un autre serveur, plus âgé, s'approche et Wendell commande un verre de « Martini », c'est ainsi que ça s'appelle. Moi, un Coca.

– Je te recommande le saumon, me dit Wendell, voyant que j'ai du mal à me décider.

– Je prendrai un saumon, dis-je au garçon qui attendait.

– J'ai besoin de ton aide, me dit Wendell après son départ.

– L'aide de Marcelo ? Mon aide ?

– Oui. Pourquoi as-tu l'air si surpris ?

– Je n'imaginais pas que tu puisses avoir besoin de mon aide pour quoi que ce soit.

– Justement, il y a quelque chose que tu peux faire.

Le serveur revient avec un Martini pour Wendell et un Coca pour moi. Le verre de Martini est tout petit. Je cherche une paille, mais il n'y en a pas. Wendell mange l'olive et vide la moitié de son verre en une seule gorgée.

– Je veux que tu m'aides à avoir Jasmine.

Wendell repose son verre et me regarde avec un air que je ne lui ai jamais vu.

– Qu'est-ce que ça veut dire « avoir » ?

– Qu'est-ce que tu en penses ? Essaie de deviner.

– Je ne suis pas sûr... Tu veux avoir Jasmine pour qu'elle t'aime ?

– Mmm. Ce n'est pas indispensable.

Il termine son verre.

– Aimes-tu Jasmine ? lui demandé-je.

– « Aimer », c'est un mot très curieux, n'est-ce pas ? dit Wendell en levant son verre à l'adresse du garçon qui hoche la tête.

« On utilise ce mot pour exprimer tant de choses différentes. J'aime le Martini, par exemple.

Il agite son verre vide.

– J'aime le yacht de mon père. Si par « aimer » tu veux dire vouloir quelque chose si fort que c'en est douloureux, que tu as l'impression que tu mourras si tu ne l'obtiens pas, eh bien, oui, j'aime Jasmine.

– Veux-tu épouser Jasmine ?

Wendell secoue la tête. Ça peut signifier qu'il ne veut pas épouser Jasmine, ou autre. Parfois, les gens secouent la tête ainsi quand je dis une chose à laquelle ils ne s'attendaient pas de ma part.

– Les gens comme moi n'épousent pas des gens comme Jasmine.

Il sourit, mais ce n'est pas un sourire amical.

– Mais c'est une Élémentaire, c'est toi qui me l'as dit.

– Je vais devoir t'expliquer un certain nombre de choses, mon ami.

Wendell attend que le garçon ait posé les assiettes sur la table. Je fixe la chair rose du saumon.

– Mais j'ai un truc à te demander.

Wendell porte une fourchettée de saumon à sa bouche, puis l'avale.

– Est-ce qu'elle t'a déjà parlé de moi ?

C'est une question qu'il m'a posée plusieurs fois et à laquelle il m'est toujours aussi difficile de répondre. Oui, Jasmine m'a parlé de Wendell. Elle m'a dit, par exemple, qu'elle n'avait pas confiance en lui et qu'il lui donnait les « chocottes », la chair de poule, mais je ne sais pas très bien ce que ça représente. Elle m'a fait comprendre en des termes beaucoup plus clairs qu'elle ne l'aimait pas. Mais je crois que tout cela était confidentiel et que je ne dois pas le répéter à Wendell. Par ailleurs, je voudrais bien être son ami. Comment rester loyal envers deux personnes qui ne s'aiment pas ? Ne doit-on pas choisir l'une au détriment de l'autre ? Au bout d'un certain temps, je lui réponds :

– Elle n'a pas confiance en toi.

– Qu'a-t-elle dit exactement ?

Wendell a l'air extrêmement intéressé par ma réponse.

– C'est une impression qu'elle a.

À présent, je ne sais plus très bien si elle a dit qu'elle trouvait Wendell véritablement répugnant ou qu'il lui donnait les chocottes.

– Tu vois ? C'est là que tu interviens. Elle a confiance en toi parce que tu es sans malice. Voilà comment tu vas pouvoir m'aider : un soir, après le travail, toi, Jasmine et moi nous irons faire une petite promenade autour de Boston Harbor sur le yacht de mon père. Elle ne voudra jamais venir toute seule, je le sais. Mais si tu lui demandes de venir avec nous, elle acceptera.

C'est agréable de se sentir utile auprès de Wendell, et je veux l'aider comme on doit le faire entre amis. Mais je ne me sens pas très à l'aise. Il y a quelque chose de bizarre dans la requête de Wendell, et je me demande si je n'éprouve pas à mon tour cette fameuse sensation si désagréable de malaise.

– Qu'est-ce qu'il y a ? À quoi tu penses ? On peut faire coup double si tu veux. Nous inviterons Martha. Elle adore les balades sur ce yacht. J'en ai eu la preuve, ajoute-t-il en me faisant un clin d'œil.

Il faut que je retrouve ce que Wendell m'a dit et qui m'a mis si mal à l'aise. Il y a certains éléments de cette conversation qui ne collent pas logiquement avec d'autres. Et je me rappelle soudain ce qui me gênait.

– Pour quelle raison des gens comme toi n'épousent-ils pas des gens comme Jasmine ?

– Tu n'as pas encore touché à ton saumon. Qu'est-ce que tu as ?

Je lève ma fourchette, repousse le riz sur les bords de l'assiette, puis repose ma fourchette. Comment font les gens pour manger, goûter, réfléchir et parler en même temps ? J'ai l'impression d'avoir la tête pleine, comme si les paroles de Wendell étaient des aliments que mon cerveau était incapable de digérer.

– J'ai toujours pensé qu'on pouvait se marier avec la personne qu'on aimait. Or tu as dit que tu aimais Jasmine, bien que je n'aie jamais entendu cette définition du verbe aimer.

– Marcelo. Marcelo... Es-tu vraiment toujours obligé de réfléchir autant à tout ce qui se présente ? Je vais t'expliquer les choses, point par point. Oui, on peut se marier avec la personne qu'on « aime », comme tu dis. Mais cette personne doit être, comment dire, digne de partager ta vie. Tu imagines Jasmine en train de discuter à un dîner avec mon père et ma mère sur la marche du monde ? D'une part, Jasmine n'a pas fait d'études supérieures et, d'autre part, elle a une certaine... expérience.

– Expérience ?

– Bon, disons qu'elle est si incroyablement excitante que ce qu'elle est et ce qu'elle a fait n'a aucune importance en ce qui concerne mes projets pour cet été. Par ailleurs, quand on me dit non ça me met dans tous mes états. Personne ne me dit jamais non. Encore moins quelqu'un qui a...

Il s'interrompt brusquement, réfléchissant à la suite de sa phrase. Le regard de Wendell en cet instant me fait peur. Je l'ai déjà surpris chez certains enfants à Paterson lorsque leur frustration se transforme en rage.

– Quoi qu'il en soit, ce qu'elle est n'aura plus aucune espèce d'importance une fois l'été passé. Bon, maintenant, ce que je veux savoir, c'est si tu es disposé à m'aider. Tout ce que tu as à faire, c'est lui dire que je t'ai proposé de faire un tour en bateau et lui demander, comme une faveur, si elle veut bien t'accompagner. Ensuite, tu n'auras plus qu'à passer du bon temps sur le yacht pendant que j'emmènerai Jasmine en bas.

Je ne comprends absolument rien. Pourquoi Wendell veut-il être seul avec Jasmine ? Jasmine n'a pas confiance en lui. Elle n'acceptera rien venant de lui.

– Pourquoi ?

– Pourquoi quoi ?

– Pourquoi veux-tu l'emmener en bas pour lui parler ? Tu crois que cela changera ses sentiments envers toi ?

– Une fois qu'on sera en bas, sur le pont inférieur, peu importe ce qu'elle pense de moi. Mais je m'occuperai de ses sentiments : il y a des moyens pour susciter des sentiments, pour les transformer ou les estomper pendant quelque temps.

– Tu veux la baiser.

Je déteste employer ce mot, mais c'est pourtant celui qui décrit le mieux ce que je crois que Wendell veut faire. Les expressions comme « faire l'amour » ou « avoir un rapport sexuel » ne sont pas assez précises.

Wendell rit si fort que nos voisins de table se retournent pour nous regarder.

– Eh bien, monsieur Marcelo, vous faites de gros progrès, dites-moi ! Ne t'inquiète pas, je ne lui ferai pas de mal. Seulement, elle ne pourra pas dire non, c'est tout.

Il cesse de rire et me fixe.

– Alors, quelle est ta réponse ? Je peux compter sur toi, mon ami ?

La façon dont Wendell me fixe me fait comprendre qu'il sera très fâché si je refuse. Si je veux continuer à être son ami, je suis obligé de dire oui ; c'est cela qu'il me fait comprendre. J'ai peur. Je ne sais pas très bien si j'ai peur pour Jasmine ou pour moi-même. Est-ce ce que l'on ressent quand on n'a pas confiance, cette sensation de danger imminent ?

– Non.

Je regarde Wendell droit dans les yeux en disant cela et je vois que ses pupilles s'élargissent de stupeur.

– Pardon ?

– Non. Je ne demanderai pas à Jasmine de venir.

J'espère qu'il ne me demandera pas pourquoi. Je ne me rappelle pas avoir jamais eu l'occasion de dire quelque chose sur la simple base d'une sensation, d'une impression, sans connaître auparavant la raison précise qui me faisait dire cela.

– Je vois.

Wendell est tout rouge. Soit de colère, soit de gêne. Il s'essuie la bouche avec la serviette, puis la met en boule et la pose dans son assiette. Il regarde tout autour de lui sauf dans ma direction. Quand le garçon arrive, il lui dit :

– Mettez ça sur le compte de mon père, et ajoutez vingt pour cent.

– Bien, monsieur, merci, monsieur.

Il se lève puis se rassied. Je sens son regard posé sur moi un long moment. Je ne sais vers où diriger le mien pendant ce temps. Je regarde par la fenêtre. J'ai envie de lui dire que je suis désolé d'avoir refusé de faire ce qu'il me demandait, mais je ne pense pas que ce soit opportun. Je suis navré de l'avoir déçu et je crains de l'avoir perdu comme ami. Mais je ne regrette pas de le tenir éloigné de Jasmine. En ce moment précis, elle compte plus à mes yeux que l'amitié de Wendell.

Le garçon lui apporte un autre Martini. Wendell l'avait peut-être commandé tandis que je regardais ailleurs. Il dodeline un peu de la tête en me parlant.

– Tu veux que je te raconte une histoire intéressante ?

À la façon dont Wendell me demande ça, j'ai l'impression que nous pouvons être encore amis. Il est comme avant.

– Alors voilà : je vais aller vite, pour voir si tu me suis. Il était une fois deux avocats super géniaux. Tous deux sortis de Harvard, les meilleurs de leur promotion, tous deux aussitôt embauchés par le plus prestigieux cabinet d'avocats de Boston. L'un se chargea des contentieux, l'autre des brevets. L'un venait d'une vieille famille de Boston dont l'origine remontait aux émigrants du *Mayflower*. Tu as entendu parler du *Mayflower*, non ?

– Oui, j'ai appris ça à…

– Oui, je sais, à Paterson. Formidable école, Paterson. Ils vous apprennent tout, là-bas. Où en étais-je ?

– L'un venait d'une vieille famille de Boston.

– C'est ça. L'autre était ce qu'on appelle dans les milieux professionnels un « embauché issu d'une minorité ». Tu sais ce que ça signifie ?

– Non.

– Comment ? Il y a donc des choses qu'on ne t'a pas apprises à Paterson ?

En général, j'ai énormément de mal à détecter les sarcasmes, mais ce n'est pas le cas avec Wendell.

– Un certain nombre, oui.

– Quelqu'un issu d'une minorité, c'est quelqu'un dont les ancêtres viennent d'un autre continent ou d'un autre pays, dont la peau est plus sombre que celle de la majorité de la population, quelqu'un qui n'est pas né blanc comme lys. Une entreprise, un cabinet d'avocats, par exemple, embauchera l'une de ces personnes afin de manifester sa largeur d'esprit et sa compassion.

– Je ne comprends pas.

– Ce n'est pas grave. Cette notion n'a pas grand rapport avec notre histoire. Disons simplement que pour une raison quelconque ces deux avocats ne s'aimaient pas. Il existe diverses hypothèses sur l'origine de leur animosité. Selon l'une d'elles, qui a ma préférence, notre embauché minoritaire, si j'ose dire, s'est révélé contre toute attente un excellent avocat. D'une remarquable efficacité non seulement dans sa spécialité, mais également comme chef d'entreprise. Il a amené des tas de clients au cabinet. De gros clients, très riches. Ce qu'a fait notre embauché minoritaire était simplement génial. Il est parti tout seul au Mexique, a fait la tournée des pays d'Amérique centrale et du Sud, et y a rencontré des scientifiques qui travaillaient dans des universités ou de petits laboratoires privés, des scientifiques qui avaient inventé de nouveaux produits chimiques et autres bricoles. L'embauché minoritaire leur a promis que s'ils devenaient ses clients, il leur garantissait que leurs inventions seraient brevetées aux États-Unis et qu'il les aiderait à trouver des sociétés qui les produiraient, et tout le monde gagnerait beaucoup d'argent dans cette entreprise.

Wendell leva son verre. Le garçon hocha la tête.

– Tu me suis toujours ?

– Celui que tu appelles l'embauché minoritaire, c'est mon père, non ?

Aurora m'avait raconté comment Arturo avait réussi dans les affaires, mais pas exactement de la même façon que Wendell.

– Formidable ! Qu'importe ce qu'on peut dire de toi, moi, je te trouve génial.

– Merci, dis-je, tout en étant persuadé qu'il s'agit encore d'un sarcasme.

– Bon. L'autre avocat, appelons-le l'avocat du *Mayflower* pour plus de commodité, était pétri de jalousie envers l'embauché minoritaire. En tout cas, c'est ma théorie. Ce ne sont que des spéculations, mais j'ai de bonnes raisons de croire à leur justesse parce que, comment dire, je détiens des informations de première main.

Le garçon revient avec un autre Martini.

– Tu as des questions ?

– Est-ce que l'avocat du *Mayflower* est ton père ?

– Oui.

J'attends qu'il m'en dise davantage mais il ne le fait pas. C'est probablement la première fois que Wendell répond à une de mes questions par un seul mot.

– Ton père et le mien sont associés, dis-je. Ils travaillent ensemble et sont tous les deux propriétaires du cabinet.

– Oui. Moitié-moitié. Associés à parts égales. Mais

nous nous éloignons de notre sujet. Ce qui est intéressant pour le moment, l'énigme à résoudre, c'est pourquoi ces deux avocats qui ne s'aimaient pas, qui se haïssaient même, le mot n'est pas trop fort dans ce cas, pourquoi ces deux individus, malgré leur haine, ont quand même décidé de s'associer.

Wendell s'arrête. Un sillon s'est formé au milieu de son front et il est évident qu'il réfléchit profondément ; peut-être essaie-t-il de trouver la réponse à l'énigme, comme il l'appelle.

– Ils ont besoin l'un de l'autre, dis-je.

Wendell me fait un grand sourire.

– Mar*ch*elo, tu m'étonneras toujours !

– MAR-SE-LO, corrigé-je.

– Comme tu voudras. Tu as tout à fait raison. Mais que penser de ce besoin si puissant qu'il est capable de supplanter la haine ?

– La haine, c'est quand on a envie de faire du mal à quelqu'un. Arturo et ton père ne veulent pas se faire de mal.

Puis je repense à ce qu'Arturo m'a dit la première fois que nous avons pris le train ensemble pour venir au travail : « On peut être ami avec quelqu'un et son rival, son concurrent, en même temps. »

Wendell sourit. J'ai déjà vu ce sourire, mais je ne me rappelle plus où. Il signifie que quelqu'un sait quelque chose que l'autre ignore et qu'il ne le révélera pas.

– Bon, alors, au bout d'un certain temps, il se trouve que l'embauché minoritaire n'a plus été d'accord pour partager l'argent qui provenait de ses nouveaux clients avec le gros cabinet d'avocats. Il a donc emmené ses clients et a fondé son propre cabinet. Mais un cabinet spécialisé dans les brevets ne peut fonctionner correctement que s'il est doté d'un service contentieux. Quand d'autres gens développent des produits qui copient des idées déposées, il faut leur intenter des poursuites. L'embauché minoritaire avait besoin du meilleur dans ce domaine. Il avait également besoin de quelqu'un pourvu de puissantes et prestigieuses relations, et cette personne était l'avocat du *Mayflower*. L'association était idéale. Il a donc proposé cinquante pour cent des parts du nouveau cabinet à l'avocat du *Mayflower*, et ce dernier, conscient qu'il gagnerait beaucoup plus d'argent en s'associant avec l'embauché minoritaire qu'en restant dans le grand cabinet de renom, ravala sa fierté et accepta son offre. Voilà l'histoire. Intéressant, non ?

– Oui.

En fait, il y a dans cette histoire un certain nombre de points à méditer. Il faudra que j'y repense et que je réfléchisse à cette énigme. Mais, pour l'instant, je me demande simplement si en me racontant cette histoire Wendell a voulu me faire comprendre que nous étions toujours amis.

Wendell renverse le verre au-dessus de sa bouche de manière à ne pas perdre la dernière goutte de Martini. Je sens son regard sur moi. Il est assis au bord de sa chaise et je suis certain que dès qu'il aura terminé de dire ce qu'il est sur le point de dire, il se lèvera et partira.

– Je vais te laisser réfléchir encore un peu à ta décision de ne pas m'aider, déclare-t-il.

– Jasmine.

Il fait allusion à mon refus de l'aider à « avoir » Jasmine.

– Mon père et le tien, malgré leur haine mutuelle, n'ont jamais trahi le pacte qui les unissait, certes fondé sur un besoin réciproque, mais un pacte néanmoins. Au cabinet, nous avons une sorte d'équilibre de pouvoir entre deux forces. L'entreprise fonctionne en paix tant que cet équilibre est maintenu. Le problème, dans un cabinet spécialisé dans les brevets, c'est que si au bout d'un certain temps aucune affaire concernant les brevets ne se présente, le service du contentieux peut prendre de l'importance. Prends, par exemple, le dossier sur lequel je travaille actuellement : Vidromek. Vidromek est le plus gros client du cabinet. La plus belle réussite de ton père. Il a amené Vidromek quand ils n'étaient que deux petits ingénieurs chimistes qui travaillaient dans leur garage quelque part au fin fond du Mexique. Mais, aujourd'hui, c'est mon père et son équipe qui se chargent de tout l'aspect juridique concernant Vidromek. Qu'est-ce qui empêche mon père de faire ce qui lui permettrait de garder Vidromek comme client à part entière ? Qu'est-ce qui l'empêche d'aller au-delà des cinquante pour cent convenus, ou de sortir carrément ton père du terrain de jeux ? Si, par exemple, les gens de Vidromek apprenaient que ton père a fait une très grosse erreur… ils pourraient décider de se passer définitivement de lui.

– Mon père ne fait jamais d'erreur, affirmé-je avec confiance.

Je ressens de nouveau cette bouffée de colère qui m'assaille chaque fois que j'entends dire du mal de mon père. La colère me brouille les idées. Je ne vois pas le rapport entre l'histoire qu'il vient de me raconter et Jasmine. Et j'ai peur. Le ton de Wendell est menaçant.

Wendell parle plus calmement à présent.

– Je vais te dire ce qui empêche ton père et le mien de franchir la frontière des cinquante pour cent : le pacte. Certains pactes peuvent être fondés sur la haine, tu sais. Je suis navré. Tu as l'air complètement perdu. Je vais te simplifier les choses. Le pacte qui unit nos pères s'étend jusqu'à nous. Respecter ce pacte, cet équilibre entre les pouvoirs, est extrêmement important. Nous maintenons ce pacte en nous plaçant chacun au-dessus des autres. Cela ne veut pas dire que tu as à m'apprécier plus que les autres. Tu peux même me détester, si tu veux. Pas grave. Nous maintenons le pacte, comme un lien, en nous entraidant. Si tu me demandes de l'aide pour quoi que ce soit, je serai là. C'est aussi ça, le pacte.

Wendell se lève lentement. Je m'apprête à en faire autant, lorsqu'il me fait signe de rester assis. Puis il se rassied à son tour.

– Demande-moi quelque chose que tu désires.

– Désires.

– Oui, de quoi as-tu envie par-dessus tout ?

– Comme Wendell a envie de Jasmine ?

Je n'ai jamais éprouvé ce genre d'envie.

– Tout ce que tu voudras. Ça ne concerne pas obligatoirement une personne, comme tu le dis assez crûment, mais non sans raison.

La réponse s'impose soudain.

– Je veux aller à Paterson l'année prochaine. Je veux aller à Paterson et dresser les poneys.

Wendell plisse les yeux. Il se concentre.

– Explique.

– Arturo, mon père, a dit que je pourrais aller faire ma terminale à Paterson si j'arrive à bien travailler au cabinet cet été.

– Eh bien, voilà. Je peux t'y aider. Facile.

– M'aider.

– Je le ferai.

– Tu veux dire, aider Marcelo comment ?

– Nous allons demander à ton père de te laisser travailler avec moi sur le contentieux Vidromek. Il sera d'accord parce que… parce que c'est comme ça. Ensuite nous lui dirons que tu t'es très bien débrouillé. Nous ferons en sorte qu'il soit fier de toi. En fait, je peux t'assurer que si tu m'aides à obtenir ce que je veux, moi, tu auras ce que tu veux, toi. Je te le garantis ! À cent pour cent !

– Jasmine a besoin de moi.

– Ce que tu fais au courrier, n'importe qui peut le faire. Nous trouverons quelqu'un pour te remplacer auprès de Jasmine.

Je suis embarrassé. J'aime bien travailler aux côtés de Jasmine, même si parfois les heures s'écoulent sans que nous ayons échangé un seul mot.

– Je sais, reprend Wendell. Moi non plus, ça ne me plairait pas de cesser de travailler avec Jasmine.

Comment Wendell fait-il pour lire dans mes pensées ?

– D'accord, nous te séparons de Jasmine deux heures seulement, une ou deux fois par semaine, et d'une façon qui te permettra d'effectuer d'abord ton travail en salle du courrier. Alors ? Qu'est-ce qu'il y a ? Qu'en penses-tu ?

– Je suis troublé.

Je n'ai jamais été aussi troublé de ma vie. Tout est si compliqué, il y a tant de choses à prendre en considération. Mon cerveau n'est plus qu'un gros chewing-gum collant.

– Eh bien, réfléchis-y. Tu m'aides et je t'aide. L'alliance des Sandoval et des Holmes à l'œuvre. Le pacte.

Il se lève brusquement.

– Je crois que je vais prendre mon après-midi. Ça t'ennuie de rentrer tout seul au bureau ?

Je suis très ennuyé de le dire, mais je le dis quand même.

– Je ne crois pas être capable de retrouver mon chemin tout seul jusqu'au cabinet.

– Robert va te l'expliquer, dit Wendell en indiquant le serveur. Tu vas réfléchir à ce que je t'ai dit ?

– Réfléchir.

– Tu vas réfléchir à ma proposition. Tu as mon accord de principe. J'ai aussi le tien ?

– Peut-être, dis-je spontanément, du tac au tac.

– Je me contenterai de ton « peut-être » pour le moment. Je me disais que dans la semaine nous pourrions prendre notre après-midi et aller faire du bateau tous les deux.

Mais avant que je puisse répondre quoi que ce soit, Wendell me tourne le dos et sort de la salle.

14

Je quitte le club et commence à marcher vers ce que j'estime être la direction de South Station. Je ne retourne pas au cabinet. Je rentre à la maison. Une fois à South Station, j'attendrai le train pour West Orchard et, lorsque je serai arrivé, je m'assiérai sur un banc, près des voies, en attendant qu'Aurora rentre du travail ; alors je l'appellerai pour qu'elle vienne me chercher.

Je marche la tête baissée, je fixe mes pieds qui avancent l'un après l'autre. Faire en sorte que mon cerveau s'arrête de réfléchir ne m'a jamais posé de problème. Mon cerveau ressemble à un robinet que l'on peut ouvrir et fermer à volonté. Sauf qu'en ce moment, je n'arrive pas à le fermer et l'eau coule à flots.

Je voudrais m'asseoir et noter certaines choses qu'a dites Wendell, mais il y en a tant que je ne sais par où commencer. « Il y a des moyens pour susciter des sentiments, pour les transformer ou les estomper pendant quelque temps... Elle a une certaine expérience... équilibre des forces... liens... embauché minoritaire... Personne ne me dit jamais non...

Baiser. » Ce dernier mot, Wendell ne l'a jamais utilisé, mais c'est celui qui occupe le plus mes pensées, un mot terrible qui ne cesse d'exploser dans ma tête. J'ai l'impression que c'est un mot clé qui m'ouvrira toutes les portes.

J'avance, comme sonné par ce mot, essayant de ressentir ce que Wendell doit ressentir pour avoir envie à ce point de Jasmine pour la baiser. Un jour, Jasmine m'a demandé si je désirais quelque chose très fort, et ce doit être cela qui ronge Wendell, comme moi quand j'ai envie d'un CD, mais avec plus d'urgence et d'audace. Envie. Peut-être que cette « envie » d'un autre être humain est ce qu'on appelle l'amour, ce que je n'ai jamais éprouvé étant donné qui je suis.

Je m'aperçois que je suis perdu. En fait, je savais que j'étais perdu quelques instants après avoir quitté le club. Seulement maintenant cela devient préoccupant : non seulement je ne reconnais pas où je suis, mais les grands immeubles m'empêchent de voir la silhouette de celui du cabinet d'avocats, qui me sert toujours de point de repère. Quel adolescent de dix-sept ans se perdrait à quatre blocs de sa destination ? Ces rues à l'air étrange ne sont en quelque sorte que le reflet de mes pensées. Se perdre à l'extérieur semble parfaitement normal, quand, comme moi, on est perdu à l'intérieur : je n'ai pas le moindre repère.

Une odeur de poisson me parvient aux narines et je l'inhale profondément. J'aime les odeurs fortes. Un magasin vend des poissons couchés sur de la glace, aux yeux en forme de bouton, à la fois troubles et sereins. Ils ont l'air paisibles, ces poissons. Devant la poissonnerie, il y a une caisse en bois vide. Je m'assieds dessus. Elle est assez solide pour supporter mon poids. Des Chinois passent dans la rue. Ils ne font pas attention à moi.

Assis sur la caisse en bois, j'entends soudain l'*Hymne à la joie* de Beethoven. La musique fait vibrer ma cuisse. Après quelques secondes de stupéfaction, je réalise que ce que j'entends se passe en ce moment même et que le son provient de mon téléphone portable, au fond de ma poche. Aurora a programmé l'*Hymne à la joie* comme sonnerie. Je sors le téléphone de son étui, le contemple, puis décide d'appuyer sur la touche verte.

– Marcelo, tu es là ?

C'est la voix de Jasmine.

– Oui.

– Où es-tu ?

– À côté des poissons morts, dis-je en regardant autour de moi.

– Quoi ? Où ça ? Qu'est-ce que tu fabriques ?

– Je suis perdu.

– Comment ? Tu ne vois plus l'immeuble ?

– Non.

– Tu peux lire le nom de la rue ?

Je me lève et me dirige vers le coin de la rue. Je me dis : « Maintenant, j'ai l'air normal, je marche en téléphonant avec le portable. » Je lis le nom de la rue à Jasmine.

– Il y a écrit « Ping On ».

– Ne bouge pas. Je sais où c'est. J'arrive dans dix minutes.

– D'accord.

– Ne bouge pas de là.

– Non. Je vais m'asseoir sur la caisse. Devant les poissons.

– Très bien. Parfait, j'arrive.

Je coupe le téléphone. Je tourne à droite et me dirige vers ma caisse, où je me sens en sécurité.

J'essaie de me rappeler la conversation que j'ai eue avec Rabbi Heschel il y a quelques jours. Quand le sexe est-il considéré comme quelque chose de mal ? Dès lors qu'on utilise l'autre comme un objet. Mais Wendell ne semble pas s'embarrasser de telles considérations. Il n'est pas gêné. En ce moment précis, j'aimerais lui ressembler, et je comprends ce qu'est l'envie. Il y a une partie de moi qui envie Wendell et sa liberté. Tandis que Marcelo est englué dans les questionnements. C'est comme si Marcelo avait mangé la pomme de l'arbre de la connaissance du bien et du mal, tandis que Wendell était trop malin pour se faire avoir par les ruses du serpent.

– Marcelo, Marcelo.

Jasmine est à côté de moi. Elle respire fort et vite.

– Comment t'es-tu retrouvé ici ?

– J'ai marché.

– Nooon !

Elle cherche à être drôle, c'est clair, mais je ne souris pas.

– Laisse-moi reprendre mon souffle et nous rentrerons. Qu'est-ce qui s'est passé ? Où est Wendell ?

– Il est parti.

– Parti où ça ? Tu n'es pas allé déjeuner avec lui ? Ça fait deux heures que tu es parti. J'ai cru que Wendell t'avait emmené dans un de ses bars… j'ai même pensé qu'il avait essayé de te saouler.

– Nous avons discuté et il est parti.
– Il t’a laissé tout seul ?
– Je peux marcher tout seul.
– Tu t’es perdu.
– C’est difficile de voir le soleil en ville. Les immeubles le cachent et font de l’ombre toute la journée.

Je n’ai pas envie de parler de ça, ni de Wendell.

Peut-être comprend-elle qu’il s’est passé quelque chose de désagréable, car, arrivée au milieu du pâté de maisons, elle dit d’un ton calme, un ton dépourvu de toute trace d’inquiétude :

– Chez moi, dans le Vermont, où j’ai grandi, les seules ombres sont celles des arbres et des granges. Les nuages ont l’air si proches que parfois on a l’impression qu’on pourrait les toucher. Ici, les nuages semblent faire intégralement partie du ciel. Là-bas, ils se confondent avec les montagnes. Ça t’arrive de rire, de sourire, ou ce que tu voudras, non ?

– Quand je suis tout seul.

Elle rit.

– Moi aussi. Je me surprends souvent à sourire ou à rire comme une idiote quand je suis toute seule. Comme ça, nous sommes deux idiots !

– Idiots.

– Ce n’est pas le bon mot ?

– Il n’est pas approprié. Un idiot est une personne mentalement déficiente, qui a une intelligence extrêmement réduite, incapable de se prémunir contre les dangers les plus courants et inapte à toute discussion cohérente. Les gens me prennent parfois pour un idiot. C’est vrai à certains égards.

– Eh bien, moi, les gens me prennent pour une idiote très souvent !

– Juliette a dit une fois que tu étais une idiote.

– Elle t'a dit ça à toi ?

– Oui. Avant-hier, elle est venue quand tu n'étais pas là et elle a dit : « Où elle est passée, l'autre idiote ? » Elle parlait de toi. Moi, j'étais l'idiot qui était là.

– Ne fais pas attention à elle. Elle a un ego tellement énorme qu'il n'y a plus de place pour le cerveau !

– Nous ne faisons pas la distribution de trois heures.

– Après t'avoir appelé tout à l'heure, j'ai fermé la salle du courrier et j'ai mis une pancarte. J'ai dit que je devais aller au palais de justice et que je distribuerais en même temps le courrier de trois heures et celui de cinq. Patty, à la réception, peut se charger des paquets qui arriveront en notre absence.

– Tu as menti pour pouvoir venir me chercher.

– J'ai cru que tu avais peut-être pris un train plus tôt, mais j'ai vu que le suivant ne partait qu'à quatre heures. Heureusement que tu as scotché les horaires sur le mur, au-dessus de ton bureau.

– C'est pour couvrir le mot « Merde ».

Elle me jette un regard. Nous marchons très lentement. Je suppose que nous allons à la gare et que si nous marchons aussi lentement, c'est parce que le prochain train pour West Orchard ne part que dans une heure et demie. J'aimerais quand même que nous marchions plus vite. J'ai peur de parler à Jasmine, car je sens une tristesse monter en moi, et je crains que cette tristesse ne sorte.

– Je ne veux plus travailler au cabinet.

– Pourquoi ? De quoi avez-vous discuté, Wendell et toi ?

– Il a dit des choses qui m'ont troublé.

– Par exemple ?

– Je n'ai pas envie d'en parler.

– Tu as l'air en colère. Que t'a dit Wendell pour te mettre dans cet état ?

Je reconnais qu'avec tout le reste, il y a aussi de la colère. Je me demande comment Jasmine l'a deviné. Parmi tout ce que Wendell a pu me dire, qu'est-ce qui m'a mis en colère ?

– Je ne sais pas.

– La colère peut être utile parfois, dit-elle.

Nous nous arrêtons à un carrefour et attendons que le symbole « piétons » clignote.

– La colère peut t'aider à faire ce que tu dois faire. Tu t'es très bien débrouillé avec le courrier. Ne te laisse pas démoraliser par Wendell.

– La colère n'est jamais utile. Elle te fait dire et faire des choses blessantes.

Le symbole « piétons » clignote et nous traversons la rue. Jasmine m'attrape par le bras et me tire en arrière quand une voiture surgit brusquement.

– Si tu ne te mets jamais en colère, les gens t'écraseront, au sens strict.

– La photo des montagnes que tu as affichée au-dessus de ton bureau. C'est dans le Vermont ?

– C'est ce que je vois de la porte de ma maison.

– Les montagnes sont si belles. Est-ce que la colère est utile quand on est à la montagne ?

Je sens qu'elle s'arrête une fraction de seconde, avant de se remettre en route.

– Non. La colère n'est pas vraiment utile à la montagne. Mais tu as besoin de quelque chose qui y ressemble : la bagarre, comme dit mon père. « Il faut que tu te bagarres, ma fille ! » Et même dans les montagnes, il arrive que les gens se mettent en colère.

– Pour quelle raison ? Tu t'es déjà mise en colère ?

– J'ai été très en colère contre un cheval pendant très longtemps, dit-elle en riant.

– Pourquoi ?

Nous passons devant le terrain de jeux que nous avons déjà vu, mais il est désert à cette heure-ci. Jasmine y entre et s'assoit sur une balançoire. Je m'assieds sur la balançoire voisine. Elle commence à se balancer lentement, sans que ses pieds ne quittent le sol.

– Mon frère aîné et un de ses amis s'étaient mis en tête d'acheter un cheval de course du Kentucky et de l'amener dans le Vermont pour se faire de l'argent en vendant ses saillies.

Elle s'interrompt et me regarde.

– Tu sais ce que ça veut dire ?

– Oui.

Je suis un peu gêné. Ce n'est pas le sens de ce mot qui me gêne, mais le fait que Jasmine se soit sentie obligée de me demander si je savais ce que ça voulait dire.

– À Paterson, après l'école, je m'occupais des poneys. Je sais ce que signifie saillie, et le verbe saillir aussi.

– Tout le monde le leur avait déconseillé. Un pursang n'a rien à faire dans le Vermont. C'est un cheval qui a besoin d'exercice. Que deviendra-t-il durant les longs hivers ? Mais James, mon frère, et son ami Cody n'en ont fait qu'à leur tête. Ils sont partis dans le Kentucky avec un van et sont revenus avec un cheval de course de deux ans. Ils l'ont appelé « Kaskou », comme casse-cou, tu vois ?

– C'est contre Kaskou que tu étais très en colère ?

– Kaskou a toujours été un cheval très nerveux. James et Cody ont dû le faire travailler dur pour qu'il apprenne à être plus docile. Un jour, ils l'ont fait tourner dans le pré des vaches avec une courte longe. Cody tenait la longe et James marchait de l'autre côté, quand tout à coup Kaskou a pris peur, probablement à cause d'une abeille, et il a fait un brusque écart. James a reçu un coup de sabot dans le ventre.

Jasmine cesse de se balancer. Je ne veux pas regarder dans sa direction. J'attends qu'elle continue de parler.

– James n'avait rien apparemment. Nous l'avons conduit au dispensaire de West Lebanon, pour plus de sûreté. Il n'y avait rien, ni sur les radios, ni à l'IRM, mais ils l'ont quand même gardé en observation. Cette nuit-là, il s'est endormi et il a continué à dormir toute la journée du lendemain. Comme il ne se réveillait pas, ils l'ont opéré, pensant qu'il y avait peut-être une hémorragie interne qu'on n'avait pas décelée, mais ils n'ont rien trouvé. Il est mort deux jours plus tard.

Elle s'interrompt quelques secondes.

– Tout le monde a pris ce cheval en grippe. Cody voulait le tuer. Je voulais le tuer aussi. Tout le monde. Seul Amos, mon père, seul Amos a dit qu'il voulait le garder. Ça nous a tous choqués, car c'est lui qui s'était le plus opposé à son acquisition. « Ce n'est pas la faute du cheval », a-t-il dit. Il l'a installé dans l'écurie avec Morgan, notre cheval de trait. « Morgan lui apprendra à travailler. » Mais, pendant un temps fou, je n'ai même pas été capable de le regarder. C'est à cause de ce cheval que j'ai décidé de quitter le Vermont pour Boston. Sa présence m'était insupportable.

– Tu es toujours fâchée contre Kaskou ?

– Noon. Tu devrais le voir maintenant ! Il est aussi docile que le vieux Morgan. Amos l'emmène avec lui quand il va chasser dans la montagne : Kaskou lui porte tout son matériel, comme une mule. L'hiver, Amos trace un sillon avec sa charrue tout autour du pré aux vaches et il le fait tourner plusieurs fois par jour, par tous les temps, qu'il neige ou qu'il gèle. Ils vont très bien ensemble, ces deux-là.

– Tu vas retourner dans le Vermont ?

– Oui.

– Je ne veux pas travailler au cabinet.

– Ça ne me plaît pas non plus, mais je le fais quand même.

– Pourquoi ?

Elle descend de la balançoire en se propulsant en avant.

– Viens avec moi. Je vais te montrer quelque chose.

Nous traversons la rue. Jasmine s'arrête devant une porte vitrée, mais elle ne l'ouvre pas. On dirait qu'elle se demande s'il est opportun de l'ouvrir. Puis elle l'ouvre et me fait signe de la suivre.

Nous empruntons un escalier de bois en colimaçon. Nous passons devant des dizaines de portes en bois. Il y a sur la plupart des caractères chinois écrits sur des morceaux de papier blanc.

– Qui travaille ici ? demandé-je.

– Moi, répond-elle en riant.

Nous arrivons en haut de l'escalier et ouvrons la dernière des portes. J'entre dans une pièce rectangulaire à peine plus grande que ma cabane dans l'arbre.

– C'est chez-moi, ici, dit-elle.

– Je croyais que Jasmine habitait dans la salle du courrier.

– Ah, ah ! Très drôle.

Mais je n'avais pas l'intention d'être drôle. Évidemment, Jasmine devait bien habiter quelque part. Mais cette idée ne m'avait pas traversé l'esprit.

– C'était des chambres pour les étudiants en médecine qui étaient en fac à Tufts, explique-t-elle. À présent, ce sont surtout les immigrés cambodgiens qui les occupent. C'est très bon marché et très tranquille. Ça fait salon, salle à manger, cuisine et chambre en même temps ! La salle de bains est là-bas.

Elle m'indique une porte au fond de la pièce.

Un petit lit recouvert d'une couverture en patchwork multicolore est poussé contre un mur. À la tête du lit, il y a toute une ménagerie d'animaux en peluche : un ours brun, un jaguar à taches noires, un chien aux oreilles élimées blanc sale, un cheval à pois, un phoque gris, un kangourou fauve. Au pied du lit, du côté le plus près de nous, occupant tout l'espace entre le lit et la porte, je vois un piano électrique qui comporte autant de touches qu'un piano classique. Une paire d'écouteurs encore branchés est posée sur les touches. De l'autre côté de la pièce, face au clavier et au lit, se trouve un bureau, un classeur métallique, une structure en bois de balsa avec des vêtements suspendus à l'intérieur, une fenêtre avec des rideaux bleus, un réchaud et un réfrigérateur minuscule. Le moindre espace sur les murs de cette pièce est occupé par des étagères contenant des centaines de CD. Au-dessus du classeur métallique, le seul endroit sans étagères, est affiché un poster blanc. Je m'approche pour l'examiner. L'affiche a des bords blancs. Je lis :

KEITH JARRETT
CONCERT DE COLOGNE

Sous ces mots, je découvre la photo en noir et blanc d'un homme qui joue du piano. Il a les yeux fermés, la tête penchée et le menton sur la poitrine. Je reconnais aussitôt l'attitude de quelqu'un qui a l'air de se recueillir avec ferveur. L'homme joue du piano, mais je suis certain qu'il est également en état de remémoration.

Jasmine est à côté de moi, silencieuse. J'ai l'impression qu'elle tient à ce que j'aie le plus de temps possible pour voir tout ce qu'il y a à voir et comprendre ce qu'il y a à comprendre. Lorsque j'ai fini d'étudier l'affiche dans ses moindres détails, je me tourne vers le piano électrique et enfonce délicatement, du bout du doigt, la touche du *do* du milieu du clavier. Elle résiste moins à la pression que celles du piano que nous avons à la maison. Jasmine s'approche et débranche le jack des écouteurs. J'appuie de nouveau sur la touche. L'unique son qui emplit l'air est aigu et mordant comme une bourrasque de vent glacial.

– Tu joues du piano, dis-je.

Elle tire de sous le piano un tabouret rembourré noir, actionne quelques boutons sur la console, ferme la porte de la chambre et se met à jouer.

Cela ne ressemble à rien de ce que je connais. Au début, on dirait du Bach, puis les notes suivent des séquences que mon cerveau est incapable d'anticiper. Il y a des notes et des accords qui sonnent de manière discordante par rapport à celles et ceux qui les précèdent, puis quelques secondes plus tard, ce qui semblait faux se révèle appartenir à la mélodie de base, cette mélodie qui ressemble à du Bach et qui avait toujours été là, présente, mais cachée. Ce qui est différent dans la musique que Jasmine joue, c'est le rythme. Et autre chose encore : on dirait que le piano cherche à être un tambour, ou un cœur qui bat la chamade, ou des coups de tonnerre. La main gauche de Jasmine joue un rythme régulier qui évoque des battements de cœur, puis, comme pour contrebalancer la monotonie répétitive de sa main gauche, la droite se lance dans une mélodie d'une extrême complexité.

Elle s'arrête de jouer, rouvre les yeux et me regarde comme si elle avait oublié que j'étais là.

– Voilà pourquoi je travaille au cabinet. Pour pouvoir venir dans cette petite chambre et faire cela.

Il est évident qu'elle joue du piano depuis des années et des années. Je le sais, car quand j'étais petit, Aurora m'emmenait prendre des leçons chez M. Rockwell, au bout de la rue. Mais cela n'a servi à rien. J'étais incapable de déchiffrer les notes et de jouer en même temps. De même que j'étais incapable de bouger la main droite et la main gauche en même temps. Mes connexions cérébrales ne supportaient simplement pas le voltage élevé requis pour jouer du piano.

– Tu as inventé cette musique. Elle est sortie de ta tête.

Je la vois qui rougit. Pendant un moment je crains de l'avoir vexée.

– C'est incroyable, dis-je. Comment y arrives-tu ?

– Tu t'entraînes, tu t'entraînes, et un jour la musique est là. Ça va… La musique que je fais est passable. Ce n'est pas génial. Elle est très loin d'arriver à la hauteur de la sienne.

Elle jette un regard en direction du poster. Elle se lève et se dirige vers une des étagères. Elle prend un des CD qui y sont rangés.

– Tiens, prends ça.

La photo de l'affiche se retrouve sur la couverture du CD.

– Il est en état de remémoration, dis-je.

– Quoi donc ?

– C'est l'expression que j'emploie pour exprimer le recueillement. Parfois, c'est comme si on attendait que la musique surgisse du silence.

Jasmine me reprend le CD et l'examine pour essayer de voir ce que je vois. Puis elle me le remet dans la main. Elle se retourne et me fait face, et à ce moment-là, j'ai brusquement envie de rire.

– Qu'est-ce qu'il y a ? demande-t-elle.

On dirait que c'est une petite fille qui pose la question.

– Rien, murmuré-je.

– Il faudrait y aller, me dit-elle sans me quitter des yeux.

– Oui. Merci.

– De quoi ?

– De m'avoir montré.

C'est tout ce que je trouve à répondre.

15

Je suis à mon bureau, où je relie des documents à la vitesse optimale et j'attends que Wendell m'appelle. Il a demandé à Arturo si je pouvais l'aider et Arturo a dit oui. D'après Wendell, Arturo était très content. Jasmine n'est pas contente. Avant tout, cela signifie qu'elle aura à finir de relier les documents que j'ai promis à Martha pour ce matin.

– Je n'ai pas confiance en lui. À mon avis, il doit avoir quelque chose derrière la tête.

– Il faudrait en faire le tour, alors ! dis-je pour essayer de la faire rire.

Elle ignore ma plaisanterie. Elle songe, l'air grave.

– Est-ce qu'il sait que tu t'es perdu après votre déjeuner ?

– Non.

Je voudrais demander à Jasmine pourquoi elle m'a posé cette question, mais le téléphone sonne et elle décroche. Elle parle fort dans l'appareil.

– Un seul après-midi. Oui, c'est ça. J'ai besoin de lui demain matin.

Je souris de la voir si grognon de ne plus m'avoir pour l'aider.

– C'était l'abruti junior. Il t'attend.

Wendell porte un pantalon kaki et un polo rouge vif. Il est penché sur son bureau, de sorte que je vois bien qu'il n'a rien derrière la tête, contrairement à ce que supposait Jasmine. Il fait mine de ranger des piles de dossiers.

– Ah, te voilà ! dit-il quand j'entre dans la pièce. Je suis content que tu puisses venir me donner un coup de main. Père aussi. Il est dans tous ses états parce que c'est le dernier jour aujourd'hui pour renvoyer des documents à un autre cabinet et je suis obligé d'aller à une réunion d'orientation pour les nouveaux du squash. Viens ici que je te montre ce que tu as à faire.

Wendell est aussi amical et chaleureux qu'avant notre déjeuner.

– Comment va Jasmine ? Est-ce qu'elle est furieuse parce que je t'ai enlevé pour quelques heures ? me demande Wendell.

– Elle a besoin de moi pour le courrier.

– Ça ne te prendra pas plus d'une matinée maximum. Elle peut bien se passer de toi pendant trois heures, non ?

– Oui.

– Il faut absolument que j'aille à Harvard. C'est moi le capitaine de l'équipe. Bon, alors allons-y. Ce que tu as à faire est très simple. Cela concerne l'affaire Vidromek. Tu as entendu parler de Vidromek, non ? Très *importante*. Si nous foirons ce dossier, nous sommes *kaputt*.

Wendell se passe la main en travers du cou, comme une épée.

– Les gens qui poursuivent Vidromek prétendent qu'ils ont été blessés parce que les pare-brise n'ont pas explosé en milliers de petits éclats inoffensifs, comme prévu. Ils essaient de découvrir si M. Acevedo, le président de l'entreprise, connaissait le danger de ces pare-brise, et s'il a continué à en fabriquer malgré tout. Tu me suis ?

– Oui, je crois.

– La partie adverse nous a soumis une liste de documents à leur fournir. Ces documents, quand nous les avons, se trouvent dans ces deux cartons. J'ai cherché dans une trentaine de cartons ce qu'ils voulaient, mais je n'ai pas eu le temps de classer ces papiers dans l'ordre ni de supprimer les doublons des photocopies. Ce sera ton travail. Il faut que tu consultes la liste qu'ils nous ont remise et que tu ranges les documents en tas distincts en respectant l'ordre de la liste. Elle est très détaillée et précise : « lettre de M. Machinchose à M. Machinchose, datée du tant, etc. » Tu me suis toujours ?

– Oui, je te suis toujours.

– Parfois, tu trouveras plusieurs copies du même document. Nous n'en avons besoin que d'une seule. Les autres, tu les mettras dans le carton marqué « À jeter ». D'accord ? S'il y a plusieurs documents apparentés, tu devras les classer d'une manière ou d'une autre, par ordre chronologique, par exemple, ou par expéditeur ou destinataire. Prends par exemple le numéro 25 de la liste, là…

Wendell saisit une liasse de documents et lit :

– « Toutes les propositions faites par Sandoval & Holmes pour régler le litige concernant les pare-brise. »

Dans les cartons, tu verras un petit numéro 25 écrit au crayon sur tous les documents qui entrent dans cette catégorie. Tu devras donc prendre tous ces documents et les classer. Tu sais très bien faire ça, hein, Marcelo ?

– Oui, j'aime bien classer les choses.

– C'est pour ça que j'ai demandé à ton père si tu pouvais m'aider. Tu aurais dû le voir ! Il était absolument ravi. Vidromek est son plus gros client et le plus ancien aussi, donc il est tout à fait normal que tu sois dans le coup. Tu es l'homme de la situation. C'est un petit peu plus important que ce que tu fais avec Jasmine, et surtout ça exige un peu plus de réflexion. Tu dois t'assurer de bien examiner absolument tous les documents contenus dans ces deux cartons. Si jamais nous leur répondons que nous n'avons pas tel papier qu'en réalité nous avons, on sera…

– *Kaputt*, dis-je en faisant de la main le même geste de couperet.

– Exactement. On sera très mal barrés.

– D'accord.

Je me demande si les efforts de Wendell pour me faire travailler avec lui sont une façon de me faire savoir qu'il veut être mon ami.

– Tu n'auras qu'à laisser les cartons ici quand tu auras terminé. Juliette fera des photocopies de tout ce que nous leur enverrons demain matin.

Wendell se tait, mais il ne s'en va pas. Attend-il que je dise quelque chose ?

– D'accord, dis-je de nouveau. Je comprends.

Il s'approche du bord du bureau.

– Donc, nous allons bientôt obtenir ce dont tu as tellement envie.

– Oui.

Mais en réalité, je ne sais pas à quoi il fait allusion.

– Le pacte dont nous avons parlé tous les deux. Je fais ma part: j'ai réussi à te faire travailler pour moi de façon que tu exécutes une tâche simple. Et il y en aura d'autres du même ordre tout l'été. Ensuite, nous dirons à ton père combien nous sommes contents de toi. D'accord? C'est ce dont nous étions convenus.

– Oui.

Je suis troublé. De quoi étions-nous convenus déjà? Wendell est trop rapide pour moi.

– Oui? Oui, comme dans «oui, tu vas faire ta part». Tu vas demander à Jasmine de venir faire un tour en bateau. Nous étions d'accord, non? Tu lui as posé la question?

J'essaie de me rappeler sur quoi nous nous étions mis d'accord au cours du déjeuner. À quoi me suis-je engagé? Je suis certain que je ne me suis pas engagé à poser cette question à Jasmine. Ai-je dit que j'allais y songer? Comment aurais-je pu seulement y songer?

Wendell consulte sa montre.

– Il faut que j'y aille. Je considère que c'est un oui. Nous étudierons les détails plus tard.

Je reste dans le bureau à fixer les cartons. Que s'est-il passé? Pourquoi ai-je hésité à dire à Wendell que je ne l'aiderais en rien qui puisse nuire à Jasmine? Comment se fait-il que, tout en ayant saisi les intentions d'ordre sexuel de Wendell, je tiens pourtant à réussir aux yeux de mon père?

Je me mets au travail. J'ai envie d'en terminer au plus vite pour pouvoir retourner à la salle du courrier. Aurora m'a raconté que, quand j'étais petit, c'est moi qui allais chercher le courrier et je le triais en piles différentes. Mon classement était assez mystérieux, paraît-il. Parfois, je le triais selon la taille de l'enveloppe, parfois selon la couleur du timbre. Mais il y avait des fois où, en dépit de ses efforts, elle ne parvenait pas à comprendre ma logique. Je ne m'en souviens pas du tout, mais je suppose que ç'a dû être difficile de trouver le point commun parmi tant de possibilités. Cela me fait penser à mes CD. De temps en temps, je les classe par compositeur, parfois par instrument, parfois par date d'acquisition. En ce moment, ils sont classés d'une façon que personne ne pourra deviner même après des millions d'années. Depuis l'année dernière, je les classe par sentiment prédominant : joie, tristesse, manque, solitude, sérénité, colère. La raison pour laquelle personne ne serait capable de deviner mon classement, c'est que je suis moi-même souvent le premier étonné en m'apercevant qu'un certain CD se trouve dans la catégorie « bonheur », par exemple, alors qu'en l'écoutant de nouveau je constate qu'il évoque tout sauf le bonheur.

Voilà ce à quoi je pense en me consacrant à la tâche qui m'est assignée : classer les documents de la liste. Tout d'abord, je cherche dans la liste tous les documents qui entrent dans la même catégorie. Puis je cherche les documents dans les cartons et je commence à les répartir en piles distinctes. Je traite en premier ceux qui sont les plus évidents. Toutes les lettres écrites *par* M. Reynaldo Acevedo, président de Vidromek, j'en fais une pile. Je les classe par ordre chronologique. Toutes les lettres écrites *à* M. Acevedo, une autre pile. Puis viennent les mémos des employés de

Vidromek *à* M. Acevedo et les mémos *de* M. Acevedo aux employés. Je fais une autre pile de ce qui ressemble à des rapports qui contiennent différents types d'informations, puis une autre encore composée des diverses lettres et enveloppes adressées au cabinet d'avocats. J'arrive en tout à neuf sortes de piles.

Une heure environ vient de s'écouler, et je pense que d'ici une autre heure j'aurai achevé ce dont m'a chargé Wendell. Et si Arturo me demandait de travailler pour lui à temps complet ? D'un côté, trier tous ces documents est beaucoup plus amusant que photocopier et relier bêtement, ce que je fais en règle générale dans la salle du courrier. De l'autre, ça ne me plairait pas de travailler avec Wendell. J'aime bien travailler avec Jasmine. J'aime bien cette sensation quand on travaille tous les deux en silence ou quand elle me dépose sans un mot un nouveau CD de jazz sur mon bureau. Cela me rappelle l'époque où Joseph et moi faisions côte à côte de la peinture d'après les chiffres.

Une heure plus tard, j'en ai fini avec cette tâche. Je décide de vérifier tous les documents que j'ai placés dans le carton marqué « À jeter », afin de m'assurer que je n'y ai pas mis un papier par erreur. Wendell ne m'a pas demandé de le faire, mais cela me paraît logique. Nous devrions avoir gardé une copie de chaque document qui s'y trouve. Au fond du carton, je découvre une enveloppe brune. Je l'ouvre. Il y a une photo à l'intérieur.

Je ne la regarde qu'une fraction de seconde avant de la reposer à l'envers sur le bureau. Je ferme les yeux, mais l'image persiste. Je peux remettre simplement la photo dans l'enveloppe et m'en aller. Je sais que si je la regarde de nouveau, j'en serai affecté, comme par une brûlure. Pourtant, il faut que je regarde. Je ne peux pas m'en empêcher. C'est aussi irrésistible que la MI certains jours.

Je retourne lentement le cliché. Je me concentre sur les yeux de la fille. Elle a mon âge, peut-être un an de moins, mais c'est difficile à dire. Ses yeux me rappellent quelqu'un. Des yeux que j'ai déjà vus. La moitié du visage est intacte, mais l'autre côté manque. La peau du côté abîmé est flétrie et couturée, comme si la joue et la mâchoire avaient été grossièrement sectionnées à l'aide d'un couteau émoussé. Les lèvres s'interrompent à mi-chemin, une oreille semble sur le point de tomber. Je prends l'enveloppe et la pose sur la photo pour qu'elle recouvre le bas du visage. Ces yeux. On dirait que les yeux sont étrangers à ce qu'est devenu le reste du visage. On dirait qu'elle ne s'est pas encore vue dans la glace. Et il y a autre chose dans ces yeux : une question qui m'est adressée.

– Comment ça va, Marcelo ?

Arturo est derrière moi. Je fais disparaître la photo dans l'enveloppe aussi vite que possible. J'ai l'impression que l'air s'est raréfié dans tout le cabinet.

– Que se passe-t-il ?

– Rien.

Je me retourne et dissimule l'enveloppe de tout mon corps. Arturo se tient dans l'encadrement de la porte. Depuis combien de temps est-il là et m'a-t-il vu cacher la photo ? Je sens très profondément que je dois à tout prix la lui cacher. C'est comme si je ne voulais pas qu'il m'enlève ce que j'ai ressenti en voyant la fille.

– Alors, tu as bien fait tout ce que Wendell attendait de toi ?

– Oui.

– Il m'a demandé si tu ne pouvais pas travailler pour lui à plein temps jusqu'à la fin de l'été. Je crois que ce serait très intéressant pour toi. Ça te donnerait l'occasion de faire quelque chose de plus stimulant. Et…

– Jasmine a besoin de moi, dis-je, sentant monter la colère.

– Et, comme je le disais, je pense que tu as besoin de fréquenter un jeune homme comme Wendell. Tu as besoin de travailler avec des hommes, c'est une bonne expérience. Tu apprendras bien plus avec lui qu'avec Jasmine.

– Ce n'est pas juste.

J'ai parfaitement conscience de m'exprimer comme un enfant.

– Qu'est-ce qui n'est pas juste ? En quoi travailler au courrier est-il si important pour toi ?

Je m'aperçois qu'en effet il n'y a rien d'injuste à ce que je ne travaille plus au courrier. Cela me semble simplement injuste tout à coup. J'essaie de m'expliquer le mieux du monde.

– Ce n'est pas juste de supprimer l'aide de Jasmine. Et il a fallu un long moment à Marcelo pour apprendre à bien travailler au courrier. J'y travaille bien. Jasmine et Marcelo travaillent très bien ensemble. Nous nous aidons l'un l'autre.

– Tu hausses le ton. Cela fait très longtemps que ça ne t'est pas arrivé. C'est intéressant. En attendant, je vais fournir à Jasmine l'aide dont elle a besoin. Ça va lui faire plaisir.

Il s'approche de moi. Je recule, cachant l'enveloppe à sa vue.

– Wendell te veut. Il a l'air convaincu que tu peux l'aider. Travailler avec lui, cela signifie lire davantage, analyser davantage. C'est un travail plus intellectuel. Tu en apprendras plus en travaillant avec lui. C'est bien l'objectif de cet été, non ?

Je voudrais lui dire que l'unique raison pour laquelle Wendell veut me faire travailler c'est pour que je favorise ses relations avec Jasmine, mais je ne peux pas le lui dire. Je suis trop fatigué pour dire quoi que ce soit. Toute l'énergie de la colère m'a traversé et a emporté avec elle tous les mots. En outre, je sais bien que seul, sans le secours d'Aurora, il n'y a aucun moyen d'espérer faire changer Arturo d'avis une fois qu'il a décidé ce qui était bon pour moi.

Les mains derrière le dos, je serre l'enveloppe entre mes doigts, puis je hoche la tête en signe d'obéissance à ce nouvel ordre.

16

Si l'objectif est d'arriver jusqu'au bout de l'été, d'exécuter simplement les tâches qui me sont assignées, pourquoi la photo de cette fille me trouble-t-elle à ce point ? J'ai fait exactement ce qu'on m'a demandé. Si je n'avais pas vérifié de mon propre chef dans les papiers à jeter, je n'aurais pas découvert la photo et son regard ne m'aurait pas brûlé de la sorte. Pourquoi ne puis-je oublier ce que j'ai vu et passer outre, en comptant les jours qui me restent à passer au cabinet ?

Ici, dans l'obscurité de ma cabane dans l'arbre, j'essaie tant bien que mal de comprendre ce qui est arrivé, ce qui arrive. J'ai vu la photo d'une fille qui a été défigurée par le fabricant de pare-brise que représente Arturo. La photo était destinée à la poubelle et ce ne pouvait être une erreur. L'histoire de cette fille n'avait aucune espèce d'importance aux yeux du cabinet d'avocats, aux yeux… d'Arturo ? Je me rappelle la façon dont Arturo avait parlé à l'homme de la salle de sport ; on aurait dit qu'il avait des secrets, des choses dont il ne pouvait parler ouvertement. Que fait mon père ?

J'ai rencontré à Paterson des enfants autistes affectés par des choses auxquelles les gens normaux sont parfaitement indifférents. Comme la fois où Alexandra a refusé de parler pendant des semaines après que l'assistant d'un professeur eut jeté par inadvertance la carte postale qui était tombée de sa table. Personne ne pouvait comprendre son chagrin pour une carte postale, hormis quelques autres jeunes autistes. Est-ce ce qui m'arrive en ce moment ? Une réaction disproportionnée due à mon état, quel qu'il soit ? Ce que je ressens pour la première fois, est-ce un simple symptôme, une émotion qu'une personne normale ne ressentirait pas ?

J'ai rencontré des enfants qui souffraient, à Paterson, à St Elizabeth. C'est comme si j'avais évolué parmi eux sans voir la souffrance qui les taraudait. À présent, je découvre la photo de cette fille et j'ai l'impression d'être responsable de sa souffrance.

Je ferme les yeux et le portrait de Jésus qu'avait Abba quand elle habitait chez nous m'apparaît. Sur la poitrine de Jésus se trouve un cœur rouge, et autour du cœur une couronne d'épines. Une flamme s'élève du haut du cœur. Un jour où Abba m'avait surpris à regarder cette image, elle m'a dit : « C'est le cœur de Jésus. Voilà ce qu'Il ressent pour nous. » Puis elle a décroché l'image et s'est assise à côté de moi, sur son lit : « Les épines représentent la peine qu'Il éprouve pour toutes nos souffrances, et la flamme Son amour. »

Cette nuit, allongé dans le noir, l'enveloppe contenant la photo de la fille posée sur mon bureau, je comprends ce qui, dans le portrait de Jésus, me fascinait tellement que je ne pouvais m'empêcher de le regarder, dès que je pénétrais dans la chambre d'Abba. Quelque chose dans cette image ne collait pas, n'était pas à sa place. Le regard de Jésus était empreint de ce que je prenais pour la douceur de l'amour, mais la flamme brûlait dans Son cœur d'un feu terrible. En remplaçant le regard de Jésus par les yeux de la fille, le portrait de Jésus prend enfin tout son sens, car Ses yeux reflètent l'intensité du feu qui consume Son cœur.

J'entends Namu qui gémit en bas. Il sait que je n'ai pas dormi de la nuit, même si je ne me suis pas agité dans mon sac de couchage et que je suis resté parfaitement immobile, suivant des yeux, par la lucarne de ma cabane, la course des étoiles dans le ciel. Namu perçoit mon agitation et m'apporte un réconfort.

Je cherche la MI, mais elle est introuvable. Puis j'essaie d'interrompre le flot de mes pensées en m'efforçant de me remémorer un extrait des Saintes Écritures, mais je n'arrive pas à me concentrer. Cette mémoire possède une vie propre, et je ne retrouve que des bribes de la Bible, des phrases éparses dépourvues de sens, sorte de tour de Babel intérieure.

L'aube est en train de poindre. La nuit cède lentement la place au jour. J'enfile un T-shirt, un short et des tennis. Je descends de ma cabane et caresse la tête de Namu.

– Tu veux venir te promener ?

Il se tourne et attrape la laisse accrochée au toit de sa niche.

C'est lui qui me conduit. Il décide d'emprunter le sentier le plus escarpé.

17

Je rassemble mes affaires qui sont sur ma table et je me prépare à partir. La seule chose positive dans ma nouvelle affectation auprès de Wendell, c'est que j'aurai plus de facilité à fouiller dans les cartons de Vidromek pour réunir des informations sur la fille. Je ne sais pas encore ce que je vais trouver. J'ai peur de ce que je pourrais découvrir. Mais, la nuit dernière, ou plutôt ce matin, j'ai décidé de répondre à ce besoin irrépressible qui me pousse à en savoir davantage sur cette fille, quelles qu'en soient les conséquences.

– Hé !

J'entends la voix lointaine de Jasmine.

Elle me voit ranger mes affaires dans un carton.

– Que se passe-t-il ?

Elle a l'air inquiet.

– On m'a chargé de travailler à plein temps pour Wendell.

Je n'ose pas la regarder.

– Mais quel… Quand ? Comment ça ?

– Hier. Quand j'ai eu fini d'aider Wendell. Arturo a décidé. Il va s'arranger pour que tu aies quand même de l'aide. Peut-être que Jasmine pourra avoir Belinda.

Alors je vois parmi mes affaires la liste que Jasmine m'a écrite le premier jour, et je lève les yeux.

– Non mais, je n'y crois pas !

Je n'ai jamais vu Jasmine aussi contrariée.

– Attends. Reste ici. Ton père est encore là ?

– Oui.

Elle sort de la salle du courrier d'un pas décidé. Elle va se bagarrer pour que je continue à travailler avec elle. Une douce chaleur m'envahit.

Jasmine revient dix minutes plus tard, l'air abattu.

– Je crois bien que désormais tu vas travailler pour Wendell, dit-elle en se laissant tomber sur sa chaise.

– Qu'a dit Arturo ?

– Tu pourras m'aider à temps partiel jusqu'à ce que j'aie trouvé quelqu'un d'autre. Ne t'inquiète pas, je vais établir un planning avec la reine Juliette. Tout cela est très curieux. Tu n'as rien remarqué de particulier hier quand tu travaillais pour Wendell ?

– Non. Oui. Pas avec Arturo. Il s'est passé autre chose.

– Quoi donc ?

Je réfléchis un instant avant de sortir la photo de la fille.

– J'ai trouvé ça dans un carton marqué « À jeter ».

Elle fait rouler sa chaise jusqu'à moi et me prend la photo des mains.

– Oh…

Je sens que Jasmine a du mal à regarder le cliché.

– Je ne comprends pas. Je ne vois pas le rapport entre cette photo et ton travail pour Wendell.

– Il faut que j'en sache un peu plus sur la fille de la photo.

– Tu as trouvé ça parmi des documents à jeter ?

– Oui.

– Tu ne sais pas qui c'est ?

– Non.

– Bon. Nous essaierons de savoir qui c'est plus tard. Pour l'instant, il faut que je comprenne en quel honneur tu ne peux plus me seconder. Est-ce toi qui as demandé à travailler avec Wendell ?

– Non. Wendell a demandé à Arturo.

– Pour quelle raison ?

La promenade en bateau. Ça me revient soudain à l'esprit.

– Il veut que tout se passe bien pour moi au cabinet pour que je puisse aller à Paterson l'année prochaine.

Je ne sais pas très bien si c'est un mensonge ou pas.

– Mais oui, bien sûr…

J'ose à peine regarder Jasmine en face. Je ne sais pas si je dois lui parler de la promenade en bateau, de l'accord que nous avons passé Wendell et moi, et lui expliquer pourquoi il fait tout cela. Mais Wendell se trompe : il n'y a pas d'accord entre nous.

– Je crois que je devrais essayer d'appeler Belinda. Peut-être est-elle encore libre.

Je lis la déception sur le visage de Jasmine. Comment peut-elle être déçue de me perdre et de retrouver Belinda ?

– Jasmine m'aidera-t-elle à savoir qui est la fille de la photo ?

Elle me regarde longuement et avec insistance. Je devine la question qu'elle ne formule pas : *pourquoi ?*

– On va en parler, finit-elle par répondre. Viens me chercher à midi. Nous irons à la cafétéria. Nous mettrons au point une stratégie. Je n'ai pas la moindre idée de ce qui se trame ici. Mais qu'est-ce que c'est que cet endroit !

Alors que je m'apprête à quitter la salle du courrier, serrant contre moi le petit carton qui contient toutes mes affaires, Jasmine m'arrête un instant.

– Tiens, dit-elle en glissant un CD dans le carton. C'est pour toi.

Je sais que ce n'est pas le cas, mais en quittant la salle du courrier, j'ai l'impression de partir pour un très, très long voyage.

Elle a devant elle une soupe de pois cassés dans une tasse en polystyrène et moi le sandwich au thon qu'Aurora m'a préparé. Nous sommes assis à une table tout au fond de la cafétéria, derrière un pilier, là où on ne peut pas nous voir. La cafétéria est située un étage au-dessus de nos bureaux, de sorte que nous pouvons y monter par l'escalier si nous le désirons. C'est la deuxième fois que j'y vais.

– Donc, dit Jasmine après avoir émietté un cracker salé dans sa soupe, en ce qui concerne la fille de la photo…

– Raconte-moi.

– Cette fille a été blessée par un pare-brise Vidromek. Tu le sais, n'est-ce pas ?

– Le pare-brise est supposé exploser en milliers de petits éclats inoffensifs en cas de choc.

– Exact. Donc la fille a été blessée et ses parents ont probablement intenté un procès à Vidromek. C'est pourquoi la photo s'est retrouvée dans un des cartons de Wendell. Tu sais ce que signifie intenter un procès, instruire une affaire, régler à l'amiable, etc. ?

– Oui.

Je me rappelle la conversation qu'Arturo a eue avec M. Gustafson au club de sport.

– Les gens se battent comme des ennemis.

– Oui, c'est un peu ça. Les parents de la fille ont sûrement engagé un avocat, et cet avocat exige une somme d'argent de la part de Vidromek, car il estime que Vidromek est en tort.

– Vidromek a fabriqué le pare-brise. Ils sont en tort.

– J'ignore tous les tenants et aboutissants juridiques, mais si c'était aussi simple, il y aurait bon nombre d'avocats et autres juristes au chômage.

– Mais c'est Vidromek qui a fabriqué le pare-brise, et le pare-brise n'a pas explosé en miettes comme il était censé le faire.

– D'accord. Regarde cette soupe. Je peux t'assurer qu'elle est brûlante. Si, le sachant, je décide quand même de la manger et que je me brûle la langue au premier degré, suis-je en droit de poursuivre les fabricants de cette soupe ou le cuisinier ? Suppose qu'il y avait une petite fissure dans le pare-brise, faite par un caillou ou autre, et que les parents de la fille ne l'ont pas fait réparer, et que c'est à cause de cette fissure que le pare-brise ne s'est pas cassé en mille morceaux comme il l'aurait dû. Voilà un argument de défense que pourraient utiliser Sandoval & Holmes. Ils pourraient dire que c'est la faute du père de la fille, car il n'a pas fait réparer la petite fissure. Et il y en a bien d'autres.

– Jasmine pense-t-elle que c'est ce qui s'est passé ?

– Je sais que les avocats du cabinet vont tout mettre en œuvre pour prouver que Vidromek n'est pas responsable. Vidromek est poursuivi par des tas de gens à cause de ces fameux pare-brise, et le cabinet se refuse catégoriquement à tout règlement à l'amiable, car ce serait reconnaître qu'ils sont en tort.

– Ils le sont.

– Pourquoi font-ils autant chauffer cette soupe, au point qu'il faut attendre un quart d'heure avant de pouvoir la manger ? Pourquoi ne pas essayer d'atteindre la bonne température pour qu'on puisse simplement la manger sans se poser de questions ?

– Ce doit être difficile d'atteindre cette bonne température. Une température qui conviendrait à tout le monde, suggéré-je.

– Quand tu retourneras dans ton bureau, vérifie au dos de la photo : il devrait y avoir un numéro.

– Il n'y a pas de numéro.

– Tu es sûr ?

– Oui. J'ai regardé pour voir s'il n'y en avait pas, comme sur les autres documents rangés dans les dossiers.

– Peut-être quelqu'un a-t-il oublié d'en mettre un…

– Aurait-elle été jetée parce qu'elle ne portait pas de numéro ?

– Non, pas si elle semble se rapporter à une affaire précise. En voyant cette photo, n'importe qui saurait qu'elle concerne l'affaire Vidromek. On ne jette rien exprès, peut-être l'a-t-elle été par accident. Mais tu n'y crois pas, n'est-ce pas ?

– Non. Ce carton ne contenait que des photocopies.

J'ai vérifié. Et il n'y avait pas d'autres enveloppes comme celle de la photo.

Jasmine repousse la soupe devant elle. Elle se prend la tête entre les mains. Quand elle s'adresse de nouveau à moi, elle n'a plus le même ton. C'est celui qu'on emploie lorsqu'on ne tient pas particulièrement à faire preuve de logique.

– Pourquoi t'intéresses-tu à cette fille ?

Je m'aperçois que ma main s'ouvre et se ferme mécaniquement. Je cesse de le faire.

– J'ai senti quelque chose. J'ai senti quelque chose que je n'avais jamais senti auparavant. C'était comme un feu. Ici... et là...

Je touche le haut de mon estomac, au milieu, entre les côtes.

– C'était comme si j'avais envie de me bagarrer contre les gens qui l'avaient blessée. Et puis j'ai compris que cela concernerait également mon père. C'était troublant. Et...

– Vas-y, continue. Je veux savoir.

– Il y avait la fille elle-même. Pas de colère, non. Quelque chose d'autre.

– Ah...

– Je n'ai pas de mot pour ça.

Elle fixe la soupe à laquelle elle n'a pas touché. Je sens que je dois expliquer à Jasmine ce que je ressens pour cette fille, mais comment le puis-je alors que je l'ignore moi-même ?

– C'était comme une question. Une question qui exigeait une réponse.

– Quelle question ?

– Je n'ai pas de mot pour l'exprimer.

– Mais si tu devais la formuler, quelle serait-elle ?

Y a-t-il une façon de formuler ce que je ressens ? Il me semble qu'un long moment s'est écoulé avant que je réponde.

– Ce pourrait être quelque chose comme : « Comment pouvons-nous vivre alors qu'il y a tant de souffrances autour de nous ? » Est-ce que c'est compréhensible ? Est-ce le genre de questions que l'on peut poser ?

J'attends qu'elle me réponde.

– On devrait y aller maintenant, dit-elle au bout de quelques secondes.

– Crois-tu qu'Arturo a déjà vu cette photo ?

Je la vois hésiter.

– Si elle faisait partie d'un dossier instruit contre Vidromek, certainement. C'est le plus gros client du cabinet. Quatre-vingts pour cent environ des revenus du cabinet proviennent de Vidromek. Ton père tient à consulter tout document concernant Vidromek.

– Mais une erreur a pu être faite : un document a pu avoir été reçu et classé sans qu'Arturo l'ait vu.

– Oui, c'est possible.

Elle détourne la tête et mordille sa lèvre inférieure.

– Tu veux lui parler ? De la photo ?

– Je crains que si je parle à Arturo il ne m'autorise pas à aider cette fille, ou que cette fille en souffre davantage.

J'ai dû avoir l'air un peu coupable, car j'entends Jasmine dire :

– C'est bon. Ce n'est pas la peine d'avoir honte. Nous sentons ce que nous sentons.

– Mon père ne fait que ce qui est juste.

Je vois presque ces mots flotter devant moi, se matérialiser.

– Tu ne devrais pas te sentir gêné de ne pas lui en parler. C'est normal de vouloir obtenir plus d'informations avant de t'en ouvrir à lui.

J'enveloppe le sandwich intact dans un morceau de papier d'aluminium froissé. Je le lisse le mieux possible et range le sandwich dans le sac en papier, avec les cookies et la pomme. Je voudrais détourner le cours de mes pensées, alors je dis :

– J'ai un aveu à te faire. Mais peut-être que ça ne va pas te faire plaisir.

– Quoi donc ?

Je lis sur son visage l'impatience que je souhaitais y voir.

– Ce matin, j'ai écouté le CD que tu m'as prêté : l'interprétation de Keith Jarrett des *Variations Goldberg*. Sur mon ordinateur portable, avec les écouteurs.

– Au lieu de travailler pour Wendell ?

Elle est stupéfaite de mon audace.

– Non. Wendell était absent ce matin. Je n'avais rien à faire alors j'ai écouté le CD.

– Oh, non ! Comment as-tu osé ? Tu as omis d'exercer les immenses talents requis pour ton nouvel emploi !

– Oui, je sais, dis-je en essayant de prendre l'air navré de m'être montré aussi irresponsable.

– Tu as raison, ça ne me fait pas du tout plaisir.

– Non, ce n'est pas à ça que je pensais.

– Alors quoi ?

– J'ai un CD des *Variations Goldberg* à la maison, jouées par un pianiste du nom de Glenn Gould ; et je trouve que Glenn Gould les interprète plus correctement que Keith Jarrett.

– Plus correctement ? Plus correctement ? Qu'est-ce que ça veut dire « plus correctement », ça existe ?

– Oui.

En réalité, je ne suis pas vraiment sûr que « plus correctement » soit correct d'un point de vue grammatical.

– Très bien, d'accord. On discutera à un autre moment de cette histoire de « plus correctement ». Mais comment peux-tu dire une chose pareille ? Tu te trompes complètement, mais complètement ! Bon, laissons ça de côté pour l'instant. En attendant, réponds seulement à cette question : quel est le meilleur artiste, lequel a le plus de talent ? Ton Glenn Gould qui *interprète* les *Variations Goldberg* de Bach « plus correctement », comme tu dis, ou mon Keith Jarrett qui *improvise*, qui *crée*, à chaud ? Réponds-moi.

Cela m'est impossible. Je suis incapable de répondre à sa question. Je suis complètement perdu. Je vois quels talents et quelles qualités exigent les deux types de jeu, et je suis bloqué. Elle attend ma réponse, rayonnante. Je sens sa chaleur d'où je suis, de l'autre côté de la table. Et cette chaleur me rappelle le feu que j'ai perçu dans le regard de la fille.

– Il faut que j'aide cette fille d'une manière ou d'une autre.

– Je sais, dit-elle toujours rayonnante.

– Mais je ne veux pas faire de mal à mon père.

La chaleur qui émane de Jasmine s'estompe peu à peu.

– Je sais.

– Que ferait Jasmine à ma place ? Oublierait-elle la photo ? Jasmine trouve-t-elle que j'agis bizarrement ?

– Toi seul peux répondre à ce genre de question.

– Je sais. Mais pourquoi Jasmine ne peut-elle me dire ce qu'elle en pense ?

– Parce que mon opinion ne pourrait se fonder sur tous les éléments qui doivent être pris en compte. Je ne suis pas à ta place. Je ne ressens pas ce que tu ressens pour ton père ou pour… la fille. Je ne suis pas en position de perdre ce que tu pourrais perdre. À chaque décision que l'on prend, quelle qu'elle soit, on perd quelque chose. Tout le problème est de savoir ce que l'on est disposé à perdre. Ce n'est pas moi qui joue du piano ici. C'est toi qui dois décider quelle note tu as l'intention de jouer.

– Mais comment saurai-je si c'est la bonne note ?

– La bonne note sonne juste et la mauvaise sonne faux.

Nous retournons au bureau sans échanger une parole. Dans l'ascenseur silencieux, je me pose la question suivante : « Si je ne fais rien pour aider la fille, si je laisse les choses en l'état, que vais-je perdre ? »

18

Alors que je retourne dans le bureau de Wendell, après déjeuner, j'entends Juliette s'adresser à moi :

– Il paraît que tu as reçu une promotion.

Tout d'abord, je décide de ne pas lui répondre, puis je dis :

– Quand Wendell doit-il revenir ?

Elle ouvre le premier tiroir de son bureau et me tend un mot. Je reconnais l'écriture de Wendell.

– Il est passé pendant que tu déjeunais, m'informe-t-elle.

Salut Marcelo,

Qu'est-ce que je t'ai dit ? Demande, et il te sera donné. Je pars pour le reste de la semaine en petite croisière de détente. Juliette te dira ce qu'il y a à faire. Rappelle-toi : Sandoval & Holmes avant tout. Garde-toi des griffes de Juliette si tu en es capable.

Wendell

Je plie le papier.

– Vous êtes censée me dire ce que j'ai à faire.

– Ah oui ? C'est tout ce qu'il dit ?
– Il dit que je dois me garder de vos griffes.
– C'est de l'humour ou quoi ?
– Je crois qu'il parlait au sens figuré.
– Je n'ai jamais griffé personne de ma vie.

Elle a l'air contrarié, mais pas à cause de moi. Elle n'est pas contente de ce que Wendell a dit d'elle. Cela signifie que Wendell pense à elle d'une manière différente de celle qu'elle voudrait. C'est ainsi que j'interprète sa mauvaise humeur. Mais, en même temps, Juliette est toujours de mauvaise humeur. Je ne l'ai jamais vue sourire. Je m'aperçois tout à coup combien il était agréable de travailler au courrier. Jasmine ne souriait pas beaucoup non plus, mais ce n'était pas pareil.

– Juliette a-t-elle déjà vu le yacht de Wendell ?

Cette question m'est venue brusquement.

Juliette sursaute. Je la dévisage et je perçois de la peur dans son regard.

– En quoi ça t'intéresse ?

On dirait qu'elle redoute de connaître ma réponse.

– Je voulais savoir à quoi ressemblait son bateau.
– C'est un bateau…
– Wendell a invité Juliette.

Ses joues, d'ordinaire pâles, rougissent. Je la trouble alors que ce n'était pas mon intention.

– Pour ton information, bien que cela ne te regarde pas, sache que Wendell m'a invitée sur son bateau comme il a invité des tas de gens du cabinet. Et, toujours pour ton information, je sais à quoi ressemble son bateau, mais je n'y suis pas allée sur l'invitation de Wendell. Les petits garçons ne m'intéressent pas.

Elle est énervée et se tourne vers son ordinateur. Elle commence à taper quelque chose. Je crois qu'elle regrette de m'en avoir dit autant. Il me semble que ces derniers temps j'ai mieux que jamais interprété le comportement des gens. Mais comment savoir si ces interprétations sont vraiment exactes sans s'en assurer en posant directement la question à la personne ou en faisant quelque chose susceptible de révéler son état d'esprit ? Je décide de ne plus me tracasser à ce sujet. Je ne sais pas pourquoi j'ai demandé ça à Juliette. Ni pourquoi j'ai menti en lui disant que je voulais savoir à quoi ressemblait le bateau. Que voulais-je savoir au juste ? J'ai ressenti une sorte de soulagement lorsqu'elle m'a répondu que bien d'autres gens étaient montés sur ce bateau. Le fait que Jasmine ne soit pas la seule et unique préoccupation de Wendell me rassure.

– Tu vas rester planté là tout l'après-midi ?

Jasmine avait l'habitude de me demander ça quand elle me voyait perdu dans mes pensées au beau milieu d'une tâche. Mais il y avait une pointe d'humour dans son ton. Dans celui de Juliette, je ne perçois que de l'agacement.

– D'après le mot, Juliette doit me dire ce que j'ai à faire.

– Il faut aussi que je joue les baby-sitters ?

Elle se lève et se dirige vers le bureau de Wendell. Elle ne me demande pas de la suivre, mais je suppose que c'est ce qu'elle attend de moi.

Elle se poste à la porte.

– Wendell ne veut plus un seul carton dans son bureau. Emporte-les là où tu vas t'installer.

– Là où je vais m'installer.

– Tu répètes toujours ce qu'on te dit ?

Avant que j'aie pu répondre, elle repart. Juliette marche comme si elle avait une pile d'assiettes en équilibre sur la tête. Nous nous arrêtons trois bureaux plus loin.

– L'avocat qui occupe ce bureau est en vacances, et à son retour il sera viré, donc tu peux t'installer ici. Range les photos et ses affaires dans un carton. Ne fouille pas dans ses tiroirs. Il le fera lui-même. Il sera saqué dès qu'il aura franchi la porte du cabinet.

Je contemple le bureau couvert de photos d'enfants. « Viré, saqué », je ne suis pas sûr de comprendre ces mots, mais comme je vais occuper le bureau de cet avocat, je suppose que cela signifie qu'il va être renvoyé.

Juliette me regarde comme si j'étais un idiot. Je le suis probablement à ses yeux. Elle me l'a déjà dit.

– Viré, saqué. Ça veut dire renvoyé. Ou pour le dire de façon à ce que tu comprennes : *ciao, baby, bye bye, bonjour chez vous !*

– Pourquoi ?

– Il n'a pas été à la hauteur, pas fait ce qu'on attendait de lui. Trop mou.

Écouter Juliette exige un gros effort de ma part. Au risque de l'énerver de nouveau, voire de l'énerver davantage, je lui demande :

– Qu'est-ce que ça veut dire être trop mou ?

Elle repart vers son bureau. Je la suis, songeant qu'elle ne va pas répondre à ma question, mais je l'entends parler et je presse le pas pour marcher à ses côtés.

– Les gens s'adressent à Sandoval & Holmes quand ils veulent les plus teigneux et les plus coriaces des avocats. Quand les autres cabinets apprennent qu'on est sur une affaire, ils savent que leur client n'a aucune chance de gagner son procès. Si tu veux réussir ici, tu dois te montrer impitoyable, taper là où ça fait mal. Ce type-là en était incapable. Il réfléchissait trop. Il était toujours fourré dans le bureau de M. Holmes, à l'embêter pour savoir si l'action qu'ils menaient était juste ou pas. Il avait assez de cran pour tenir tête à M. Holmes, ça je te l'accorde, mais il était mou.

Juliette me regarde avec dégoût. Je sais qu'elle me trouve mou aussi, selon sa définition. Après tout, Marcelo ne réfléchit-il pas trop également ?

– Est-ce qu'être mou c'est la même chose que débonnaire ?

– Je ne sais pas ce que ça veut dire. C'est quoi « débonnaire » ?

J'hésite. Vais-je aller contre l'interdit et lui expliquer l'usage religieux de ce terme ? « Bienheureux soient les débonnaires, car ils hériteront de la terre », extrait du Sermon sur la montagne, ou encore « les débonnaires posséderont la terre et jouiront d'une paix abondante », du psaume 37 ? Je décide de ne pas lui répondre, même si elle semble attendre une réponse de ma part. Pour la première fois, je doute que les débonnaires puissent hériter ou posséder quoi que ce soit.

– Débonnaire, faible, ou ce que tu voudras, il part, poursuit Juliette. Tu vas déménager tous les cartons du bureau de Wendell dans le sien. Quand tu auras terminé, reviens me voir. J'ai du classement à te faire faire.

J'emporte les cartons dans le bureau de Robert Steely. L'avantage, c'est que je suis tout seul dans ce bureau et que je vais pouvoir chercher le dossier qui correspond à la photo de la fille. Mais comment vais-je m'y prendre ? Il y en a tant. Je décide de commencer par jeter un coup d'œil dans les deux cartons qui m'ont servi quand Wendell m'a chargé du tri.

Je retrouve les cartons. Je les pose sur le bureau et entreprends de parcourir les dossiers. Je ne sais pas ce que je cherche. Une autre photo de la fille ? Peut-être le cliché s'est-il retrouvé dans le carton « À jeter » parce qu'il était en double. Il y a douze dossiers dans chaque carton, contenant chacun des centaines de feuillets. Je parcours tous les dossiers, les uns après les autres, tous les feuillets de ces dossiers, les uns après les autres. Rien. Je cherche des pages avec un trombone sans document attaché. Il n'y en a pas.

Je m'installe dans le fauteuil de Robert Steely pour réfléchir à ce que je dois faire à présent. Depuis que j'ai commencé à chercher le dossier, le désir de tout découvrir sur la fille augmente. C'est comme si ma recherche avait confirmé le bien-fondé de ma quête. Je regarde les photos sur le bureau. Sur l'une d'elles, deux petits enfants sont assis sous un parasol, à la plage. Sur une autre, les deux mêmes enfants, mais plus grands, avec des chapeaux de Mickey, se pendent aux bras de Robert Steely. Cela me rappelle l'époque où je le croisais lorsque je distribuais le courrier. Juliette a dit qu'il réfléchissait trop. Il harcelait Stephen Holmes pour savoir si ce qu'ils faisaient était pertinent. Se demandait-il aussi si c'était bien ou mal ? Je n'ai jamais rien remarqué de différent chez lui, hormis le fait qu'il était l'un des rares avocats à ne pas craindre de m'adresser la parole. Par le plus grand des hasards, nous nous rendions toujours aux toilettes en même temps. « On dirait que nos reins fonctionnent au même rythme ! » m'a-t-il fait remarquer une fois.

Je ne suis pas censé le faire, mais j'ouvre le premier tiroir de son bureau. Il y a des cartouches de stylo, des trombones dépliés et donc hors d'usage, plusieurs pièces de monnaie, des cartes de visite professionnelles, le menu d'un restaurant thaïlandais, une petite balle composée d'élastiques, un Post-it avec un dessin de toile d'araignée, une loupe, trois petites cuillères en plastique, une serviette en papier, du fil dentaire, une pastille contre la toux collée au fond, une douzaine de comprimés contre les maux d'estomac.

Je reprends la photo de la fille. J'aimerais tellement qu'elle ait un nom. Je voudrais l'appeler par son nom. Elle a les cheveux bruns et courts comme Jasmine, et les yeux noirs. Ses sourcils sont épais et dessinent un arc au-dessus de ses yeux. La photo n'est pas en couleurs, mais elle a la peau sombre, comme Abba, Yolanda ou Aurora. La couleur de ma peau ressemble à celle d'Arturo, plutôt beige, un peu plus brune que blanche, mais pas très foncée. Abba est originaire du Mexique et les arrière-grands-parents d'Arturo également. Je me demande si la fille ou ses parents le sont aussi. Peut-être que ce point commun entre nous explique que je me sente si attiré par elle.

Je n'avais pas remarqué le second plan, derrière la fille. La photo a été prise à l'intérieur. Cela ressemble à un bureau, car je vois le bord d'un meuble de classement d'un côté de la fille et de l'autre, derrière elle, un calendrier. Je le sais parce que je reconnais la succession des points qui figurent les jours du mois.

Je me rappelle alors la loupe qui se trouve dans le tiroir du bureau de Robert Steely. Je la prends et examine attentivement. C'est bien un calendrier. Le visage de la fille le recouvre presque entièrement, mais je vois qu'il s'agit d'un mois de trente jours. Au-dessus des dates, on dirait qu'il y a la photo d'un arbre en automne. Sous les jours, des lettres, un peu comme sur le calendrier qu'Aurora rapporte tous les ans de l'hôpital : en bas figure le nom de l'hôpital, l'adresse et une phrase sur leurs réussites. Là, tout est très sombre, à l'exception de deux mots et de cinq chiffres. Même avec la loupe, je n'arrive pas à les lire, mais je pourrais peut-être faire un agrandissement dans la salle du courrier. Je prends la photo et m'apprête à sortir lorsque la porte s'ouvre.

Tout ce qui s'ensuit se produit en même temps : mon cœur se met à battre plus rapidement, je m'empresse de retourner la photo contre ma cuisse, je m'attends à voir Juliette, je commence à songer à la façon dont je pourrais expliquer ce que je faisais dans le bureau de Robert Steely, la porte fermée.

Mais ce n'est pas Juliette : c'est Robert Steely.

– Oh ! fait-il avec un mouvement de recul. Oh ! répète-t-il.

Il est sans voix, et moi aussi. Puis il découvre les cartons qui occupent presque toute la surface de son bureau.

– Qu'est-ce que c'est que ça ? demande-t-il sans surprise dans la voix.

Il s'attend à recevoir une explication rationnelle. Il

a un porte-documents à la main et vient manifestement d'arriver au cabinet.

Juliette a dit qu'il serait renvoyé dès son retour. Je ne sais pas comment on est renvoyé. Je suppose que quelqu'un vient vous dire que vous ne travaillez plus pour le cabinet d'avocats. Si cela m'arrivait, cela ne me dérangerait pas, mais il n'en va probablement pas de même pour Robert Steely. Où trouvera-t-il l'argent pour nourrir ses enfants ?

– Les cartons de Vidromek, expliqué-je.

Je parcours la pièce du regard, comme lui, et je m'aperçois que j'ai laissé sa loupe sur le bureau. Il comprendra que j'ai ouvert son tiroir. Je suis sur le point de me justifier, quand il laisse tomber son porte-documents par terre. Il se retourne et s'assied au bord de la table, face à la porte. Il est blême, les épaules basses.

– Les salauds, murmure-t-il entre ses dents.

À présent il se cache le visage dans les mains. Je me demande si je ne devrais pas poser ma main sur son épaule, mais je n'ai jamais fait ce geste et ça me fait peur. Puis il secoue la tête et s'essuie les yeux sur la manche de sa veste.

– Vous savez, dis-je.

Il acquiesce.

– Je ne pensais pas que ça arriverait si vite. Je croyais qu'ils attendraient au moins la fin de l'année. Je pensais que j'aurais quelques mois pour trouver un autre boulot.

Nous levons tous les deux la tête en même temps en entendant le claquement des talons de Juliette. Elle est devant la porte, très droite, les mains sur les hanches.

– Nous ne vous attendions pas avant lundi.

– Apparemment.

Il y a pour la première fois de la colère dans sa voix.

– L'employée de la réception était supposée vous conduire au bureau de M. Sandoval.

– Elle a dû s'absenter, puisque je suis venu directement ici.

– M. Holmes étant absent, vous devriez aller voir M. Sandoval.

Robert Steely me regarde et hausse les sourcils. Comment dois-je interpréter ce regard ? *Tu vois, voilà quelle espèce d'homme est ton père !* Il se redresse, prend une grande respiration et sort.

– Qu'est-ce que c'est que ça ?

Juliette fixe la photo que j'ai à la main.

Mentir est pour moi une difficulté presque insurmontable. Les synapses de mon cerveau fonctionnent généralement beaucoup plus vite que la normale, mais dès qu'il s'agit de mentir, ces mêmes synapses se paralysent. Je n'arrive pas à réfléchir assez rapidement pour trouver une alternative à la vérité. Donc je réponds la vérité à Juliette.

– Une photo.

Puis j'ajoute quelque chose qui me surprend le premier.

– Je l'ai trouvée sous la table. Elle appartient à Robert Steely.

La supercherie marche. Juliette n'exige pas que je la lui montre.

– Je vais demander à quelqu'un de le surveiller pendant qu'il range ses affaires personnelles. Tu devrais aller chercher deux cartons vides dans la salle du courrier pour qu'il enlève son bazar.

– Je peux l'aider à ranger ses affaires.

– Non. Il nous faut quelqu'un qui s'assurera qu'il n'emporte aucun dossier du cabinet. Il n'a le droit d'emporter que ce qui lui appartient en propre. C'est tout. Tu ne sauras pas faire la différence.

Si, je crois que j'en suis capable. Juliette me prend vraiment pour un imbécile. Je pose la photo à l'envers sur le bureau, faisant semblant de vouloir l'y laisser, et j'attends que Juliette se retourne pour la reprendre. Je peux rejoindre la salle du courrier sans passer devant le bureau de Juliette.

– Tiens donc, tu es revenu travailler au courrier ? s'étonne Jasmine.

J'ai l'impression que cela fait des années que je ne l'ai pas vue.

– Juliette m'envoie chercher des cartons vides pour Robert Steely. Il est renvoyé.

– Zut alors. Il semblerait que les plus sympas ne fassent pas long feu ici.

– Juliette a dit qu'il était mou. C'est pour ça qu'il est renvoyé.

– Et elle, elle est ramollie du cerveau, rétorque Jasmine en tapotant sa tempe du bout de l'index.

Je hoche la tête. Je me rappelle la photo que je tiens toujours à la main et la lui tends.

– Il y a un calendrier au mur, derrière la fille. Elle le masque en grande partie, mais deux mots et cinq chiffres sont visibles. Ils pourraient nous aider à la retrouver.

Elle me prend la photo des mains et se dirige vers la photocopieuse. Je la suis.

– Essayons de l'agrandir à cent cinquante pour cent.

Une photo floue de la fille sort peu à peu sur le côté de la machine. Mais les caractères derrière elle sont nets.

SU TAQUERÍA
02130

– Une *taquería*, c'est un endroit où l'on vend des tacos, d'accord ? Comme une *cafetería* est un endroit où l'on vend du café, dit Jasmine.

– Tu parles espagnol ?

– J'en ai fait trois ans au lycée. À part ça, je suis désolée, mais ce n'est pas très compliqué de traduire *taquería*. Cette photo a pu être prise dans n'importe lequel des nombreux pays hispanophones où Vidromek fait des affaires. Sauf que…

– Sauf que.

– Sauf que nous représentons Vidromek exclusivement pour les accidents qui se sont produits sur le sol des États-Unis. Donc si cette photo a un rapport avec une affaire que nous traitons, cette *taquería* se trouve forcément aux États-Unis, ce qui ne réduit pas considérablement les possibilités. Mmm.

– Qu'y a-t-il ?

– Les chiffres. C'est un calendrier qui fait de la publicité pour une *taquería* située quelque part aux États-Unis. Cette publicité devrait mentionner l'adresse de la *taquería*, non ? Et qu'est-ce qu'on met en général dans une adresse ?

La question semble pourtant simple, mais je ne trouve rien à répondre.

– L'indication de la rue, ou le code postal. Mais puisque aucun mot ne suit ces chiffres, c'est qu'il s'agit probablement d'un code postal. Et les codes postaux comportent cinq chiffres, raisonne Jasmine.

– Un code postal.

Je devrais me sentir stupide, mais ce n'est pas du tout le cas. Peut-être est-ce dû à l'excitation communicative que je perçois dans la voix de Jasmine.

– Il faut que tu retournes voir Juliette ?

– Je dois rapporter deux cartons à Robert Steely. Pour qu'il range ses affaires personnelles.

– Vas-y. Je vais faire une recherche pour la *taquería* et 02130, pour voir ce que je trouve. Emporte les cartons, et à ton retour j'en saurai un peu plus.

Je prends deux cartons vides, qui avaient contenu du papier pour photocopies, et je me rends dans le bureau de Robert Steely. Je pose les cartons par terre. Robert Steely doit être encore en entretien avec Arturo, j'imagine. Combien de temps faut-il pour se faire renvoyer ? Peut-être qu'Arturo essaie de se montrer le plus gentil possible avec lui.

– Tu en as mis un temps ! dit Juliette à mon retour de la salle du courrier. Où est-ce que tu vas maintenant ? Écoute, Jasmine et moi, on t'a établi un programme, et pour l'instant tu es censé travailler pour moi. Je voudrais que tu plies ces lettres et les mettes dans les enveloppes que tu fermeras ensuite. Tu peux prendre ce flacon avec une éponge pour les cacheter, ou tu peux les lécher si tu préfères.

Je considère la pile de papiers. Il doit y avoir deux cents lettres. Juliette me les tend et pose par-dessus un paquet d'enveloppes. Puis elle m'indique du menton la direction du bureau de Wendell. C'est là qu'elle veut que je travaille.

C'est la première opération que je n'accomplis pas aussi bien que possible. Je me dépêche, et certaines lettres ne sont pas pliées à angles droits. Puis, quand j'ai fini de plier et d'insérer les lettres, je mouille les enveloppes à l'aide de la bouteille d'eau dont le goulot est muni d'une petite éponge. J'ai du mal à doser la bonne quantité de liquide et certaines ont l'air d'avoir été abondamment léchées par Namu.

J'attends que Juliette quitte son bureau pour retourner à la salle du courrier. De toute façon, il faut encore timbrer les lettres et c'est là que se trouve la machine. Jasmine scrute l'écran de son ordinateur. Au début, je pense qu'elle ne m'a pas entendu entrer.

– Écoute ça, dit-elle sans me regarder. J'ai tapé *taquería* et 02130, et j'ai trouvé un site de restaurants mexicains à Boston. Et puis ça m'est revenu: 02130, c'est un code postal de Boston! Bon, après j'ai cliqué sur ce site et j'ai cherché tous les restaurants dont le code postal est 02130. J'en ai une trentaine, tous situés à Jamaica Plain. C'est un quartier où il y a énormément de résidants et de commerces latinos. Ensuite j'ai limité la recherche en tapant *taquería* et Jamaica Plain, et il ne me reste plus que dix restaurants.

– Qu'est-ce qu'on fait maintenant?

– On appelle ces dix restaurants. Combien d'entre eux ont-ils fait imprimer des calendriers? Après, je ne sais pas, on pourrait y aller et leur montrer la photo de la fille pour voir s'ils la connaissent. Ce cliché a été pris dans un bureau. Tu vois le meuble de rangement?

– Il ressemble à ceux qu'on a ici.

– Exact. C'est aussi ce que je pensais. On dirait que la photo a été prise dans un cabinet d'avocats, ce qui est logique dans la mesure où elle a atterri chez nous et doit donc avoir un rapport avec une quelconque action en justice.

– Un avocat qui prendrait ses repas dans une *taquería* de Jamaica Plain.

– Tu m'ôtes les mots de la bouche !

– Oh.

– C'est une image. Voici ce que nous allons faire, écoute-moi bien : nous allons répertorier tous les avocats de Jamaica Plain, puis nous appellerons les restaurants qui éditent des calendriers, nous leur lirons les noms des avocats et leur demanderons si l'un d'eux figure sur leur liste de publipostage et s'ils le connaissent personnellement ou de nom. Car comment les gens obtiennent-ils un calendrier ? Ils le trouvent dans leur boîte aux lettres ou le prennent quand ils se rendent dans la boutique ou le restaurant qui le leur offre.

– Nous.

– Nous, quoi ?

– C'était moi qui avais besoin de retrouver la fille, et maintenant c'est nous : Jasmine et Marcelo.

– Je n'ai aucun besoin de la retrouver, moi, dit Jasmine d'un ton très sérieux. Mais, je ne sais pas, jouer les détectives pour une bonne cause me donne un peu l'impression d'être en vie.

– Comme Sherlock Holmes.

– Oui.

– Le raisonnement de Jasmine est parfaitement logique. Une étape conduisant à une autre ; analysant les probabilités, les hypothèses, et les éliminant au fur et à mesure.

– Tu as l'air surpris. Tu ne savais donc pas que j'étais intelligente ?

Elle fait mine d'être fâchée.

Je sais bien qu'elle me taquine, mais je me sens rougir. Comment lui dire qu'à la fois je le savais et je ne le savais pas : comme lorsqu'on voit le soleil se coucher tous les soirs et que pourtant on ne le voit pas.

19

Il s'avère que Cielito est la seule *taquería* de Jamaica Plain qui distribue des calendriers. Ils n'ont pas de liste de publipostage, mais les donnent à leurs clients dès le début du mois de décembre. Il apparaît également qu'il y a trente-sept avocats en activité à Jamaica Plain, et lorsque j'ai appelé Don Ramon, le propriétaire de Cielito, pour lui demander si l'un des noms que je lui lisais lui disait quelque chose, il n'y en a eu qu'un seul qu'il a reconnu sans hésitation. C'était celui de Jerry Garcia qui, d'après Don Ramon, a pris pratiquement pension à Cielito. Son cabinet ne se trouve qu'à une centaine de mètres du restaurant. Jasmine et moi sommes certains que la photo de la fille y a été prise.

Jasmine m'accompagne jusqu'à la station de métro Washington Street, mais elle ne veut pas venir avec moi. Elle pense que c'est une démarche que je dois accomplir tout seul. J'ai un plan détaillé m'indiquant comment aller jusqu'au cabinet de Jerry Garcia une fois que je serai descendu à Jackson Square. J'ai un téléphone portable au cas où je me perdrais.

– Tu peux le faire, m'a affirmé Jasmine juste avant que je ne descende dans le métro.

Je suis sur le qui-vive dans le wagon, debout, me retenant au dossier d'un siège vide.

Je descends à Jackson Square et me dirige vers l'est par Centre Street. Le cabinet de Jerry Garcia n'est qu'à quelques pâtés de maisons. J'occulte les voitures dans la rue, les passants sur le trottoir, les paroles et les bruits qui m'assaillent. Je frôle de la main les bâtiments pour me rassurer et je poursuis ma route.

Je cherche le numéro de l'immeuble de Jerry Garcia et finis par le trouver. Son cabinet se trouve Suite 3A. Je lève la tête et vois une fenêtre sur laquelle il y a une inscription en lettres blanches :

MAÎTRE GERONIMO (JERRY) GARCIA
VOTRE PROBLÈME EST LE MIEN

Je monte les trois étages à pied. La Suite 3A a une porte en bois avec le même nom et le même logo que sur la fenêtre. La porte est entrebâillée. À l'intérieur, une dizaine de personnes, adultes et enfants, sont assis dans une salle d'attente. À l'entrée de la pièce, il y a une petite table avec un téléphone, mais personne à ce bureau. Posé dans un coin, un grand ventilateur oscille de gauche à droite. Quelques enfants jouent par terre avec des voitures et des camions en plastique. Une caisse de jouets occupe un autre angle de la pièce. Peut-être me suis-je trompé d'endroit. Cela ressemble au cabinet du médecin chez lequel Aurora nous emmenait, Yolanda et moi, quand nous étions petits. Tout le monde me regarde dans l'encadrement de la porte ; je ne sais que faire ni que dire.

– *¿Busca a Jerry?* me demande une femme âgée.
– *Sí.*
L'espagnol que j'ai appris avec Abba me revient.
– Il est là. Viens t'asseoir.
Elle me fait une petite place sur le canapé occupé par plusieurs personnes. Je reste debout.
Une porte s'ouvre à côté de la table. Un homme en jean et chemise blanche la tient pour laisser sortir une jeune femme qui s'essuie les yeux avec un mouchoir. L'homme me regarde. Je dois avoir l'air incongru dans ce lieu, debout avec mon sac à dos et les mains dans les poches.
L'homme en jean et chemise blanche est Jerry Garcia. Je le sais parce que Jasmine et moi avons trouvé une photo de lui sur Internet. Il a un encart publicitaire dans un journal hispanophone, disant aux gens de l'appeler en cas d'accident.
Il fait signe à la dame qui m'a parlé. Elle se lève lentement, prenant appui sur l'accoudoir du canapé. Il s'approche d'elle et lui prend le bras.
– Assieds-toi, s'il te plaît, me dit-il. Je m'occupe de toi dès que possible.
J'attends trois heures. Chaque fois qu'il sort, il me dit qu'il sera à moi dans un instant. Tous les gens qui étaient là avant moi sont partis, mais d'autres sont arrivés entre-temps, de sorte que la pièce est de nouveau bondée. Je me lève pour ne pas être écrasé sur le canapé.
– C'est bon, entre.
Il me faut quelques secondes avant de comprendre qu'il s'adresse à moi. J'entre et il referme la porte derrière nous.

– Tu souffres de troubles du spectre autistique, n'est-ce pas ? me demande Jerry Garcia.

Au cours de l'été, il m'a été de plus en plus difficile de répondre précisément à cette question. Certains moments, je me demande même si je suis jamais allé à Paterson. Actuellement, j'évolue dans le monde réel, je discute avec les gens, je devine ce qu'ils ont dans la tête, j'imagine ce qu'ils peuvent ressentir, d'une façon dont une très grande majorité d'autistes ne seront jamais capables. Mais j'aime bien qu'on ne marche pas sur des œufs avec moi (une de mes métaphores préférées) et qu'on dise ce que l'on pense, comme il vient de le faire. Cela me le rend aussitôt sympathique.

– La description la plus proche de ce que j'ai est probablement le syndrome d'Asperger, ou autisme de haut niveau, qui se situe au point le plus élevé du spectre autistique.

C'est la réponse la plus satisfaisante que je puisse donner.

– Je m'en doutais. Il m'arrive de représenter des enfants autistes et leur famille, afin de contraindre les écoles à respecter les lois fédérales et à fournir les services dont ils ont besoin.

– Pourquoi avez-vous posé la question ?

– Quelque chose dans le regard, tu sais, une façon de détourner les yeux quand tu parles.

Puis, alors que je le regarde et pose les yeux sur lui, il s'empresse d'ajouter :

– Mais à un degré nettement moindre que chez les enfants que j'ai rencontrés. Il y a aussi la manière dont tu te tiens et tu t'assieds : très raide, impassible.

La plupart des jeunes de ton âge sont avachis et gigotent tout le temps.

– Arturo dit que je me tiens droit comme un soldat de plomb.

– Arturo ?

– Mon père.

– Comment t'appelles-tu ?

– Marcelo Sandoval.

Un grand sourire apparaît sur ses lèvres.

– Je savais bien que tu me rappelais quelqu'un. J'étais en cours avec ton père, en fac de droit.

– Je sais.

– Tu sais ?

– Je ne savais pas que vous connaissiez mon père, mais je savais que vous avez été diplômé de Harvard la même année que lui. J'ai trouvé l'information sur Internet.

– Ah.

À présent, il faut passer à la partie la plus délicate. Il va me demander pourquoi je suis venu le voir. J'ai répété maintes fois ma réponse à cette question, mais chaque fois d'une façon différente. En dépit du fait que je suis bel et bien là devant Jerry Garcia, je ne sais toujours pas très bien pourquoi j'y suis. En dépit de tous nos plans, du mensonge que j'ai dû faire à Juliette, prétextant un rendez-vous chez le médecin, des heures à étudier et à apprendre par cœur le trajet jusqu'au cabinet de Jerry Garcia, malgré tout cela j'ai l'impression d'être sur le point de pénétrer dans une pièce plongée dans l'obscurité. Je ne peux me rappeler une seule fois dans ma vie où je n'ai pas su où j'allais. J'ai toujours fait en sorte d'être en mesure de voir ce qu'il y avait devant moi avant de faire un pas dans cette direction.

Je le vois s'affairer dans son bureau encombré, faisant de la place sur un canapé bleu au tissu râpé. En m'asseyant, je l'entends dire qu'il devrait être plus organisé, qu'il y a trop de travail pour un seul homme et que je ressemble terriblement à mon père : le même regard intense et déterminé. J'entends tout cela par bribes car je me demande toujours ce que je dirai quand il voudra savoir pourquoi je suis là. Des phrases de Jasmine se mêlent aux propos de Jerry Garcia. « Les notes justes sonnent juste et les fausses sonnent faux. » Donc je m'applique à écouter attentivement et j'essaie de deviner ce qu'il y a derrière les mots, d'entendre la note.

Jerry Garcia approche une chaise en bois, s'assied face à moi, croise les jambes et me demande :

– Bon, que puis-je faire pour toi ?

Bien que j'aie toujours gardé les yeux grands ouverts, c'est à ce moment seulement que je commence à prendre conscience de l'endroit où je suis. Le bureau de Jerry Garcia est entièrement recouvert de papiers, de dossiers et de cartons. Il y a une petite table, derrière le bureau, avec un ordinateur, une imprimante et un fax. D'un côté de la pièce, se trouve le canapé sur lequel je suis assis. Des rayonnages croulant sous les livres et les dossiers bruns occupent tous les murs. Mais sur l'une de ces étagères, la plus proche de moi, je vois une photo de Jerry Garcia, serrant dans ses bras un homme plus âgé portant des lunettes noires, qui est aveugle parce qu'il tient en laisse, avec une espèce de harnais, un berger allemand.

Au bout d'un temps indéterminé, je lui réponds :

– J'ai un berger allemand. Il s'appelle Namu.

– Namu. C'est joli comme nom. Comme dans *Namu Amida Butsu* ?

– Oui.

Personne jusqu'à présent n'avait reconnu l'origine du nom de Namu.

– Trouvez-vous que ce n'est pas bien de lui avoir donné ce nom emprunté à une invocation bouddhiste ?

– Non, pas du tout. Ainsi, chaque fois que tu appelles Namu, tu peux réciter le Nembutsu.

– C'est aussi ce que je pensais. Je pensais que le Bouddha serait content avec ça.

– Je n'en ai aucun doute.

– Mon oncle Hector a rapporté du Texas Namu et son frère, Romulus, quand j'avais douze ans. Il a offert Romulus à Paterson, l'école que je fréquente.

– Ton oncle Hector vit au Texas ?

– Oui, à San Antonio. Cest le directeur de Furman, une maison de correction pour les délinquants. Ils élèvent des chiens. Le contact avec les animaux apporte beaucoup aux jeunes, et les chiens représentent une source de revenus pour l'école.

– Bonne idée. Très bonne idée.

– Nous avons des poneys haflinger à Paterson, là où je vais, pour les mêmes raisons. Les poneys – nous les appelons poneys, mais ce n'en sont pas vraiment, en réalité ce sont de petits chevaux – aident les enfants à coordonner leurs mouvements et à prendre confiance en eux.

– Oui, ça ne m'étonne pas.

Il y a un silence. Je respire lentement, une, deux, trois fois, puis je me lance.

– J'ai donné un petit coup de main sur l'affaire Vidromek. J'ai découvert une photo. Et il y avait ça sur la photo.

Je lui montre le calendrier accroché au mur derrière son bureau.

– C'est comme ça que nous vous avons retrouvé.

– Nous ?

– Jasmine travaille avec moi au cabinet. Elle m'aide.

– Ah…

Jerry Garcia sourit, comme s'il connaissait déjà la raison de ma visite.

Je sors la photo de mon sac à dos.

Il la prend et la regarde à peine. Manifestement, elle lui est familière. Il sourit et me la rend.

Il se réinstalle sur la chaise qu'il a placée devant moi et entreprend de me parler à voix si basse que j'ai du mal à l'entendre.

– Lorsque ton père et moi étions en fac de droit, nous jouions au poker tous les vendredis soir, sans exception. Nous étions sept, les sept Américains d'origine mexicaine inscrits en droit à Harvard. Ton père, moi, un certain Rudy, et je ne me souviens plus du nom des autres. C'étaient des parties incroyables, tant il y avait d'hostilité entre nous ! Quand je suis arrivé là-bas, je me suis dit que ça allait être formidable d'être dans ce groupe, qu'on allait se soutenir entre *carnales, mi raza*, tu comprends, mes frères. Mais très vite chacun s'est mis à jalouser et insulter les autres. Je suis resté parce que j'avais besoin d'argent. Je pouvais manger toute une semaine avec cet argent. Donc, dans un sens, mes *carnales* m'ont aidé malgré eux.

Jerry Garcia rit en se frappant les genoux.

– Tu joues au poker ?

– Non.

Le téléphone sonne. Jerry Garcia se lève et appuie sur un bouton de l'appareil.

– Ma secrétaire m'a laissé tomber la semaine dernière, dit-il en se rasseyant. Elle est partie travailler dans un cabinet d'avocats comme celui de ton père. Tu imagines, après que je l'ai formée et que je lui ai tout appris !

Il hausse les épaules ; ce geste signifie : « Que peut-on y faire ? »

– Où en étais-je ? Mon cerveau ressemble à ces ballons qui, lorsqu'on a défait le nœud, se dégonflent en faisant *prrrr* dans toute la pièce. Tu vois ce que je veux dire ?

– Oui.

Quand je dois faire plus d'une chose à la fois mon cerveau est dans un état semblable.

– Que s'est-il passé avec le poker ?

– Oh ! C'était quelque chose, ces parties ! D'où venaient cette colère et cette authentique méchanceté ? Non, ce n'était en rien de sympathiques taquineries. Je peux t'assurer qu'ils étaient tous furieux quand j'obtenais une bonne note et pas eux, ou quand je décrochais un boulot dans un cabinet plus important que le leur. C'était absolument dingue, *loco* ! Quand j'en suis sorti, j'ai eu l'impression d'avoir besoin d'une bonne douche. Seulement, j'avais aussi besoin d'argent. Tout cela m'attristait. Ils m'ont demandé ce que j'avais l'intention de faire après l'université, et je leur ai exposé mes projets. D'abord travailler chez le procureur pour acquérir un peu d'expérience en matière de contentieux, puis ouvrir un cabinet en solo dans un quartier pauvre. Ils m'ont tous regardé comme si je venais de débarquer de... je ne sais pas moi, de...

– De Mars.

– Oui, c'est ça. Tous, sauf... sauf ton père. Il ne s'est jamais moqué de moi. Et, un soir, alors que nous regagnions tous les deux nos chambres, avec j'imagine une ou deux tequilas dans le nez, lui comme moi, il m'a dit : « Je te souhaite de terminer la fac dans le même état d'esprit que le premier jour. – Pourquoi pas ? » lui ai-je demandé. Et il m'a répondu : « Parfois, on démarre dans une direction et on finit dans un tout autre sens, sans savoir comment c'est arrivé. C'est comme un courant qui aurait détourné la barque de sa trajectoire. » Quand il m'a dit ça, je savais qu'il parlait de sa propre vie, d'une décision qu'il avait prise et dont il n'était pas convaincu. « Remets-la dans le droit chemin, il n'est jamais trop tard », lui ai-je conseillé. Mais il m'a donné une petite tape dans le dos et a rejoint sa chambre. Nous allions bientôt être diplômés et ton père avait déjà reçu une proposition de l'un des plus prestigieux cabinets d'avocats de Boston.

– Mon père vous a dit ça ?

C'était une image d'Arturo différente de celle que j'avais. Arturo, qui avait à l'époque à peine huit ans de plus que moi aujourd'hui, un jeune homme qui se demandait quelle voie il devait suivre...

– Bon, quel rapport tout cela a-t-il avec la photo que tu as trouvée ? Lorsque les sœurs sont venues me voir pour Ixtel, c'est le nom de la fille de la photo, et que j'ai découvert que c'était le cabinet de ton père qui avait l'affaire, je me suis rappelé nos parties de poker et la conversation que nous avions eue ce soir-là. J'ai décidé de faire une tentative d'approche personnelle par lettre. De tenter le coup. Enfin...

– Vous avez écrit à Arturo ?

– N'as-tu pas vu la lettre lorsque tu as trouvé la photo ? Elle y était jointe.

– Non.

Je décide de ne pas lui dire que la photo était dans le carton « À jeter ».

– Attends. Je vais voir si je n'en ai pas un double.

Il ouvre le meuble de rangement, celui qui figure en partie sur la photo. Puis il revient vers moi et me tend la lettre.

– Prends ton temps pour la lire. Je vais aller dire aux gens qui attendent à côté de revenir plus tard dans l'après-midi, et ensuite j'irai pisser au fond du couloir.

Voici ce que je lis :

Cher Art,

Tu te souviens de moi ? Harvard, en droit. Les parties de poker chez Rudy (j'ai oublié son nom de famille) tous les vendredis soir ? Vous étiez toujours furieux contre moi parce que j'arrivais avec à peine vingt dollars et que je repartais avec une centaine ou davantage.

Tu as bien réussi. J'étais scié quand j'ai vu que c'était toi qui représentais Vidromek. Sandoval &

Holmes! Ton propre cabinet! Cabrón! *Moi, j'ai ouvert un petit cabinet à Jamaica Plain, où je récolte un dollar par-ci, par-là. Si jamais toi-même ou l'un de tes associés se fait arrêter pour conduite en état d'ivresse, passe-moi un coup de fil!*

J'ai bien essayé de t'appeler au téléphone, mais ta secrétaire n'a jamais voulu me passer la communication. Tu es un type important, je comprends. Je préfère écrire de toute façon. Voici l'histoire. Je représente une jeune fille de seize ans, Ixtel Jaetz (quel nom, hein!). Elle et sa mère se trouvaient dans une voiture équipée d'un pare-brise Vidromek. Un camion de livraison de Coca-Cola a pilé net devant elles, et elles sont rentrées dedans. Leur véhicule roulait à quarante kilomètres à l'heure. Il n'était pas équipé d'airbags, mais la mère et la fille avaient attaché leur ceinture de sécurité. Le chauffeur a dit qu'il s'était à peine rendu compte que son camion avait été heurté. Mais Ixtel a reçu, juste sous la pommette, un morceau de pare-brise qui lui a transpercé tout le côté gauche du visage. La mère n'a rien eu. Le pare-brise, tu le sais, n'aurait jamais dû se casser ainsi. Ixtel a été transportée au Mass General Hospital, où on lui a ôté le morceau de verre et tous les fragments, avant de lui recoudre sommairement le visage.

Je te joins une photo de la fille, que j'ai prise il y a une quinzaine de jours. Quand j'ai vu que tu représentais Vidromek, j'ai eu envie de faire appel à ta générosité. Je pourrais intenter un procès, mais pourquoi se leurrer? Tu me massacrerais à coups de dépositions et autres découvertes bidon contre lesquelles un petit avocat comme moi ne peut se défendre. Donc je te propose quelque chose de radical : faisons la seule et unique chose qu'il y a à faire ! Je ne chercherai pas à obtenir toutes sortes de dommages et intérêts auxquels ma cliente a pourtant droit, et en échange ton client s'engage à payer les frais de chirurgie reconstructrice, plus mes vingt pour cent d'honoraires de résultat, ce qui en tout s'élève à une somme de soixante-huit mille dollars environ. Une goutte d'eau dans l'océan pour Vidromek, n'est-ce pas ?

Ces gens sont pauvres, Art. L'hôpital renonce à ses frais, en accord avec son programme d'assistance aux déshérités. La jeune fille est hébergée à Lawrence, dans un foyer appartenant aux sœurs de la Miséricorde. La mère d'Ixtel est morte d'un cancer du foie quelques mois après l'accident. Le père, d'origine hongroise (d'où ce nom, Jaetz), est mort quand sa fille avait deux ans. Les sœurs ont été nommées tutrices légales d'Ixtel, dans la mesure où elle n'avait plus de famille. Elles ne demandent que les frais des interventions chirurgicales. Par ailleurs, les opérations ne redonneront pas seulement à la jeune fille une apparence de beauté, mais elles lui permettront aussi de parler distinctement, de mastiquer et de soulager ainsi les souffrances qui sont aujourd'hui les siennes dès qu'elle mange ou qu'elle essaie de parler.

Qu'en penses-tu, Art ? Si tu es disposé à faire la seule et unique chose qu'il y a à faire, appelle-moi.

Cordialement,

Jerry Garcia

Je lève les yeux quand j'ai terminé ma lecture et je m'aperçois que Jerry Garcia est assis en face de moi.

– Ixtel. Comment va-t-elle ?

– Elle en a bavé, répond Jerry Garcia d'un air sombre. Pas de père. Se fait défigurer. Perd sa mère. Elle a filé un très mauvais coton pendant quelque temps, mais là, elle a l'air de vouloir s'en sortir. C'est étrange, malgré les blessures, il émane d'elle une sorte de beauté intérieure.

Les paroles de Jerry Garcia me font sursauter. Il a mis des mots sur ce que je n'arrivais pas à exprimer.

– Tu aimerais la rencontrer ? Lawrence est à une heure de Boston environ. Je peux t'y conduire. Je m'efforce d'y passer au moins un samedi sur deux. J'adore les filles qui y vivent et les sœurs sont géniales. La plupart viennent du Salvador et ne parlent presque pas anglais.

Je ne dis rien. Si la photo me fait un tel effet, que se passera-t-il en présence de la personne ?

– Oui, dis-je finalement. J'aimerais bien la rencontrer un de ces jours.

À cet instant, j'ai l'impression de la connaître déjà.

– Eh bien, je vais m'en occuper.

Le téléphone sonne de nouveau.

– Ne vous inquiétez pas. Je le transmettrai directement à ma secrétaire, répond-il en me faisant un clin d'œil.

Je réalise que, depuis que je suis assis sur ce canapé, le téléphone n'a pas cessé de sonner. Il sonne une première fois (le répondeur doit se déclencher) et, au bout de trente secondes, il sonne de nouveau. Derrière chacune de ces sonneries, il y a une personne avec un *problema*.

– Vous avez dit que vous aviez reçu une réponse de mon père à votre lettre ?

– Oui, il m'a répondu.

– Puis-je voir la lettre ?

Je sens que Jerry Garcia hésite, mais il se lève et sort une feuille d'un dossier posé sur son bureau. Il me la tend. Cette fois, il s'assied face à moi pendant que je lis.

Cher Jerry,

Je constate que tu es toujours dans le droit chemin (?). Je te prie de considérer ceci comme l'expression de ma « générosité ». Vidromek ne versera pas un seul centime à ta cliente, pour quelque blessure que ce soit.

Salutations,

Arturo Sandoval

Je suis à présent convaincu que mon père connaît tout du dossier d'Ixtel. Il a vu sa photo et lu la lettre de Jerry Garcia. Si la lettre lui est parvenue et que la photo était jointe à la lettre, c'est par lui que le cliché s'est retrouvé dans le carton étiqueté « À jeter ».

– Que signifie un point d'interrogation entre parenthèses ?

Il rit.

– Je crois qu'il se demande si je suis vraiment dans le droit chemin ou si j'essaie simplement de me faire un peu d'argent.

– Alors ?

– Que répondre ? Il faut bien vivre.

– Vous ne m'avez pas demandé pourquoi j'étais venu vous voir, répliqué-je après un certain temps.

– Je sais pourquoi tu es là, répond-il en agitant la main, puis il attend que mes yeux croisent les siens. Je sais. Crois-moi, je le sais. L'autre jour, j'ai téléphoné de nouveau et j'ai discuté avec le fils de Holmes, comment s'appelle-t-il déjà ?

– Wendell.

– Un sale petit con. Quelle honte. Pour quelqu'un d'aussi jeune, je veux dire. Je comprends qu'ils deviennent comme ça, mais, en général, pas avant d'avoir terminé leurs études de droit.

– Je suis désolé.

– J'ai affaire à des gens comme lui des centaines de fois par jour. Ils me jaugent, et naturellement s'imaginent que je ne suis pas aussi intelligent qu'eux. Mais à y bien réfléchir, cela confère un grand avantage tactique, sans parler d'une certaine liberté de mouvement, que les autres te prennent pour un crétin.

– J'ai trouvé la photo dans un carton étiqueté « À jeter ».

Jerry Garcia lève la main pour m'interrompre.

– Tu as découvert la photo d'Ixtel et tu as voulu en apprendre davantage sur son compte. Voilà pourquoi tu es ici, affirme-t-il en me regardant fixement. Ne t'en fais pas, je prendrai soin d'elle. Je m'assurerai que tout se passe bien pour elle.

La sonnerie du téléphone retentit de nouveau. Je me lève et tends la main. Je ne sais pas exactement ce qui vient de se produire, mais il me semble que nous n'avons plus rien à nous dire.

– Il faut que j'y aille.

Jerry Garcia se lève à son tour et saisit ma main.

– Marcelo, si tu as envie d'aider Ixtel, tout ce dont j'ai besoin c'est une preuve.

– Une preuve ?

– Oui. Vidromek et… ses avocats affirment ne rien avoir à payer sous prétexte qu'ils ne savaient pas que leurs pare-brise étaient défectueux quand ils les ont fabriqués. Aujourd'hui encore ils continuent à les fabriquer, avec les mêmes défauts tout aussi dangereux, pour la bonne raison que régler le problème à l'amiable reviendrait à reconnaître son existence. Ce que nous avons à faire pour nous y opposer, c'est trouver un document qui prouve qu'ils savaient pertinemment que les pare-brise étaient dangereux et que cela ne les a pas empêchés d'en poursuivre la fabrication. Ils le savaient forcément. Le contraire est inconcevable. Il y a très certainement dans les dossiers de l'affaire Vidromek un document attestant qu'ils étaient au courant depuis le début.

– Il y a des cartons et des cartons de documents.

– Il me faut quelque chose qui me conduira à ce document ou qui leur montrera que je sais qu'il existe. Si un tel document existe, et j'en suis persuadé, c'est une faute de le cacher. Tous les gens qui travaillent sur l'affaire Vidromek en ont forcément eu connaissance.

Je songe à Stephen Holmes, à Wendell, à Robert Steely. J'entends Jasmine me dire qu'Arturo a eu entre les mains tous les documents relatifs à Vidromek.

– Si tu trouves une preuve et que tu décides de me la transmettre, je ferai ce qui est en mon pouvoir pour que ton père et toi n'ayez pas d'ennuis, mais je ne peux rien garantir.

– Il perdra le procès.

– Probablement. En tout cas, son client perdra un peu d'argent.

– Soixante-huit mille dollars.

– Un peu plus aujourd'hui. Ils devront payer un peu plus pour m'avoir fait marcher.

– Vos honoraires seront plus élevés, dis-je, regrettant aussitôt ma remarque.

– Compte sur moi ! Je pourrai peut-être réembaucher ma secrétaire. Réfléchis.

– Je vais devoir prendre une décision.

– Quoi que tu décides, sache que tu pourras toujours aider Ixtel. Tu pourrais l'emmener, elle et ses copines, faire du poney dans ton école. Je vais te donner l'adresse des sœurs à Lawrence, au cas où tu aurais la possibilité de passer la voir. Je vais lui parler de toi et prévenir les sœurs de ton éventuelle venue. L'amie qui travaille avec toi, Jasmine, elle a le permis ?

– Oui.

Je le sais parce qu'elle m'a dit qu'elle allait en voiture dans le Vermont passer les week-ends avec son père.

– Donc elle pourra t'y conduire. Ou bien appelle-moi et je t'y accompagnerai. Ou mieux encore, ce serait génial que tu puisses demander à ton père de t'y emmener.

Nous nous sourions. Nous savons tous les deux que cela n'a aucune chance de se produire.

20

Je retourne au bureau aux alentours de treize heures. Je viens de traverser la ville tout seul et je devrais être content de moi, mais je ne le suis pas. À plat. C'est le mot qui me vient à l'esprit.

– Ça, c'était un sacré rendez-vous chez le médecin… dit Juliette au moment où je passe devant elle.

L'espace d'un instant, je ne comprends pas de quoi elle parle. Mentir exige un effort mental colossal.

– Il y avait beaucoup de monde qui attendait.

– À propos d'attendre, Wendell t'a attendu. Il a besoin de toi pour lui faire une course.

J'ai très peu vu Wendell ces deux dernières semaines. Il téléphone à Juliette d'où il se trouve, de son bateau probablement, et lui dicte ce que je suis censé faire. Je m'aperçois que j'ai fait son travail à sa place. Mais je suis content qu'il ne soit pas dans les parages. Chaque fois que je le vois, il m'entreprend au sujet de la promenade en bateau. Je n'ai pas encore réussi à lui dire non. C'est un tout petit mot très simple, mais en le prononçant je me fais de Wendell un ennemi. J'ai peur de l'effet que cela fait d'être haï par quelqu'un. Et puis il y a Paterson. Dire non à Wendell, c'est dire adieu à Paterson. Wendell y veillera.

Donc je continue à temporiser et lui à insister. Il est en train de perdre patience. Mais à présent, j'ai une autre raison de vouloir temporiser. Il faut que je reste à proximité des dossiers de l'affaire Vidromek afin de pouvoir chercher le document qui viendra en aide à Ixtel. Mais en découvrant ce document je renoncerai à Paterson.

– Marchello, Marchello, où étais-tu passé ? Je t'ai laissé seul quelques jours et tu as perdu toutes tes bonnes habitudes de travail.

Wendell tape sur son clavier à toute vitesse et me regarde à peine. Il a les bras brun doré à cause du soleil. La peau de son front pèle par petites plaques à la lisière des cheveux.

– J'avais rendez-vous chez le médecin.

– Oui, bien sûr.

Il lève la tête et me fait un clin d'œil.

– Écoute-moi, je ne suis ici que pour quelques minutes. Il faut que je profite de l'absence de mon vieux. J'ai un petit service à te demander. Tu as déjà vu Robert Steely, le mec qui s'est fait dégommer la semaine dernière ?

– Oui.

Dégommer. Encore une image, mystérieuse pour moi. Je ne vois pas bien le rapport entre les gommes et le fait de perdre son travail.

– Il faut que tu lui apportes la lettre que je suis en train de taper. Père vient de m'appeler du fin fond de l'Italie et m'a chargé de le faire. Il veut que je la lui remette en main propre. Mais tu peux t'en charger à ma place. Tout ce que tu dois faire, c'est t'assurer qu'il signe bien le double de la lettre à l'endroit où il est écrit : « Accusé de réception ».

Un autre périple en ville ? Aujourd'hui ? Et cette fois sans les nombreux préparatifs qu'exigeait mon expédition au cabinet de Jerry Garcia ?

– Je ne sais pas. Je ne sais pas où habite Robert Steely. Nous pourrions envoyer un coursier. Nous pouvons demander à Jasmine d'appeler un coursier.

– Détends-toi ! Juliette va te commander un taxi. Le taxi te conduira là-bas et te ramènera ici. Père veut que ce soit quelqu'un du cabinet qui s'assure que la lettre est bien remise à Robert Steely et qu'il signe le double. Il est encore plus méfiant que d'habitude. Nous avons donc besoin de quelqu'un qui connaisse Robert Steely et tu es l'homme de la situation. Qui se méfierait de toi ? Voilà. Je vais l'imprimer, en faire une photocopie et tu files.

Nous nous dirigeons vers l'imprimante installée devant le bureau de Juliette.

– Juliette, si vous voulez bien avoir l'obligeance d'appeler un taxi pour ce monsieur, dit Wendell.

Juliette décroche aussitôt le téléphone. Le numéro de la compagnie de taxis est en mémoire. Wendell prend la feuille de papier qui sort de l'imprimante et la jette sur le bureau de Juliette.

– Tu m'en fais une copie et tu la mets dans une enveloppe, d'accord, chérie ?

Puis Wendell se tourne vers moi. Son regard est dur. Sa jovialité a disparu en une seconde.

– Tu as une réponse pour moi ?

Je sais à quoi il fait allusion. Il m'apparaît soudain

que j'ai peur de Wendell et que si je me refuse à lui dire non c'est par lâcheté.

– Je n'ai pas de réponse pour toi.

Je me dis qu'il faut gagner du temps afin d'être en mesure d'aider Ixtel. Mais je sais bien que je me mens à moi-même.

– La semaine prochaine. N'importe quel jour de la semaine prochaine. Jasmine doit être sur ce bateau la semaine prochaine. Un point c'est tout. Si ce n'est pas la semaine prochaine, notre pacte est rompu. Et tu ne tiens pas à ce que notre pacte soit rompu. Tu m'as compris ?

– Oui.

Je sens l'index de Wendell s'enfoncer dans ma poitrine. Je n'avais jamais imaginé que je pourrais un jour frapper un autre être humain, mais je m'aperçois que c'est possible.

Wendell me foudroie du regard, puis, comme si de rien n'était, me fait un grand sourire.

– La semaine prochaine. N'oublie pas !

Ensuite, il se tourne vers Juliette qui ne nous a pas quittés des yeux un seul instant.

– Assure-toi qu'il a bien rapporté le double signé de la lettre.

Je glisse la lettre dans mon sac à dos. Juliette me dit qu'un taxi viendra me chercher à l'arrière du bâtiment. Tout ce que j'ai à faire, c'est, dit-elle, rester planté comme une andouille et attendre que le taxi me klaxonne. Je voudrais m'arrêter avant à la salle du courrier pour voir Jasmine, mais j'ai encore du mal à respirer à cause de la rencontre avec Wendell. « Les gens t'écraseront si tu ne te mets jamais en colère », m'a dit Jasmine. Écraser, c'est exactement ce que je désire. À présent, j'ai compris pourquoi les mots « haine » et « ennemi » sont si souvent utilisés au cabinet.

Au bout de quelques minutes seulement, un taxi s'arrête à ma hauteur et me klaxonne. Je lui montre l'adresse écrite sur l'enveloppe qui contient la lettre destinée à Robert Steely et nous partons. Une paroi en plastique me sépare du chauffeur. Ici, dans le monde réel, ainsi que l'appelle Arturo, on ne peut pas être protégé par un écran de plastique. Il semble qu'il soit impossible de conserver toute la journée cette paix que je ressens quand je me remémore ces paroles de Jésus : « Sois dans le monde, mais pas du monde. » Mais je n'ai pas la moindre idée de la façon dont on doit s'y prendre pour suivre ce précepte, ni si seulement cela est réalisable. Le monde t'enfoncera toujours son index dans la poitrine.

Heureusement, Robert Steely habite loin du cabinet. Je dis heureusement, car cela me laisse le temps de retrouver une respiration plus paisible et d'arrêter de penser à Wendell. Je pense maintenant à Jerry Garcia et au calme qu'il manifestait en me parlant. Je le revois prenant son temps avec chaque personne venue le consulter. Je repense à sa voix et à sa façon de s'exprimer si enflammée et libérée de toute haine.

Dans le quartier où réside Robert Steely, les maisons sont beaucoup plus rapprochées les unes des autres que dans le mien. Nous roulons lentement dans des rues où des enfants font du vélo. Le chauffeur de taxi s'arrête pour demander sa route à une femme qui pousse un landau.

Le chauffeur indique une maison.

– C'est ici.

C'est une maison à un étage peinte en vert clair et aux volets d'un vert plus sombre. La porte est rouge. Je frappe à l'aide d'un heurtoir de laiton en forme de tête de lion. Robert Steely ouvre la porte.

– Marcelo.

Sa voix est neutre. Je ne décèle aucune surprise sur son visage.

– Entre.

– Wendell m'a demandé de vous apporter ça, dis-je en lui tendant l'enveloppe. Je suis censé vous regarder signer et rapporter le double.

Il déchire l'enveloppe sur un côté, souffle à l'intérieur et sort la lettre. Il secoue la tête en la lisant.

– Incroyable, dit-il en me regardant. Tu sais de quoi il s'agit ?

– Non.

– Viens t'asseoir.

Il me fait signe d'entrer dans une pièce jonchée de jouets pour jeunes enfants.

– Il y a un taxi.

– Oh, il est payé pour t'attendre. On en a pour une seconde. Il faut simplement que je lise ça attentivement. Assieds-toi, s'il te plaît.

Dans un coin de la pièce, je remarque un clavier rouge à huit octaves seulement, qui fonctionne sur piles. Cela me rappelle la conversation que nous avons eue Jasmine et moi à la cafétéria. Elle m'avait demandé ce qui exigeait le plus de talent, jouer des morceaux composés par quelqu'un d'autre ou improviser. Certaines choses se produisent par hasard, surviennent à l'improviste, sans qu'on s'y attende. En voici une. Je suis là non parce que j'ai eu envie de venir voir Robert Steely, mais parce que Wendell m'a envoyé chez lui. Robert Steely est l'avocat qui a le plus travaillé sur l'affaire Vidromek. C'est lui qui en connaît le mieux tous les dossiers. Il est assis en ce moment en face de moi et je prends cela pour un signe. Va-t-il m'aider ? Va-t-il aider Ixtel ? La question est la suivante : suis-je capable d'improviser ? Robert Steely pose la lettre sur la table basse.

– Dans leur hâte à me renvoyer, ils ont oublié de me faire signer une déclaration selon laquelle je m'engage à ne jamais faire usage des informations dont j'ai pu avoir connaissance dans le cadre de mon travail au cabinet. Dès que je l'aurai signée, ils m'enverront mon dernier salaire. En d'autres termes, si je refuse de signer, je n'aurai pas mon chèque. Excuse-moi, je suis encore un peu amer. Je ne devrais pas m'exprimer ainsi devant toi. Tu es le fils du patron.

– Mon père vous a dégommé.

– En fait, je travaillais pour Stephen Holmes, mais comme Holmes n'était pas là, l'honneur est revenu à ton père.

– L'honneur ?

– De me le dire, genre : « Prenez vos affaires et partez. »

– C'est rapide. Quand on se fait dégommer.

– Oui, en général. Ils n'aiment pas trop vous voir traîner dans le secteur et réfléchir à des moyens de vous retourner contre l'entreprise.

– J'ai une question à vous poser.

Je suis sur le point d'improviser. Comment vais-je formuler ce que je veux lui dire ?

– Vas-y. Une seconde. Je vais chercher un stylo pour signer ça.

Il disparaît dans une autre pièce et revient avec un stylo.

Il signe le papier, le remet dans l'enveloppe et me la donne.

– Que désires-tu savoir ?

– Est-ce la faute de Vidromek si les pare-brise ne se cassent pas en mille petits éclats ?

– Oh là ! Ça vient d'où, ça ?

– J'ai besoin de le savoir.

Il s'assied tout au bord de son siège.

– Qu'est-ce que tu entends par « faute » ?

J'essaie de me rappeler ce que Jerry Garcia m'a dit ce matin.

– Savaient-ils chez Vidromek que leurs pare-brise ne se casseraient pas en mille morceaux et les ont-ils fabriqués quand même ?

– Parfait.

Robert Steely commence à se frotter le bras droit, comme s'il avait des démangeaisons.

– Pourquoi me demandes-tu cela ?

– Il faut que je sache... pour que je puisse aider quelqu'un.

– Qui ?

Je fouille dans mon sac à dos et lui tends la photo d'Ixtel.

– Elle s'appelle Ixtel. Elle a été blessée par un pare-brise. Je ne la connais pas.

Il regarde la photo.

– Je n'ai jamais vu cette photo, dit-il en la retournant avant de me la rendre. Il n'y a aucune indication de dossier. Elle n'est pas arrivée avec des documents officiels, n'est-ce pas ?

– Elle était jointe à une lettre adressée à mon père.

– Je vois. Et ton père a répondu qu'on ne pouvait rien faire.

– Oui.

– Il ne faut pas en vouloir à ton père. C'est comme ça dans ce milieu. Il était obligé de dire non. Quand bien même personnellement il aurait préféré dire oui, quand bien même cette lettre lui serait parvenue avec un mot de ta propre mère lui demandant de faire quelque chose pour la fille, il aurait néanmoins dit non. Vous pouvez être la personne la plus gentille du monde, un saint, dès lors que vous mettez un pied dans l'univers impitoyable des entreprises que vous avez à défendre, vous agissez selon des règles entièrement différentes.

– Si nous pouvons prouver que Vidromek était au courant, nous pourrons aider Ixtel. Et peut-être beaucoup d'autres dans le même cas.

– Tu as discuté de tout cela avec quelqu'un. Ne me réponds pas. Je ne veux rien savoir. Sais-tu pourquoi Stephen Holmes m'a viré ?

– Vous réfléchissiez trop.

Il a un petit rire.

– J'ai essayé de démontrer à Holmes qu'en reconnaissant sa responsabilité Vidromek gagnerait de l'argent. J'avais les chiffres qui prouvaient que remédier aux défauts des pare-brise était un bien meilleur calcul à long terme. Il m'a prié de laisser les chiffres aux comptables.

– Pouvez-vous aider Ixtel ?
– Tu la connais ?
– Non.
– Ton père est-il au courant que tu veux l'aider ? Tu lui en as parlé ?
– Non.
Je suis bien en peine de lui expliquer pourquoi. Je suis en train de faire quelque chose qu'Arturo désapprouverait, j'en suis conscient. En mon for intérieur, j'ai l'espoir de trouver le moyen de le convaincre qu'aider Ixtel est de son devoir, de notre devoir à tous. Mais, pour l'instant, je ne sais pas très bien ce que vaut cet espoir.
Robert Steely se lève et se dirige vers la fenêtre.
– Tu devrais y aller. Je crois que ton chauffeur commence à s'impatienter.
Je me lève avant de comprendre qu'il est en train de me dire qu'il refuse de m'aider. J'ai le sentiment étrange de ne plus savoir où je suis. Après quoi, je reconnais la maison de Robert Steely. Je voudrais lui serrer la main, mais il regarde toujours par la fenêtre.
– Les cartons de Vidromek sont-ils toujours dans mon bureau ? me demande-t-il au moment où j'ouvre la porte pour sortir.
– Oui.
– Les trente-six cartons de l'affaire ?
– Trente-cinq, corrigé-je.
– Hmm... J'aimerais bien savoir ce qu'est devenu le trente-sixième.
– Le trente-sixième ?
Je suis troublé. Je suis certain qu'il n'y en a que

trente-cinq. Ce n'est pas le genre de choses sur lesquelles je fais des erreurs.

– Au revoir, Marcelo. Je te souhaite bonne chance pour ton enquête.

Il referme la porte rouge derrière moi.

En arrivant au bureau, je m'aperçois que je tremble de tous mes membres. « Excès de stimuli », c'est ainsi qu'ils appellent cette réaction, à Paterson. Je me rends directement à la salle du courrier.

Je n'ai jamais vu cette expression sur le visage de Jasmine. Elle est contente et mécontente à la fois.

– Où étais-tu passé ? Tu étais absent toute la journée.

Elle croit que je viens de rentrer de chez Jerry Garcia.

– Tu t'es perdu ? J'ai cru qu'il t'était arrivé quelque chose.

– Tu t'es inquiétée.

– Je ne me suis pas inquiétée. Je me suis... posé des questions. J'ai pensé qu'il t'était arrivé quelque chose et que je m'en voudrais toute ma vie de ne pas t'avoir accompagné comme tu me le demandais.

– Dès que je suis revenu de chez Jerry Garcia, Wendell m'a envoyé faire une course : apporter une lettre à Robert Steely.

– Pourquoi toi ? Pourquoi pas un coursier ?

– Robert Steely devait signer le double de la lettre. Wendell a estimé que je ferais un bon témoin. Qui douterait de ma parole ?

– Tu aurais pu t'arrêter au passage pour me signaler que tout allait bien. J'ai téléphoné à Jerry Garcia, et il m'a dit que tu étais parti depuis deux heures. J'ai essayé de te joindre sur ton portable, mais tu n'as pas répondu.

– J'ai dû l'éteindre par erreur quand j'attendais que Jerry me reçoive.

– Génial.

– Jerry connaît ton existence. Je lui ai parlé de toi.

– Et lui m'a parlé de ta visite.

Je vais m'asseoir à mon bureau. J'ai les mains qui tremblent.

– Il m'a montré la lettre qu'il a écrite à mon père. Arturo est au courant pour Ixtel. Il a dit non. Il a dit que Vidromek ne donnerait pas d'argent pour les opérations.

– Pourquoi trembles-tu ainsi ? Attends une seconde.

Elle disparaît avant de revenir quelques instants plus tard avec un gobelet en carton plein d'eau. Je bois.

– Il est impossible de traiter tout ce qu'on entend, tout ce qu'on voit, tout ce qu'on pense, en dépit de nos efforts. Si l'on veut parvenir à quelque chose, il faut occulter ce qui n'est pas important. Pour cela, on a besoin de temps.

– Marcelo, tu parles trop.

– Il y a un trente-sixième carton. Ici, quelque part dans les bureaux, il y a un trente-sixième carton.

Je tente de me lever, mais elle m'oblige à me rasseoir.

– Reste tranquille un instant. Dans quelques minutes tu vas aller prendre ton train.

– Jerry Garcia a dit qu'il devait exister un document qui prouvait que Vidromek savait que ses pare-brise étaient dangereux. Il a dit que la personne qui travaillait sur le dossier l'avait probablement vu. Après, Wendell m'a envoyé chez Robert Steely, précisément la personne qui a le plus travaillé sur l'affaire Vidromek. J'ai demandé à Robert Steely de m'aider. J'ai pensé à toi parce que j'ai improvisé, et juste avant de partir, Robert Steely m'a donné un indice. Il a dit qu'il y avait trente-six cartons, alors que je n'en ai vu que trente-cinq. Ce n'est pas le genre de choses sur lesquelles Marcelo peut se tromper. Pourquoi Jasmine sourit-elle comme ça ?

– Regarde-toi ! Tu es allé chez Jerry Garcia, ensuite chez Robert Steely, et tu essaies de reconstituer tout le puzzle parce que tu veux aider une fille que tu n'as vue qu'en photo. Ça fait plaisir de voir que tu as envie de te bagarrer !

– Ce n'est pas normal d'agir ainsi rien qu'en ayant vu une photo.

– Disons que ce n'est pas courant. Mais c'est plutôt sympathique.

– Nous devons retrouver le trente-sixième carton.

– Demain. En attendant, nous allons à la gare.

– Jasmine peut chercher ce soir, quand tout le monde sera parti.

– Ah oui ?

– Elle connaît tous les endroits du cabinet où l'on pourrait cacher un carton.

– C'est ton enquête, pas la mienne.

– Enquête. Robert Steely a employé le même mot. Il a dit : « Je te souhaite bonne chance pour ton enquête. »

– Ce qui importe ici, c'est le mot « ton ».

– Jasmine regardera ce soir. S'il te plaît.

Elle secoue la tête, mais je ne pense pas que cela signifie qu'elle ne le fera pas.

– Bien sûr. Comme ça, nous serons deux avec Robert Steely à chercher du boulot. Allez, viens, je t'accompagne à la gare.

21

J'ai passé toute la matinée à trouver des prétextes pour me rendre à la salle du courrier. Chaque fois que j'ai réussi à y aller, Jasmine était soit au téléphone soit absente. Quand elle a fait sa première distribution de courrier, elle a levé le pouce en passant. Je crois que cela signifie qu'elle a retrouvé le trente-sixième carton. À moins que cela ne veuille dire quelque chose que j'ignore.

Finalement, lorsque à midi je vais rejoindre Jasmine dans la salle du courrier, j'aperçois Arturo qui vient vers moi dans le hall d'entrée. Il sourit et a l'air content de me voir. Pour ma part, j'ai envie de faire demi-tour et de l'éviter. Je ne peux imaginer Arturo en train d'écrire cette lettre à Jerry Garcia. Je ne peux l'imaginer en train de regarder la photo d'Ixtel, de lire la lettre de Jerry et de répondre non. Ces faits sont en contradiction avec le père qui dit oui à la maison dans l'arbre, qui dit oui à Paterson, l'homme qui adore passer son bras autour du cou de Yolanda et faire semblant de lui taper sur la tête. Je baisse les yeux et fais mine d'être très affairé.

– Hé, on ne dit plus bonjour à son vieux père ?

– Bonjour.

– Tout va bien ? Tu as l'air d'être au fond du trou.

– Je ne suis pas au fond du trou, répliqué-je d'un ton irrité.

– D'accord, tu n'es pas au fond du trou, si tu le dis. Tu viens déjeuner ?

– J'ai de quoi manger.

– Nous garderons ton sandwich pour demain.

– Non.

– Pourquoi non ?

– Je déjeune avec Jasmine.

– Ah, je vois. Où ça ?

– Nous allons à la cafétéria.

– Ah bon ? Souvent ?

Je commence à m'éloigner.

– Que se passe-t-il ? Pourquoi es-tu si pressé ? Jasmine peut bien attendre quelques minutes. Es-tu toujours aussi contrarié que je t'aie mis au service de Wendell ? Allez, tu t'en remettras. C'est avec Wendell que tu devrais déjeuner.

– Ce n'est pas ce qui contrarie Marcelo. Au revoir.

Je ne hausse pas le ton pour lui répondre. En tout cas, je n'en ai pas l'impression. Mais je m'éloigne de mon père alors qu'il n'a pas fini de me parler. Je n'ai jamais fait ça. Il me semble sentir son regard dans mon dos. Je suis content d'avoir pu lui tourner le dos, mais j'ai aussi un peu peur. Peur de quoi ? De l'avoir fâché ? De le perdre ?

Pas de soupe aux pois pour Jasmine cette fois-ci, mais une soupe de palourdes. La soupe de palourdes n'est pas aussi brûlante que celle aux pois. Elle pose un dossier brun sur la table.

– Tu as trouvé le carton, dis-je.

– Tu devrais réfléchir un peu plus sérieusement à ce que tu es en train de faire.

Je ne sais quoi lui répondre. Jasmine a l'air d'avoir peur.

– Je veux dire que tu devrais prendre du temps pour songer aux conséquences de tes actes sur certaines personnes.

– Marcelo y a réfléchi.

– Peut-être d'une façon abstraite. Mais…

Elle pose la main sur le dossier.

– … ça va devenir réel.

Je tends la main pour prendre le dossier, mais elle m'en empêche.

– Regarde ta main, tu trembles encore.

– J'ai croisé Arturo. En allant à la cafétéria.

– Alors ?

– Marcelo n'a jamais ressenti de confusion. C'est douloureux. Il n'y a aucune paix, aucune certitude. Dois-je à tout prix faire passer mon père avant toute chose ?

– Parlons un peu de ce qu'il y a dans ce dossier, afin que nous soyons clairs sur ce qu'il convient de faire.

– Oui.

– Ce qu'il y a là-dedans est très mauvais, très mauvais pour Vidromek. Si cela vient à se savoir, Vidromek aura le plus grand mal à prouver qu'ils ne sont pas dans leur tort. Ensuite, il y a les répercussions éventuelles sur le cabinet. Vidromek est le plus gros client du cabinet, et si le cabinet est responsable de la chute de Vidromek, alors...

– Alors, que se passera-t-il ?

– Vidromek a de multiples liens avec d'autres entreprises américaines, et c'est nous, cabinet d'avocats, qui nous chargeons de tout l'aspect juridique de leurs affaires. Il pourrait se passer, comme avec les dominos, des chutes en série : si Vidromek plonge, ils plongent tous. Je sais ce que Vidromek nous rapporte comme argent, ainsi que les salaires et le loyer que nous avons à verser. Sans l'argent de Vidromek, nous ne pourrons plus payer tout ça.

– Jasmine pourrait perdre son emploi.

– Et Marcelo pourrait se retrouver au lycée.

Je n'avais pas considéré les choses sous cet angle, mais c'est exact. Paterson coûte cher. J'ai entendu des enfants dire que, sans leur bourse, ils n'auraient jamais pu s'y inscrire car leurs parents n'en avaient pas les moyens. Sans l'argent qu'Arturo gagne grâce à Vidromek, il se pourrait que je ne puisse plus aller à Paterson.

– Voilà pourquoi je ne te montrerai ce qu'il y a là-dedans qu'à une condition.

– Oui.

– Tu ne sais pas encore ce que je vais te dire.

– J'ai dit oui en tant que question. Mais je dirai peut-être aussi oui à ta condition.

– Parce que j'ai raison en règle générale ?

– Parce que si je ne dis pas oui, je ne saurai jamais ce que Jasmine a découvert.

– Très bien. Voici ma condition : tu viens avec moi le week-end prochain dans le Vermont pour réfléchir à ce que nous sommes en train de faire. De toute façon, je dois emmener papa chez le médecin et toi, tu as besoin de prendre un peu l'air. Tout ça va trop vite. Là-bas, tu auras tout ton temps pour mesurer les conséquences et repenser à tous les événements et sentiments qui te troublent tant. Il se peut même que tu cesses de trembler après une journée dans les montagnes.

– Le Vermont.

– Oui, c'est l'endroit idéal pour peser le pour et le contre.

– Peser le pour et le contre. J'aimerais bien ralentir et réfléchir.

– À ton retour, tu agiras comme tu l'auras décidé.

– C'est si terrible, ce qu'il y a là-dedans ?

Elle soulève sa main du dossier. Je le tire vers moi, l'ouvre et en sort un unique papier.

Il est écrit en espagnol. Je le lis tant bien que mal.

MEMO

Importancia : urgente

Dirigido a : Sr. Reynaldo Acevedo, Presidente

Por conducto de : Lic. Jorge Baltazar

De parte de : Ing. David González, Jefe de Control de Calidad

Fecha : 21 de junio de 2005

Re : Pruebas de Impacto Modelo 285X

Se adjuntan Pruebas de Impacto – Parabrisas Modelo 285X. Pruebas demuestran fragmentación diferente a la especificación de diseño. Se recomienda descontinuar fabricación de dicho Modelo 285X inmediatamente.

– Je ne comprends pas tous les mots, dis-je. Que signifie *parabrisas* ?

– Ça veut dire pare-brise. J'ai cherché tous les mots que je ne comprenais pas, mais la plupart ressemblent à l'anglais. C'est la note de service qu'un ingénieur chargé du contrôle qualité a adressée au directeur de l'entreprise.

– Il préconise la suspension de la fabrication des pare-brise.

– Des pages de graphiques et de tableaux y étaient jointes, très certainement les résultats des tests.

– Vidromek savait.

Je m'aperçois que ma main tremble de nouveau.

– Il y a tellement d'éléments que nous ignorons à ce sujet. Parfois, les choses ne sont pas aussi simples qu'il y paraît.

– Où Jasmine a-t-elle retrouvé cette note ?

– Certains avocats gardent les dossiers les plus importants dans leur bureau.

Mon cœur s'arrête de battre une fraction de seconde, puis repart à toute allure.

– Arturo ?

Jasmine ne répond pas.

– Pour l'instant, la question est celle-ci : qu'est-ce qu'on fait ? Tu remets ce mémo à Jerry Garcia et toutes sortes de conséquences s'ensuivront.

Je range la note dans le dossier. Si quelqu'un me demande où je l'ai trouvée, je serai obligé de mentir, autrement Jasmine perdra son travail.

– Jasmine aurait très bien pu me dire qu'elle avait cherché le trente-sixième carton et qu'elle ne l'avait pas trouvé. Pourquoi m'a-t-elle donné le mémo ?

Elle émiette des crackers dans sa soupe de palourdes sans me regarder.

– Donc, si nous allons dans le Vermont, nous partirons samedi matin, suffisamment tôt pour que je puisse emmener papa chez le médecin. Nous pourrons aller camper dimanche et rentrer lundi. Tu as déjà fait du camping ?

– Je vis dans un arbre. C'est un peu du camping, non ?

– Non, mais regarde-toi. Quelle pagaille ! Dans ta tête, je veux dire. Là-bas, en pleine nature, tu verras les choses beaucoup plus clairement. Il y a moins de confusion.

– D'accord.

– D'accord, tu viens ?

– Oui.

– Bien.

Elle sourit. Aller dans le Vermont lui fait plaisir.

– Belinda s'occupera du courrier lundi. Tu n'as pas besoin de prendre cet air sinistre. On va peut-être même s'amuser.

Je prends le dossier qui contient le mémo.

– Maintenant Jasmine est impliquée dans l'histoire.

– Mouais. C'est comme ça. Je garde le dossier. À notre retour du Vermont, tu en feras ce que tu voudras. Mais pas avant.

Elle se lève et va jeter son bol de soupe aux palourdes à peine entamé. Encore un déjeuner où ni l'un ni l'autre n'avons réussi à avaler quoi que ce soit.

22

La vieille Jeep de Jasmine tourne dans l'allée. La capote est enlevée. Namu s'avise de sa présence par un simple mouvement des oreilles.

– Prêt ? demande-t-elle.

J'acquiesce. Je pose mon sac à dos sur le siège arrière quand Aurora sort de la maison avec un sac en plastique rempli de sandwiches, de fruits divers et de boissons. Il n'y a que trois heures de route pour le Vermont si la I-03 n'est pas trop encombrée, mais, quelle que soit la durée du trajet, Aurora prépare toujours quelque chose pour déjeuner.

Namu grimpe dans la Jeep par la porte latérale et se glisse derrière. Il agit de son propre chef.

– J'en connais un qui est content d'aller se promener, commente Aurora.

– Il va bien s'amuser, répond Jasmine.

Aurora était toute joyeuse lorsque je lui ai parlé, ainsi qu'à Arturo, de l'excursion. Mais c'est la réaction d'Arturo qui m'a étonné. Alors que je trouvais que j'étais en train de faire de gros progrès en matière de décryptage des expressions du visage, celle qui est apparue sur celui d'Arturo était inédite. Lui qui faisait tout pour me pousser à être autonome a soudain laissé tomber sa mâchoire et s'est raidi dès que j'ai évoqué cette excursion. Qu'était donc cet air ? Que signifiait-il ? D'où venait-il ? Défiance ? Ressentiment ? C'était la première fois que je le lui voyais.

– Je ne crois pas que ce soit une bonne idée, a-t-il déclaré.

Nous étions assis à la table de la cuisine. À ces mots, Aurora et moi nous sommes arrêtés de manger.

J'ai répété ce que je venais de lui dire au cas où il n'aurait pas bien compris ce que nous avions l'intention de faire dans le Vermont.

– Nous allons emmener son père chez le médecin samedi. Ensuite, dimanche, nous partirons en randonnée. Jasmine a dit qu'elle me déposerait à la maison lundi vers huit heures.

Il y a eu un grand silence. J'ai regardé Arturo et découvert cet air que je ne lui connaissais pas. Et j'ai eu peur.

Aurora est intervenue, ignorant l'objection d'Arturo.

– Ça me paraît très bien. Mais je voudrais que tu emmènes Namu. Ce sera une bonne compagnie pour la randonnée.

– D'accord, ai-je répondu.

– Je ne suis pas d'accord, a répliqué Arturo d'une voix ferme, mais dans laquelle je percevais un très léger tremblement.

– Et pourquoi donc ? a voulu savoir Aurora.

C'était elle qui, à son tour, avait l'air suspicieux.

– J'allais justement demander à Jasmine de venir

travailler ce samedi. Nous étudions en ce moment un projet de fusion entre deux de nos sociétés mexicaines, qui doit être finalisé la semaine prochaine. Et elle ne m'a pas demandé l'autorisation de prendre son lundi.

– Jasmine n'est pas au courant de cette fusion, ai-je dit.

– Arturo, est intervenue Aurora, il faut qu'elle conduise son père chez le médecin.

– Jasmine ne m'en a jamais parlé, a rétorqué Arturo.

– Est-elle obligée de te dire ce qu'elle fait de ses week-ends ? De quoi as-tu peur ?

C'était aussi une grande première de la part d'Aurora : je ne l'avais jamais entendue parler de façon aussi directe à Arturo.

Arturo n'a pas répondu, troublé, muet, peut-être pour la première fois de sa vie.

– J'ai l'impression que tout est déjà bien organisé. Je suis certaine que tu vas trouver quelqu'un d'autre pour t'aider si nécessaire, a conclu Aurora.

Il n'y avait plus rien à ajouter.

Aurora me tire par le bras vers le côté de la maison pour me dire quelque chose en particulier.

– Écoute-moi bien, dit-elle, attendant que je la regarde dans les yeux. Tu m'appelles immédiatement s'il arrive quoi que ce soit, à toi ou à Jasmine, s'il se produit la moindre petite anicroche au cours de votre week-end. Tu peux téléphoner avec ton portable où que tu sois dans le monde entier. Si toi ou Jasmine êtes en danger, petit danger ou gros danger, tu appelles. Et peu importe comment et pourquoi vous avez des problèmes. C'est bien compris ?

– Oui.

Je signe de la main « Je t'aime », ainsi que je l'ai appris à Paterson.

Elle pose sa main sur son cœur, puis sur ma poitrine.

Devant la Jeep, Jasmine tend à Aurora un morceau de papier.

– Le numéro de téléphone et l'adresse de mon père. Il se fait vieux et il n'a plus toute sa tête comme avant, donc je vous donne aussi le numéro d'un voisin. Jonah saura exactement où nous sommes et il pourra venir nous chercher en cas de besoin.

– Merci. As-tu dit au revoir à ton père ? me demande Aurora, comme si l'idée venait de lui traverser l'esprit.

– Oui.

Je réponds sans la regarder, mais je ne lui dis pas la vérité.

Namu pousse un unique jappement. Je crois qu'il essaie de nous faire comprendre qu'il en a assez des adieux interminables et qu'il est temps de partir.

– Est-ce que ton père est fier de toi ? demandé-je à Jasmine une fois que nous sommes sur l'autoroute.

– D'où ça sort encore, ça ?

– D'après le dictionnaire, la fierté est le plaisir ou la satisfaction d'avoir accompli quelque chose. Selon cette définition, il faut avoir fait quelque chose pour qu'on soit fier de nous. On ne peut pas être fier de quelqu'un uniquement pour qui il est. Je ne suis pas sûr de savoir ce que représente la fierté chez les autres.

– J'ai discuté avec ton père, hier soir tard. Il s'est arrêté à la salle du courrier avant de partir. Il voulait en savoir davantage sur notre week-end.

Elle secoue la tête tout en souriant.

– Ton père est fier de toi, si c'est ce qui te tracasse.

– Que t'a dit d'autre Arturo quand tu l'as vu ?

Je me sens dans un état étrange en lui posant cette question. J'essaie de m'expliquer pourquoi Arturo ne voulait pas que je parte avec elle. Je songe que Jasmine en connaît peut-être la raison et ne veut rien me dire, et cette pensée me fait un peu honte.

Elle me regarde d'une drôle de façon, comme si elle cherchait à deviner le véritable motif de ma question.

– Il voulait savoir où nous irions camper, si quelqu'un d'autre venait avec nous. C'était un peu bizarre. Comme s'il doutait brusquement de tes capacités à te débrouiller. Tu t'en sens capable, non ?

Je sais qu'elle s'attend à me voir rire ou du moins sourire, mais je ne fais rien de tel.

– Est-ce que ton père sait que tu joues du piano ? lui demandé-je.

– Bien sûr. J'ai commencé à en jouer à la maison quand j'étais petite. Ma mère a rapporté ce piano de chez elle quand elle s'est mariée et elle m'a assise devant le clavier avant même que j'apprenne à marcher, paraît-il.

– Mais ton père sait-il que, ce que tu veux faire, c'est composer de la musique et la jouer ?

– J'imagine. Nous ne parlons pas beaucoup de ça. Tu verras quand tu l'auras rencontré. Amos ne s'intéresse pas tellement à ce que tu fais de ta vie, du moment que tu fais quelque chose et que tu subviens à tes besoins.

Je ferme les yeux et me rappelle l'époque de mes huit ans, quand Arturo m'avait inscrit au club de foot local. Au bout de cinq minutes sur le terrain, il était évident pour tout le monde que je serais incapable de jouer. Je restais planté au milieu, sans savoir que faire, avançant de quelques pas maladroits dans toutes les directions, sauf dans la bonne. Quand le ballon arrivait sur moi, je l'envoyais sur la touche ou à l'un des joueurs de l'équipe adverse. Je me souviens encore de la tête d'Arturo dans la voiture, pendant le trajet de retour à la maison : un père qui réalise que son fils ne pourra jamais s'adonner à quelque sport collectif que ce soit. Puis, quelques instants plus tard, après m'être souvenu de ce que Jasmine a dit à Aurora juste avant de partir, je lui demande :

– Qui est Jonah ?

– Tu feras sa connaissance tout à l'heure. Jonah et moi avons grandi ensemble. Nos deux mères étaient meilleures amies jusqu'à la mort de la mienne. Mon frère, et le petit frère de Jonah, Cody, étaient meilleurs amis aussi. Il va te plaire, tu vas voir.

Les deux dernières heures, nous roulons presque en silence. Jasmine me demande si cela ne me dérange pas qu'elle mette un peu de musique. Je sais qu'elle le fait pour que je ne me sente pas obligé de parler. Elle ne m'a posé aucune question sur Ixtel ni sur le mémo. Ce n'est pas qu'elle n'en a pas envie. Je suis sûr qu'elle veut que je prenne ma décision tout seul. Mais je décide de ne plus penser à cette note pour le moment. Alors je ferme les yeux et savoure la fraîcheur de l'air sur mon visage.

– On est arrivés.

J'ouvre les yeux et découvre la maison de Jasmine au bout d'un chemin de terre, sur une colline verte. C'est une maison blanche surmontée d'une cheminée en briques rouges, d'un haut tuyau noir et d'une antenne de télévision toute tordue sur le toit. Une écurie aux murs non peints derrière la maison penche légèrement sur la droite. En approchant, on distingue un ensemble d'animaux en plastique posés sur la pelouse de devant : une famille de chevreuils, deux cygnes blancs (grisâtres à présent), une cane avec ses six canetons à sa suite (l'un est renversé sur le dos), deux lapins qui s'embrassent, un renard brun, une marmotte dressée sur ses pattes arrière, un flamant qui a dû être rose dans le temps mais plutôt blanchâtre aujourd'hui.

– Ma mère en faisait collection, explique Jasmine.

Nous nous garons à côté de la maison. Namu est le premier à descendre. Il saute d'un bond de la voiture et s'arrête net en touchant le sol. Je vois ce qui l'empêche d'avancer : un gros chien noir et blanc assis tranquillement devant la porte de la maison. Il se lève et se dirige vers Namu qui s'assied, lui signifiant ainsi qu'il sait qu'il n'est qu'un invité.

– Gomer ! C'est bon de te revoir ! dit Jasmine au chien.

Gomer secoue la tête et remue la queue, et se laisse caresser par Jasmine. Puis il s'approche de Namu et les deux chiens se reniflent à la manière des chiens.

– Regarde, dit Jasmine.

Je suis la direction de sa main et vois un champ d'herbes hautes et de fleurs mauves. Entre la maison et la route goudronnée au loin, des vaches font des taches noires et brunes. L'une d'elles remonte la colline vers nous et j'entends d'ici tinter la cloche qui pend à son cou.

– C'est Eleanor, me signale Jasmine. Elle est leur grand-mère à toutes. Je l'ai fait naître, je l'ai élevée, et elle continue à se prendre pour un animal de compagnie. Elle ne voit pas plus loin que le bout de son nez, mais elle sait que je suis là et vient me dire bonjour. Gomer, où est Pops ?

Gomer retire sa truffe froide du creux de ma main et part en se dandinant vers l'écurie. Namu contemple les vaches en poussant des gémissements.

– Il veut aller voir les vaches, expliqué-je.

– On ne les appelle pas pour rien des *bergers* allemands, répond Jasmine en sortant les sacs à dos de la Jeep.

– Il a le droit ?

Namu penche la tête vers Jasmine et attend sa réponse.

– Bien sûr, dit-elle.

Aussitôt, Namu s'élance vers les vaches.

– Allons voir ce que le père est en train de fabriquer, dit Jasmine. Mais qu'est-ce que tu as mis là-dedans ?

Elle dépose les sacs à dos à côté de la maison et se masse le bras. Puis, avant que j'aie pu répondre à sa question, elle me met en garde.

– Ne fais pas attention à ce qu'il dit. Il n'a plus toute sa tête. Du coup, il oublie tout et se montre agressif. Il peut te répéter cinquante mille fois la même chose et s'imaginer que c'est la première fois qu'il te le dit.

L'espace entre la maison et l'écurie est encombré de vieilles machines agricoles rouillées et de grands bidons de lait. À mesure que nous approchons de l'écurie, une odeur douceâtre et forte me parvient aux narines.

– Bouse de vache et urine de vache. Parfois récentes, parfois très anciennes, explique Jasmine en me voyant humer l'air.

La porte coulissante de l'écurie est ouverte. Au fond, j'aperçois un homme de petite taille en bottes de caoutchouc noir qui lui montent jusqu'aux genoux, en train de pelleter du fumier dans une brouette en bois.

– Merde, putain de merde... grommelle-t-il.

– Voilà Amos. Papa, on est là !

L'homme s'arrête de pelleter et s'avance vers nous pour nous voir de plus près. Il a le visage tout ridé et les cheveux blancs, drus et hérissés.

– C'est pas trop tôt, me dit-il.

– Il te prend pour mon frère James. C'est moi, Jasmine. Et voici Marcelo.

– Je suppose que tu vas encore le défendre. Comme si je ne l'avais pas entendu rentrer ce matin à l'aube, après ses beuveries et ses coucheries.

– C'est Marcelo, papa. Tu te souviens, je t'ai appelé hier soir pour te dire qu'on arrivait aujourd'hui ?

Amos retourne chercher la brouette. Ses bras maigres tremblent sous l'effort en soulevant la charge.

– À boire et à courir la gueuse toute la nuit...

– Où crois-tu qu'il puisse courir la gueuse dans le coin ? demande Jasmine avant de s'adresser à moi : Parfois, il vaut mieux aller dans son sens jusqu'à ce qu'il retrouve ses esprits.

– Il y a des tas d'endroits où dégoter des filles. L'homme a une queue, et ce ne sont pas les trous où la fourrer qui manquent.

– James est juste allé boire quelques verres avec Cody. Comme tous les jeunes…

Jasmine secoue la tête en levant les bras au ciel.

– Merde ! marmonne Amos en passant devant nous.

Il va vider la brouette dehors, sur un tas, le long de l'écurie.

– Eleanor ! s'écrie Jasmine tandis qu'une vache brune aux yeux ensommeillés vient vers nous d'un pas fatigué. Tu as grimpé toute la colline pour me voir !

– Tu aurais dû la transformer en ragoût tant que sa viande était assez tendre pour nos dents ! dit Amos.

– Qu'est-ce que tu racontes, proteste Jasmine tout en lissant les oreilles de la bête et les empoignant comme un guidon de vélo. Elle donne toujours du lait, non ?

– Cinq malheureuses giclées. Rien que de la flotte, aussi claire que de la pisse de veuve… rétorque Amos avant de se tourner vers moi : J'ai demandé à Shackelton de me prêter Bruno l'année dernière pour la monter, en souvenir du bon vieux temps. On s'y est mis à quatre, moi et les trois Shackelton, pour le hisser sur elle.

– Papa ! Elle est trop vieille pour la reproduction. Elle t'a donné au minimum un veau chaque année pendant douze ans. Laisse-la tranquille maintenant. Elle a bien mérité de se reposer.

– Je voulais pas de veau. Je voulais seulement qu'elle goûte à ça une dernière fois, dit-il en me faisant un clin d'œil. C'est Bruno qu'a rien voulu savoir. Son machin est resté mou comme une chiffe.

– Tu as du café à la maison ? demande Jasmine, certainement pour changer de sujet.

– Oui, et des pancakes aussi. Je les ai faits hier soir, quand j'ai su que tu venais. On va les mettre dans ce bidule que tu m'as acheté et les cuire à mort.

Il sort un paquet de cigarettes tout écrasé de la poche de sa chemise, en extrait une cigarette en la saisissant du bout des lèvres, puis fouille dans toutes ses autres poches pour chercher du feu.

– C'est mauvais de fumer, lui signalé-je.

– Vivre aussi, mais je ne vais pas pour autant te répéter de ne pas le faire.

Il finit par trouver une boîte d'allumettes dans la poche arrière de sa salopette.

Après le déjeuner, Jasmine réussit à convaincre Amos de prendre un bain. Elle allume le chauffe-eau, qui ne sert que pour ça, attend une demi-heure que l'eau sorte chaude du robinet, puis pousse Amos dans la salle de bains qui jouxte la cuisine.

– J'en ai déjà pris un le mois dernier ! proteste Amos de l'autre côté de la porte.

– Quand tu auras pris ton bain, je t'emmènerai chez le médecin.

– Et puis quoi encore ! réplique Amos.

– Et, après le docteur, on ira à la coopérative t'acheter des cigarettes, et peut-être qu'on s'arrêtera chez le marchand de vin au retour.

Il s'ensuit un grand silence. Au bout de quelques instants, j'entends des bruits d'eau. Jasmine entre dans le salon où je me tiens face à un piano droit en acajou.

J'enfonce la touche du *do* du milieu et écoute le joli son de la note. Puis je joue le *do*, le *mi* et le *sol* ensemble.

– Il sonne juste, déclaré-je.

– Dommage que ce ne soit pas le cas de tout le monde, réplique-t-elle en jetant un coup d'œil en direction de la salle de bains.

Je regarde une photo dans un cadre argenté posée sur le piano. Jasmine est à côté d'un garçon aux cheveux blonds en bataille qui lui masquent presque tout le visage. Derrière les enfants, il y a Amos et une femme. La femme est la seule qui sourit. Jasmine s'aperçoit que je regarde la photo.

– Elle a été prise quand j'avais huit ans et James dix. C'est la seule fois où maman a réussi à nous faire poser tous les deux pour un photographe professionnel. C'est ce qu'elle voulait pour son anniversaire.

– Ta mère ?

– Oui, c'est elle. Écoute, quand il sera sorti, je vais l'emmener chez le médecin. Tu veux venir avec nous ?

Je ne quitte pas des yeux la photo.

– Si tu viens avec nous, je te montrerai le coin. Attends une seconde.

Elle retourne vers la salle de bains et plaque l'oreille contre la porte.

– Ça va là-dedans ? N'oublie pas de te laver l'intérieur des oreilles !

– Bon sang de bonsoir, je sais encore quels trous il faut laver !

– Je t'ai posé des vêtements propres sur la chaise.

– J'ai vu.

– Ne remets pas les sales.

– C'est bon.

– Il va y rester jusqu'à ce que l'eau soit froide, m'explique Jasmine. Allons dehors, je voudrais te montrer quelque chose.

Nous sortons par la porte de devant. Un peu après la réserve d'animaux en plastique, nous prenons un chemin qui mène à une petite butte verte, au-dessus de la maison. Derrière la butte, une montagne couverte d'érables et de pins s'élève jusqu'au ciel bleu. Le bleu foncé du ciel me rappelle le mot *azur*, comme les yeux de Jasmine.

– Si nous grimpons tout en haut de la montagne, nous toucherons le ciel, dis-je.

– Ce n'est pas une montagne, c'est une colline. Là-bas, tu as des montagnes.

Je me retourne et laisse mon regard errer vers l'horizon. Au loin, j'aperçois les montagnes aux sommets enneigés, les mêmes que celles de la photo que Jasmine a mise au-dessus de son bureau.

– Regarde Namu et Gomer, dit-elle en tendant le bras.

Dans le champ en contrebas, Namu et Gomer sont assis au milieu d'une douzaine de vaches.

– Il est content ici, dis-je.

Lorsque nous arrivons en haut de la butte, elle montre la « colline » au-dessus de nous.

– C'est la colline d'Amos.

– La colline Amos, répété-je.

– Non, la colline d'Amos. Cette colline est à Amos. Elle lui appartient, ainsi que quinze hectares de terre en bordure de la route, là en bas. Amos fait pousser du foin pour nourrir ses quelques vaches. Dans le temps, il avait quarante hectares, mais il les a vendus après la mort de maman pour payer le médecin. La colline et les quarante hectares, convenablement exploités, suffisaient à subvenir aux besoins d'une famille de quatre personnes. Du vivant de maman, Amos avait quarante vaches, une demi-douzaine de cochons, des poules. Ils récoltaient le sirop d'érable et le bois de la colline. Ils cultivaient leur propre fourrage pour les bêtes l'hiver. Maman vendait assez de miel pour régler « les courses de février », comme elle disait. Elle donnait des leçons de piano à deux enfants. Amos vendait le lait à une petite fabrique de crèmes glacées, à Montpelier. Une centaine de dollars par-ci, cinquante par-là… La colline leur fournissait tout le bois dont ils avaient besoin pour avoir chaud durant l'hiver. Ça ne coûte pas grand-chose de vivre ici, si on s'en donne la peine.

Du haut de la butte, nous voyons Amos sortir par l'arrière de la maison. Il ne porte qu'un jean et n'a encore mis ni chemise, ni chaussettes, ni chaussures. Il fait quelques pas dehors et se met à uriner. Une poule qui picorait la terre près du jet détale à tire-d'aile.

– Il y a des toilettes juste à côté de la baignoire, commente Jasmine en secouant la tête. Je ne crois pas qu'il ait fait pipi une seule fois à la maison de toute sa vie. J'avais cinq ans quand nous avons fait installer une fosse septique. Je me souviens encore de ces petits pots de chambre blancs qu'on utilisait pour ne pas avoir à sortir dans le froid en plein hiver.

– Ta mère t'a appris à jouer du piano.

– Elle m'a installée sur ce tabouret avant que je ne sache marcher.

– James en jouait lui aussi.

– Elle a baissé les bras au bout d'une ou deux tentatives. L'hiver, on passe beaucoup de temps enfermé à la maison, si on a quelque chose pour s'occuper l'esprit. Hiver ou pas, James n'a jamais été très disposé à jouer du piano ou à rester à l'intérieur. Dès qu'il en a été capable, il a préféré crapahuter dans les collines, pêcher, chasser, élever toutes sortes d'animaux, lapins, hamsters. Il allait les vendre dans les animaleries. À l'âge de dix ans, il a commencé un élevage de chinchillas dans l'écurie. Je détestais ça parce que je savais parfaitement ce qui attendait ces pauvres bêtes. Les chinchillas ressemblent à de grands rats tout maigres, mais les gens les apprécient pour leur fourrure car elle est très chaude. Heureusement, une année, un renard a fait une incursion dans l'écurie et a mis un terme aux souffrances de tout ce petit monde. Attention ! me prévient-elle alors que j'allais marcher sur une pelle.

Elle se baisse et la ramasse.

Nous sommes arrivés en haut de la butte sur laquelle nous contemplons un trou creusé dans la terre de la taille d'une piscine de jardin. Le sommet de la butte est circulaire. Le trou est situé exactement au centre, équidistant de tous les points alentour. Jasmine m'éloigne du trou, vers l'avant de la colline. Un camion de carburant roule sur la route goudronnée en contrebas. Je tends l'oreille pour entendre le bruit du moteur, mais rien ne me parvient aux oreilles, hormis le bruissement du vent dans les arbres. En dessous de nous, sur une butte moins élevée, je remarque deux croix.

– Maman et James, dit Jasmine, anticipant ma question.

– C'est Kaskou, là-bas ? demandé-je en indiquant les deux chevaux qui paissent dans le pré, non loin des vaches, serrées les unes contre les autres.

– Le beau cheval noir, oui, c'est Kaskou.

Kaskou lève brusquement la tête, comme s'il avait entendu son nom. Jasmine fait quelques pas en avant et me montre un pré plus petit, en bas.

– Tu vois ce pré ? L'hiver, Amos trace un ovale, de la taille d'un terrain de football, et tous les après-midi, quand le soleil est le plus chaud, si l'on peut dire, il fait tourner Kaskou pendant une heure, qu'il pleuve ou qu'il neige. Il ne sera plus capable de le faire bien longtemps, conclut-elle, plus pour elle-même, avant d'ajouter à mon adresse : Nous ferions mieux de rentrer. Alors, tu veux nous accompagner chez le médecin ou rester ici ? Tu as le choix. Il nous faut une demi-heure pour descendre chez le docteur, une demi-heure pour en revenir, plus, en général, une bonne heure d'attente dans son cabinet, ce qui fait qu'en gros nous serons absents environ trois heures.

Je siffle discrètement et vois Namu se relever instantanément et se retourner.

– Je vais vous attendre ici, dis-je avant de me diriger vers le pré où Namu et Gomer gardent les chevaux et les vaches.

Il est près de midi. Je le sais, car le soleil est presque au sommet de la courbe de l'horizon. Je réalise qu'une maison bâtie sur cette colline serait au soleil de l'aube au crépuscule.

– Je laisserai les sandwiches de ta maman sur la table de la cuisine, si jamais tu as faim.

Je m'arrête et fais demi-tour vers Jasmine.

– Où allons-nous demain ?

– Nous chargerons Kaskou avec tout notre matériel de camping et, tous les quatre – Namu compris, mais pas Gomer parce qu'il est trop vieux –, nous grimperons la colline d'Amos, redescendrons de l'autre côté et traverserons encore quelques collines pour arriver au Hidden Lake, un lac caché. C'est à trois heures de marche tranquille. Amos a une sorte de hutte qu'il glisse jusqu'au milieu du lac gelé pour pêcher sous la glace et un canoë dont il se sert l'été. Nous pêcherons et ferons du canoë sur le lac et la rivière qui l'alimente, m'explique-t-elle avec enthousiasme. Nous reviendrons lundi matin et rentrerons ensuite chez nous.

– D'accord.

Je respire profondément. Lundi sera là beaucoup trop vite.

Arrivé à mi-chemin du pré où paissent les vaches, j'oblique et me dirige vers les deux croix blanches. Je m'assieds et lis les noms et les dates gravés dans le granit. Lila et James. La mère et le fils. L'une n'a vécu que cinquante-cinq ans, l'autre dix-huit. J'entends le moteur de la Jeep de Jasmine avant de la voir, et je la suis des yeux jusqu'à ce qu'elle ne soit plus qu'un petit point vert sur la route et disparaisse.

Je me rappelle la raison pour laquelle Jasmine m'a emmené dans le Vermont. Elle était inquiète pour moi et pensait que c'était un bon endroit pour passer au crible les derniers événements et prendre une décision. Je me promets de le faire. Demain, quand nous serons arrivés au lac, je m'arrangerai pour trouver le temps et le lieu pour y réfléchir. Mais aujourd'hui, aujourd'hui, je me laisse simplement vivre.

23

Dans la soirée, Jasmine et moi faisons la vaisselle quand nous entendons un moteur de voiture. Amos bourre sa pipe avec un tabac qui sent le chocolat.

– Je me demande qui ça peut bien être, dit-il.

– Oh, papa ! Tu leur as demandé de passer, c'est ça ?

– Pas du tout. C'est ce vieux fouineur de Shackleton qui s'est mis tout seul en tête de venir jeter un coup d'œil au garçon dès qu'il a su que tu étais là.

À ce moment, la porte de la cuisine s'ouvre et trois hommes entrent. Ils entrent à la manière de gens qui ont l'habitude de fréquenter cette maison. Le plus âgé, celui que je crois être le père des deux autres, est une sorte d'Amos en plus jeune et moins voûté. Celui que je pense être Cody porte une caisse de Bud Light. Celui qui doit être Jonah a deux gros sachets de chips dans les mains.

– Oh, non ! s'exclame Jasmine en les voyant. Pas question de faire la bringue ce soir. Nous nous levons tôt demain matin.

– Ah bon ? dit le père tandis que Jasmine lui tend la joue pour recevoir un bisou. Vous partez en randonnée, hein ?

– Jonah ? demande Jasmine.

Il se montre lui-même du doigt et secoue la tête, comme pour signifier : « Je n'ai rien dit. »

– Je suis Jonah, dit-il en me tendant la main.

Je sens la mienne serrée par une main beaucoup plus large et puissante.

– Et moi, c'est Cody.

Sa poignée de main est à peine moins énergique.

– Alors c'est toi, le jeune homme. Samuel Shackelton.

Le plus âgé des trois garde ma main dans la sienne tout en m'examinant.

– Il a de la force pour un gars de la ville, dit-il à Amos qui a du mal à allumer sa pipe.

– Je peux pas dire, réplique Amos entre deux bouffées.

– Nous ne restons pas longtemps, explique Jonah à Jasmine. Je n'ai pas pu les retenir. Maman voulait venir aussi, mais je l'en ai dissuadée. Elle l'aurait bombardé de questions.

– Où voulez-vous qu'on s'asseye ? demande Samuel Shackelton. Sur ces casse-dos ou ici, sur ces sièges confortables ?

– Ici, s'empresse de répondre Jasmine. Puisque vous n'allez pas rester longtemps.

– Il n'y a pas de place dans le frigo pour ranger ça, se plaint Cody.

– C'est plein de boîtes de céréales, dit Amos.

– Ce n'est pas la peine de mettre les bières au réfrigérateur. Pose la caisse par terre, ça les tiendra au frais, intervient Jonah.

– Mais elles étaient tièdes au magasin, réplique Cody. Je vais en caser quelques-unes dans le freezer. Qu'on puisse tenir deux heures.

– Quoi ? s'écrie Jasmine.

Samuel Shackelton tire une chaise et s'assied lentement en face d'Amos. C'est un homme assez corpulent, et il n'est pas certain que les pieds de cette chaise de cuisine résistent à son poids.

– Alors, comment ça va, mon vieux ? Tu as retrouvé tous tes neurones ?

– J'ai tous les neurones qu'il me faut, réplique Amos tandis que le tabac rougeoie enfin dans le culot de sa pipe. Ils sont quand même un peu ramollis d'avoir tant mariné dans le bain qu'on m'a obligé à prendre ce matin…

Il lance un coup d'œil à Jasmine.

– Mais, ramollis et autre, je crois qu'ils se débrouillent encore pas mal, mes neurones !

– Comment tu peux le savoir ? lui demande Samuel Shackelton.

– Et c'est parti ! s'exclame Jasmine.

On entend le pschitt d'une cannette de bière qui s'ouvre.

– Qui veut une bière ? propose Cody.

– Pourquoi ne vas-tu pas chercher ce que tu as planqué sous le siège de ta voiture ? suggère Amos. C'est du bon.

– Pas question, riposte Jasmine.

Mais il est trop tard : Samuel Shackelton fait un signe de tête à Cody et Cody part chercher cette fameuse chose qui est cachée sous le siège. Je me remets à récurer la poêle dont Jasmine s'est servie pour préparer le gratin. Jonah se plante à côté de moi et dit :

– Je trouve que c'est toujours mieux de laisser tremper les poêles. Au bout d'un jour ou deux, le brûlé se détache tout seul.

– On ne laisse rien tremper ce soir, décrète Jasmine. Finis de frotter cette poêle. Toi, tu essuies.

Elle tend à Jonah un torchon blanc qui est déjà tout trempé.

Jonah hausse les épaules en me regardant, l'air de dire : « J'aurais tenté le coup. »

Cody revient avec une bouteille transparente remplie d'un liquide ambré.

– C'est bien ce que je pensais ! dit Amos en se passant la langue sur les lèvres. Passe-moi un verre, James.

Il me faut quelques secondes pour comprendre que c'est à moi qu'il s'adresse. Pendant quelques instants, un lourd silence plane dans la pièce. Puis j'attrape le plus grand verre que je trouve et le tends à Amos.

– Remplis-moi ça, ordonne-t-il à Cody.

– S'il te le remplit, tu vas me demander de t'emmener à Montréal pour ce que tu sais, comme avant ton mariage, plaisante Samuel Shackelton.

– Ne commence pas, dit Jasmine.

– Qu'est-ce que vous alliez faire à Montréal tous les deux ? demande Cody.

– Cody ! intervient de nouveau Jasmine. Bon sang, vous êtes désespérants, tous autant que vous êtes.

Elle sort de la cuisine.

– Où tu vas ? lui crie Samuel Shackelton.

– Faire pipi, si vous n'y voyez pas d'inconvénient !

– Cody, va chercher ton violon, pendant qu'elle va pisser, dit Samuel Shackelton.

Cody se lève aussitôt. Apparemment, il trouve que c'est une excellente idée.

Je tends la poêle à Jonah.

– T'inquiète pas. On ne va vraiment pas rester trop longtemps. Je les en empêcherai.

– Ça va, dis-je.

Cody est en train de sortir le violon de son étui quand Jasmine rentre dans la cuisine.

– J'abandonne, dit-elle. Allez dans le salon.

– Tu m'accompagneras au piano ?

– Pas question.

Jonah tend la poêle à Jasmine pour qu'elle l'inspecte.

– As-tu déjà vu une poêle aussi bien nettoyée ?

Elle la lève à la lumière et passe son doigt à l'intérieur et à l'extérieur.

– Pas mal…

– Alors, où sont les boîtes de Spam ? lui demande Samuel Shackelton en sortant de la cuisine en compagnie d'Amos.

– Très drôle, réplique-t-elle en les suivant.

Une fois seul dans la cuisine avec Jonah, il me fournit l'explication.

– Quand nous étions petits, nos deux familles partaient très souvent camper ensemble. Nous emportions des dizaines de boîtes de conserve au cas où nous n'aurions rien pêché, ce qui était le cas en général. Jasmine et moi avons décidé un jour de casser toutes les petites languettes qui sont soudées sur les couvercles pour les ouvrir facilement. Alors, quand on est arrivés au lac, ils étaient tous furieux contre nous parce qu'ils ont été obligés d'utiliser des ouvre-boîtes, ce qui est plus difficile avec les boîtes munies de languettes.

– Je pense qu'on a terminé, déclare Jonah en étalant le torchon sur la paillasse pour qu'il sèche. C'est ton chien, là dehors ?

– Namu.

Je ne sais pas quoi faire de mes mains.

– Beau chien. Il est du genre à se faire respecter, non ? Ça lui est égal que tu le dorlotes ou non. Il se laisse faire, mais il est content si tu le laisses tranquille.

– Gomer est un gentil chien aussi. Il a l'air doux.

– Maintenant. Il n'a plus le choix, il a près de quinze ans.

– Namu en a neuf. Tu as un chien ?

– Une demi-douzaine la plupart du temps. Cody passe son temps à élever toutes sortes de bestioles ; seulement celles qui ne trouvent pas d'acquéreur restent à la maison !

Nous faisons face au groupe en entrant dans la pièce. Amos et Samuel Shackelton sont écroulés sur le grand canapé du salon. Cody essaie de boire sa bière et d'accorder son violon en même temps. Jasmine s'est assise sur la chaise la plus éloignée du piano.

– Veux-tu une bière ? me propose Jonah.

– Je ne bois pas d'alcool.

Je joins un sourire à ma réponse pour ne pas paraître grossier.

– Eh ben ! Tu récures les poêles impeccablement et tu ne bois pas. Pas étonnant que tu plaises à Jasmine.

Je ne sais pas très bien si c'est une plaisanterie.

– Excuse-moi, dis-je, je dois aller m'occuper de Namu. Il va dormir dans l'écurie avec Gomer.

– Je viens avec toi, s'empresse de répondre Jonah.

– Où allez-vous, tous les deux ? demande Jasmine.

– On revient tout de suite ! lui crie Jonah. On va voir Namu.

– Jonah…

Jasmine laisse sa phrase en suspens alors que nous sortons.

– Elle a peur que nous parlions à cœur ouvert, me dit Jonah en refermant la porte derrière lui.

– À cœur ouvert ?

– Oui, d'homme à homme. Comme deux hommes qui se parlent franchement.

J'aperçois Namu qui se dirige vers l'écurie et je le suis.

– Tu veux qu'on se parle d'homme à homme ? demandé-je à Jonah.

– À la vérité, oui, j'aimerais bien. Sauf qu'elle m'a menacé des pires représailles si jamais je le faisais.

Il m'apparaît soudain que les conversations à cœur ouvert sont les seules que j'aie en ce moment. La dernière, celle que j'ai eue avec Wendell lorsqu'il m'a enfoncé l'index dans la poitrine, entre, il me semble, dans cette catégorie des conversations à cœur ouvert, bien que je ne sois pas certain qu'avec Wendell ce fut une conversation.

Dans l'écurie, Namu trottine droit vers le tas de couvertures sur lequel Gomer s'est déjà couché. Il renifle Gomer, puis revient vers moi comme s'il désirait savoir où j'allais dormir avant de se choisir un endroit.

– Je vais dormir dans la maison, l'informé-je.

Alors que je me retourne pour lui indiquer la maison, je sens quelque chose qui me pousse entre les deux omoplates. C'est une poussée qui malgré sa force n'est pas plus inquiétante qu'un simple coup de coude et que je reconnais sans mal. Je tourne la tête : Kaskou me sourit. Je sais quand un cheval sourit grâce à mon travail avec les poneys, à Paterson. Les poneys aussi aiment bien faire des farces, alors leurs yeux pétillent de malice.

Je lui donne une petite tape sur le museau, ce que je fais toujours avec les poneys, à Paterson. Kaskou répond en secouant la tête, puis la baissant, réclamant une autre petite tape. Au lieu de cela, je l'attrape par les deux oreilles pour m'amuser.

– Je n'ai jamais vu Kaskou aussi gentil avec personne d'autre que le vieil Amos.

Jonah a l'air très surpris. Il essaie à son tour de caresser Kaskou sur le museau, mais le cheval lève brusquement la tête pour éviter sa main.

– C'est dingue.

Je trouve un endroit à Namu pour dormir.

– Viens là.

Il y a, juste devant le box de Kaskou, un grand carton déplié et deux sacs vides en grosse toile de jute. J'étale les sacs et Namu s'installe dessus.

Après quoi je regarde Jonah dans les yeux.

– Comment entames-tu une conversation à cœur ouvert ?

– Je crois qu'il y a deux façons de procéder, répond-il en sortant de l'écurie. Nous pouvons gentiment tourner autour du pot en essayant de faire un peu plus connaissance, ou nous pouvons passer directement au sujet qui nous préoccupe. Tu as une préférence ?

– Non.

– Bien. Euh… Je vais faire un compromis et tourner un peu autour du pot, si ça ne te dérange pas. Pendant ce temps-là, j'arriverai peut-être à trouver les mots pour la conversation à cœur ouvert, car je ne pense pas les avoir pour l'instant. Ça te convient toujours ?

– Tu aimes Jasmine.

Jonah manque de s'étouffer.

– Ouaouh, humm, ahhh… Ça, c'est parler à cœur ouvert.

Il piétine sur place en fixant ses pieds.

– C'est une interrogation ou une affirmation ? veut-il savoir.

– Une interrogation. J'ai souvent du mal à ce que mes phrases ressemblent à des questions.

– Est-ce que tu me demandes si Jasmine est ma petite amie et moi son petit ami ?

– Non, ce n'était pas ma question. Mais tu peux me le dire si tu préfères.

Le hayon arrière du pick-up d'Amos est rabattu et nous nous asseyons au bord du plateau. Jonah prend une cigarette et l'allume, mais cette fois je me retiens de dire que c'est mauvais de fumer.

– En ce qui concerne ta question, la réponse est non. Je ne suis pas son petit ami et je ne l'ai jamais été. Et ce n'est pas faute d'avoir essayé de mon côté. J'avais sept ans à sa naissance et nous avons grandi ensemble. Nous habitons à cinq kilomètres.

Une fenêtre s'ouvre dans la maison. Le son du violon nous parvient et, pendant un instant, j'imagine un ruban de soie flottant dans la brise.

– Un de ces sentiments où l'on se dit qu'avec le temps l'autre voudra bien… peut-être pas t'aimer, ce serait trop demander, mais s'apercevoir que tu lui fais du bien et te prendre pour ce que tu es. Je crois qu'après la mort de James elle est partie à Boston un peu pour fuir tout ce qui pouvait lui rappeler son frère, moi inclus. Tu fais toujours ça avec les gens ?

– Qu'est-ce que je fais ?

– Tu les fais vider leur sac comme ça.

– Nous n'avons pas beaucoup de temps devant nous. Nous devrions parler de ce qui est important.

– Oui, eh bien, c'est un peu ce que je fais.

– Tu épouserais Jasmine si elle acceptait.

– Oui. Mais je ne crois pas que ça risque de se produire. Jasmine a besoin de quelqu'un d'intelligent comme elle… quelqu'un comme toi.

– Moi ? Intelligent ? rétorqué-je en riant. Si tu savais le nombre de choses que les gens disent ou font que je ne comprends pas, tu ne dirais pas que je suis intelligent. J'ai arrêté de demander ce que les choses veulent dire parce que, autrement, plus personne ne me parlerait. Je ne suis pas intelligent. Je me suis exercé. C'est de l'entraînement et de la concentration. Des années d'apprentissage à communiquer.

Jonah jette sa cigarette par terre.

– Est-ce qu'elle t'a montré son studio ?

– Son studio ?

– Celui qu'elle se construit en haut de la colline.

– Là où il y a le trou.

– Nous venons de finir de creuser les fondations.

Nous allons installer les canalisations pour les raccorder à la fosse septique. Je l'aide avec Cody pendant les week-ends. Elle pense que, dans quelques années, il faudra qu'elle s'occupe un peu d'Amos, donc elle viendra habiter ici. Mais comme Amos et elle ont besoin d'être chacun chez soi, elle se construit une maison-*tiret*-studio sur la colline. L'une des pièces sera insonorisée pour qu'elle puisse y installer du matériel d'enregistrement. Elle a tout prévu. Des poêles à bois dans toutes les pièces…

– C'est pour ça qu'elle fait des économies.

– Pour ça et pour pouvoir s'occuper d'Amos. Elle met de côté tout ce qu'elle gagne et vit en attendant dans ce trou à rat.

– Tu sais où elle habite.

– Elle m'a raconté. Elle me raconte presque tout. Un peu le genre de conversation franche, à cœur ouvert, que je voulais avoir avec toi, avant que tu ne t'attaques directement au *cœur* de notre sujet.

Jonah pose la main sur sa poitrine et tousse.

– Tu t'inquiètes pour Jasmine.

– Elle m'a dit que tu étais quelqu'un de bien. C'est vrai ? C'est une sœur pour moi. Je ne voudrais pas qu'on lui fasse du mal.

Je n'ai pas la moindre idée de la façon dont je pourrais faire du mal à Jasmine. Peut-être est-il au courant de la demande de Wendell. Comment pourrait-il l'être ? Puis je me rappelle le mémo et le risque qu'elle a pris en me le donnant. Qu'il soit au courant de toutes ces choses ou non, il n'a pas tort.

– Non, dis-je. Je ne lui ferai pas de mal.

– Bien. C'est ce que je voulais savoir, dit Jonah

avant de me regarder avec insistance. Je peux te poser une question ?

– Oui.

– Es-tu attiré par Jasmine ?

– Attiré.

Je ne sais pas quoi dire. J'aime la compagnie de Jasmine. J'aime bien l'aisance, l'absence de souci, le bien-être que je ressens par rapport à ma façon de parler et de me comporter quand je suis avec elle. J'aime bien écouter ce qu'elle me dit et la manière dont elle répond à mes questions. J'aime bien ce que je découvre grâce à elle, ce qu'elle m'amène à découvrir et ce que sa présence m'apporte. J'aime bien discuter musique avec elle et j'aime bien être simplement là avec elle. C'est une force d'attraction qui me pousse vers elle, un peu comme la MI. Est-ce cela dont parle Jonah ?

– Je ne comprends pas ce que tu veux dire par ce terme. Peux-tu être plus précis ?

Jonah hésite.

– Est-ce que tu ressens un désir sexuel pour elle ?

Il détourne les yeux. J'interprète ce mouvement comme de la gêne de sa part, comme si la question ne devait pas le concerner. Je ne sais pas en réalité s'il avait à me poser cette question ni si j'avais à essayer de lui répondre, mais je décide néanmoins de le faire, aussi bien que possible, sans savoir exactement ce que je vais lui dire.

– Pour autant que j'aie réussi à saisir de quoi il s'agissait, le désir sexuel est une sorte d'énergie, ou d'attention, dirigée vers le corps de quelqu'un d'autre ou même vers certaines parties du corps. Cela consiste à imaginer que l'on se livre à des actes sexuels avec le corps de cette personne ou des parties du corps de cette personne. Mais je ne m'imagine pas faire autre chose avec Jasmine que ce que je fais pour l'instant. Cela me semble suffisant. J'aime bien passer du temps avec elle. J'aime bien quand nous discutons de musique ou quand je lui demande le sens de certains mots. Elle me fait rire et m'oblige à réfléchir à des choses auxquelles je n'avais jamais songé.

– Eh ben, mon gars, tu as le chic pour tout décortiquer, toi.

– Il paraît que c'est une maladie.

– Nous ferions bien d'être tous aussi malades que toi.

– La partie de son corps que je préfère chez elle, ce sont ses yeux. Quand je les regarde, j'ai envie de rester le plus longtemps possible à ne faire que ça. Est-ce ça, l'attirance, l'attraction sexuelle ?

Jonah hausse les épaules. Cela signifie, autant que je sache, qu'il est incapable de répondre à ma question. Seul Marcelo peut y répondre.

Je me sens à mon tour gêné. Gêné que Jonah puisse penser que Jasmine et Marcelo seraient plus que des amis. Je n'y avais jamais songé et je n'imagine pas une seconde que j'intéresse Jasmine sur ce plan-là. Peut-être que le bien-être que je ressens en sa présence est également d'ordre sexuel d'une manière qui m'échappe. Peut-être que l'attraction, cette attirance pour quelqu'un d'autre ressemble un peu à la MI, quand le corps et l'esprit ne font qu'un.

Jonah jette un coup d'œil en direction de la fenêtre ouverte et j'entends le son du piano. Les notes s'égrènent lentement, l'une après l'autre, chacune véhiculant une nuance de tristesse. Nous écoutons en silence.

– Quand la mère de Jasmine était en train de mourir, intervient Jonah au bout d'un moment, ils lui ont installé un lit dans le salon, et c'est cette musique qu'elle voulait que Jasmine lui joue.

– Une des *Gymnopédies*.

– Pardon ?

– Cela s'appelle les *Gymnopédies*, composées par Satie.

– Ah bon ? C'est extrêmement émouvant. Ça ne me déplairait pas d'écouter ça sur mon lit de mort.

– Les étoiles semblent si proches de la Terre.

– Ça te plaît ici ?

– Beaucoup.

– Il ne reste pas beaucoup d'endroits où tu peux encore gagner ta vie honnêtement en cultivant la terre. Amos y arrive parce que la propriété est à lui et payée. Il avait près de cinquante ans quand il s'est marié. La mère de Jasmine était serveuse dans un endroit en ville où Amos et mon père allaient vider quelques pintes le vendredi soir. Leur petit jeu de séduction a duré des années, avec des hauts et des bas. Tout le monde savait qu'ils s'aimaient bien. Un jour, Amos l'a franchement draguée et elle lui a tourné le dos, lui disant que s'il n'avait pas l'intention d'être sérieux elle préférait qu'il s'en aille et ne se remontre jamais. Ils se sont mariés la semaine suivante. Elle avait presque quarante ans. Le médecin l'a prévenue que ça lui serait fatal d'avoir des enfants, mais elle n'a rien voulu entendre et elle en a eu deux. Après sa mort, Jasmine n'a pas mis longtemps à la remplacer auprès de sa petite famille.

Le piano s'est tu et, quelques instants plus tard, Jasmine apparaît à la porte de derrière. Elle regarde autour d'elle avant de nous voir, assis à l'arrière du pick-up.

– Qu'est-ce que vous fabriquez, les garçons ? Je n'aime pas ça. De quoi avez-vous discuté ?

– Nous avons discuté à cœur ouvert, lui dis-je.

Jasmine foudroie Jonah du regard.

– C'est bon, c'est bon, ne fais pas ces yeux-là, s'exclame Jonah en sautant du pick-up avant de lui chuchoter, mais assez fort pour que je l'entende : Je crois que tu as enfin rencontré ton égal.

Il s'éloigne de Jasmine avant qu'elle ne lui ait donné un coup de poing dans l'épaule.

– Je vais boire une dernière bière, annonce Jonah, et m'assurer que les gars ne s'incrustent pas. Une bière et on s'en va : promis !

Jonah entre dans la maison et referme la porte de la cuisine derrière lui.

– Tu es content, ici, non ?

– Oui. Ici, au moins, tu peux encore gagner honnêtement ta vie.

– Ça, ça vient de Jonah.

– Ici, on n'a pas besoin de faire semblant ou de mentir.

– Pas autant, c'est vrai. Mais cela ne veut pas dire que ça n'arrive jamais.

– Tu mets de l'argent de côté pour t'occuper d'Amos dans quelques années et pour te construire une maison-*tiret*-studio.

– Jonah est beaucoup trop bavard. Dans quelques années, j'aurai économisé assez d'argent pour payer toutes les factures de médecin d'Amos et mon assurance santé, et peut-être même en aurai-je assez pour terminer le studio et qu'il m'en restera encore un petit peu pour arranger cet endroit. Il faut qu'on achète six autres vaches et un nouveau tank à lait pour le conserver jusqu'à ce que le camion vienne le chercher. Ils ont déjà prévenu Amos qu'ils ne lui achèteraient plus son lait s'il ne s'en procurait pas un neuf. Ensuite, il faudra couler une dalle de ciment dans l'écurie des vaches. Nouvelles normes ! En fait, elles ne sont pas nouvelles, mais Amos ne s'en est jamais occupé. Le connaissant, il soudoie probablement quelqu'un. Nous avons le lait et le fromage de vingt vaches, le miel, les prestations d'étalon de Kaskou, le sirop d'érable que nous récoltons sur nos arbres de la colline, du bois pour nous chauffer – et je peux donner des leçons de piano et obtenir un poste de professeur de musique à temps partiel dans une école. Nous aurons largement de quoi nous débrouiller.

– Et ta musique ?

– Je ne l'oublie pas. Elle est au cœur de tout mon projet. Le reste n'est là que pour lui permettre d'exister.

– Quand tu es partie travailler à Boston, tu savais déjà que tu reviendrais.

– Oui, évidemment. Mon objectif était, est, de gagner le plus d'argent possible et de revenir vivre ici. En outre, après la mort de James, Amos était souvent invivable. Au début de leur maladie, les gens atteints de démence ou d'Alzheimer manifestent une grande agressivité, de la paranoïa. J'avais besoin de respirer. Il va mieux maintenant. Quand il prend ses médicaments.

Elle lève les yeux vers le ciel et scrute un point brillant qui traverse la nuit noire. Je le suis aussi du regard.

– Peut-être que je me trompe, mais j'ai toujours su que c'était ici que je désirais vivre. Non que la vie y soit plus douce. Je m'y sens chez moi, c'est tout.

Elle attend que je parle. Je pense aux endroits où je me sens chez moi et la raison pour laquelle, dans un sens, ces endroits n'existent plus.

La voix de Cody nous ramène au présent.

– Jasmine, tu ferais mieux de venir ! Ils remettent ça !

Nous retournons à la maison. Amos est assis sur le canapé, tirant sur sa pipe par petites bouffées. Il s'adresse à Samuel Shackelton, affalé à ses côtés. Certains mots sont à peine articulés.

– Peut-être bien que la vieille Eleanor n'était pas aussi chaude qu'avant, mais elle l'était bien assez pour se faire sauter. C'est ton espèce de taureau qui n'avait plus assez de levain dans sa pâte. Son asticot est aussi mollasson que le tien.

– Papa ! s'exclame Jasmine.

Cody finit de ranger le violon dans son étui, se dirige vers le fauteuil à bascule et s'y installe. Il a l'air prêt pour assister au spectacle. Jonah rapporte deux chaises de la cuisine, une pour moi et une pour lui. Jasmine est déjà assise au piano.

Quand tout le monde a trouvé sa place, Samuel réplique :

– Merde alors ! Le vieux Bruno est raide comme un poteau téléphonique dès qu'il a n'importe quelle autre vache devant lui. C'est pas parce que le four chauffe qu'il est assez chaud pour cuire les petits pains. Ta vache, elle est simplement trop moche et trop vieille. Et par-dessus le marché, c'est la mère de Bruno !

– Écoute un peu, argumente Amos, un animal, normalement, il est pas du genre à louper une occasion de faire la chose, sauf si son machin ne fonctionne pas. Un animal, c'est pas comme un être humain. Si la femelle peut procréer, le mâle montera la femelle, bon gré mal gré. Tiens, toi, par exemple. Ce soir, tu vas rentrer chez toi tout échauffé par ton espèce de whisky, et tu vas guigner Jane, qui dort avec ses bigoudis, peut-être même qu'elle ronfle un peu, et tu vas dire : « Non, je le sens pas », et tu vas aller dans la salle de bains et tu vas sortir un de ces vieux magazines que tu as planqués au milieu des serviettes, et tu essaieras de conclure l'affaire du mieux que tu peux. Mais un animal ne se décourage jamais à cause de l'âge ou de la laideur. S'il est en mesure de le faire, il le fera.

– D'aaaccord, il est temps de rentrer ! annonce Jasmine en frappant dans ses mains et se levant.

Comme personne ne se lève, elle se rassied.

– Samuel, tu es notre hôte, donc en vertu d'une très ancienne coutume, c'est à toi que revient le mot de la fin. Dis-le-nous et ensuite vous déguerpissez tous.

Samuel Shackelton verse lentement la dernière goutte de whisky dans son verre, puis il conclut :

– Tout ce que je peux dire, c'est qu'il arrive un moment dans la vie d'un taureau où il doit décider de ne plus être un enfoiré. Je voudrais que les hommes appliquent le même principe.

Il dévisage Amos, assis sur le canapé. Puis, incapable de se retenir, il éclate d'un grand rire, auquel se joint toute l'assemblée.

Amos enfonce sa pipe un peu plus dans sa bouche. Manifestement, cette très ancienne coutume de laisser à l'invité le mot de la fin ne lui plaît guère.

Les Shackelton défilent devant moi pour me serrer la main. Quand vient le tour de Jonah, il me dit :

– Passe une bonne nuit à cœur ouvert !

24

Le lendemain matin, à cinq heures quarante-cinq, Jasmine sort de la maison. Je suis dans la cour, au milieu des animaux en plastique, où je fais des haltères. Je m'arrête un bon moment pour la regarder se frotter les yeux. Soit elle chasse les dernières traces de sommeil soit elle a du mal à en croire ses yeux. Je pose les poids de cinq kilos par terre.

– Qu'est-ce que tu fabriques ? me demande-t-elle en bâillant. Depuis combien de temps es-tu là ? Quelle heure est-il ? Et où tu les as trouvés ?

Elle fixe les haltères. Ils sont ronds et recouverts de plastique bleu.

– À laquelle de ces quatre questions Jasmine veut-elle que je réponde ?

– Ne me dis pas que tu les avais mis dans ton sac à dos !

– Si.

Je ne vois pas ce qu'il y a d'étrange à cela.

– Pas étonnant que je me sois presque cassé le dos quand j'ai sorti ton sac de la Jeep.

Namu s'approche et s'assied devant Jasmine, attendant qu'elle prête attention à lui.

– Ton maître est complètement fou, Namu. Je vais faire du café.

Elle fait demi-tour vers la maison.

Après le petit déjeuner, nous chargeons Kaskou. Jasmine veut emporter des provisions dans la cabane d'Amos, pour que, l'hiver venu, il n'ait pas à le faire. Elle étale une couverture sur le dos de Kaskou, puis installe un cadre en aluminium par-dessus. En divers endroits de ce cadre, elle dispose les provisions d'Amos, ainsi que la tente, les sacs de couchage et tout le matériel dont nous aurons besoin pour notre randonnée.

Amos a l'air d'avoir les idées étonnamment claires ce matin. Il ne me confond pas avec James. Il sait que je suis l'ami de Jasmine, bien que par deux fois il m'appelle « Guimauve ». Jasmine dit que ce sont les médicaments qui le diminuent ainsi.

Nous nous mettons en route aux environs de sept heures. Nous grimpons la colline où Jasmine se construit sa maison-*tiret*-studio, pour redescendre sur l'autre versant, puis franchissons la montagne couverte de forêt que Jasmine appelle « colline ». Là, nous suivons une piste d'où partent des sentiers vers des bouquets d'arbres.

– Des érables, m'apprend Jasmine. Il y en a une cinquantaine sur cette colline, d'où nous extrayons le sirop. Celui que tu as tartiné sur tes pancakes ce matin au petit déjeuner vient de l'un de ces arbres.

Namu s'arrête et dresse les oreilles. Jasmine s'arrête également. Et moi juste après elle.

– Écoute. Tu les entends ?

J'entends des claquements secs.

– Des chasseurs. C'est interdit de chasser en août, mais ils continuent de le faire.

– Que chassent-ils ?

– Le cerf à queue blanche.

– Au fusil.

– Oui.

– Jasmine a-t-elle déjà chassé ?

– Oui.

– Et tué un cerf au fusil ?

– Oui.

C'est une facette de Jasmine que je n'avais pas imaginée. Je me demande combien de facettes je vais découvrir au cours de notre périple.

– Le gibier nous permet parfois de tenir tout l'hiver.

Je comprends que c'est sa façon d'expliquer pourquoi elle chasse.

Nous marchons plus d'une heure. Elle mène Kaskou par la longe, tandis que je me tiens au cadre d'aluminium.

– Regarde.

Cachés au cœur de la colline se dressent une douzaine d'arbres blancs et élancés. Leurs feuilles vertes bruissent dans la brise que nous ne sentons pas au niveau du sol, mais qui est bien présente en hauteur.

– Des bouleaux. Ils sont jolis, non ? Ce sont mes arbres préférés. Je ne sais pas pourquoi. Ces troncs blancs au milieu de la forêt vert et brun. Et en automne leurs feuilles rendent un son de clochettes dans le lointain.

– C'est là que Jasmine… que *tu* puises *tes* idées pour *ta* musique.

– Il y a tant de sons. Le vent ne fait pas le même bruit selon les arbres à travers lesquels il passe. Il y a aussi ceux que fait la terre. Et attends que nous soyons au bord de l'eau. Et puis il y a les animaux. Et ces sons se font parfois entendre tous en même temps.

J'entends de nouveau un claquement.

– Et les fusils, dis-je.

– Oui, les fusils. Je crois que je devrais les ajouter à ma liste.

Le souvenir du doigt de Wendell dans ma poitrine m'assaille brutalement. Voilà une autre expérience insoupçonnée : le plaisir que je ressens à imaginer comment je vais lui dire que Jasmine n'ira pas faire de bateau avec lui. Mais comment qualifier ce plaisir ?

– Faucon rouge.

Nous avons atteint le sommet de la montagne. Au-dessus de nous, un faucon tournoie puis s'élève, pique puis oblique sans le moindre mouvement d'ailes apparent.

– Il cherche un lapin. Il y en a des tas en bas, dans la vallée, ajoute Jasmine.

– Nous allons escalader cette montagne aussi ?

– Colline, me corrige-t-elle.

Le lac, m'explique-t-elle, est non seulement caché, mais aussi secret. Aucune route n'y conduit, de sorte que les gens doivent marcher à pied pour y arriver. Jusqu'à une date récente, seuls quelques anciens, comme Amos, en connaissaient l'existence.

Nous sommes à mi-pente de la montagne lorsque nous découvrons soudain le lac. Nous nous arrêtons net, comme éblouis. D'où nous sommes, il m'apparaît dans son ensemble. Je distingue des cabanes de pêche le long de ses berges. Ce sont de petites structures en bois, et je me demande comment quiconque peut y coucher et y dormir.

– Tu vois celle qui est peinte en bleu avec des étoiles blanches ? C'est celle d'Amos.

– Comment font-ils pour y dormir ?

– Il y a juste assez de place pour un lit de camp. En hiver, ils tirent la cabane au milieu du lac gelé, font un trou dans la glace, et pêchent et font la bringue comme des ados.

– Mais le froid.

– Tu vois ça ? demande-t-elle en palpant un sac sous le harnachement. C'est du charbon pour le poêle d'Amos, la nuit. La journée, il le laisse s'éteindre. Chaque fois que je viens, j'apporte des provisions. Tu imagines ce que ça représente de faire ce trajet en plein hiver ? Amos fait venir quelqu'un à la ferme pour s'occuper des bêtes, met ses raquettes et part. Il y a deux ans, il y a eu une véritable guerre civile à cause des groupes électrogènes. Les jeunes pêcheurs voulaient en apporter pour pouvoir regarder la télé et avoir le même confort que chez eux. Mais ça fait du bruit et ça sent mauvais. C'en serait terminé de la tranquillité de ce lieu. Il fallait les voir ! J'ai dû empêcher Amos de venir avec son fusil !

– Et alors ?

– Jusqu'à présent, les partisans du confort moderne ont cédé, par respect et peut-être aussi par peur des anciens. Mais quand les anciens seront tous morts, les groupes électrogènes débarqueront sur les motoneiges.

Nous arrivons à la cabane d'Amos et déchargeons

les provisions. Il y a des sacs de riz, des boîtes de conserve de porc et de haricots, et du charbon pour le petit poêle en fer relié à un tuyau noir qui sort du toit.

Puis Jasmine déplie la tente. Nous choisissons un endroit à proximité de la berge et décidons de la planter face au lac. C'est une tente en forme de triangle, assez haute au milieu pour qu'une personne puisse s'y tenir debout. Tout en la montant, je cherche des yeux une autre tente, et je comprends soudain que Jasmine et moi allons dormir côte à côte. Je n'ai jamais dormi avec qui que ce soit, hormis Yolanda, quand nous étions partis en Espagne, et encore nous avions chacun un petit lit, mais dans la même chambre d'hôtel. Ce n'est pas tout à fait la même chose. Je me sens un peu inquiet et nerveux.

– Redresse le piquet de ton côté, me crie-t-elle.

Mon inquiétude m'évoque l'état d'Adam et Ève, lorsqu'ils ont réalisé qu'ils étaient tout nus après avoir mangé la pomme.

– À quoi tu penses ? Cesse de faire cette tête. Quand on aura fini de monter le camp, je sortirai le canoë et j'irai pêcher. Qu'est-ce que tu veux faire ?

– Marcelo est venu dans le Vermont pour réfléchir, tu te rappelles ?

– Bon, eh bien, tu y es. Tu peux rester ici ou venir pêcher avec moi sur le lac. Quel que soit ton choix, ce n'est pas le silence qui te manquera.

– Jasmine ne parlera pas.

– Tu seras à l'avant, et moi à l'arrière en train de pêcher. Tu ne t'apercevras même pas de ma présence.

Nous pagayons, ou plus exactement, Jasmine pagaie en longeant la berge, à l'ombre des arbres qui plongent dans l'eau. Puis Jasmine dirige le canoë droit vers un arbre tombé.

– Penche-toi.

Je me dépêche de baisser la tête et nous nous faufilons dans un goulet si étroit que seul un canoë comme le nôtre peut s'y glisser. Nous nous retrouvons sur un lac plus petit qui semble encore plus inaccessible et secret, bordé de tous côtés par des buissons de fleurs rouges, jaunes et blanches. Une fois que nous sommes arrivés au milieu de cette anse, j'entends un plouf et le canoë s'immobilise. Je tourne la tête et Jasmine me chuchote :

– C'est l'ancre.

Avant de poser son index sur les lèvres.

Je m'installe au fond du canoë et prête l'oreille. J'entends les coups de fouet réguliers de la ligne de Jasmine. J'entends le bourdonnement des insectes, le bruissement du vent dans les arbres, le clapotis des vaguelettes et, par intermittence, le cri perçant d'un grand oiseau, tel un cri de douleur.

Comment Ixtel m'est-elle devenue si proche ? Le monde est rempli d'Ixtel auxquelles je peux venir en aide sans faire de mal à mon père. Pourquoi celle-ci ? Pour quelle raison ses souffrances m'ont-elles touché à ce point ? Père. Je me sens lié à elle par les actes de mon père. Je me sens obligé de réparer les torts de mon père. Mais pourquoi ? Le bien-être de mon père ne devrait-il pas passer en premier ? Son bien-être est aussi le mien. Comment mettre en balance l'amour que l'on porte à un parent et le besoin urgent d'aider quelqu'un dans le besoin ?

J'ai le sentiment que ce qui est juste doit être fait,

quoi qu'il en coûte. Cette absence de doute me fait paraître inhumain à mes propres yeux. Pour une fois, je ne me pose plus de questions. J'entends la note juste. Je reconnais la fausse note. Peut-être qu'une décision juste est comme ce lac, vert, calme et profond.

C'est le crépuscule. Jasmine a partagé en deux le poisson qu'elle a pêché et a roulé les morceaux dans la farine. Elle les fait cuire maintenant dans un poêlon qu'elle a trouvé dans la cabane d'Amos. Je pense au temps et à la vitesse à laquelle les heures se sont écoulées aujourd'hui.

– Sais-tu que lorsque nous étions dans le canoë, tu es resté presque deux heures sans bouger ? Je veux dire que tu n'as même pas tressailli une seule fois. Je ne pouvais pas voir tes yeux d'où j'étais, mais pendant un moment j'ai bien cru que tu t'étais endormi, assis à l'avant.

– Non, je ne dormais pas.

– À quoi tu penses quand tu restes comme ça, sans bouger ? Est-ce que tu réfléchissais à ce que tu ferais en rentrant ?

– Jasmine n'a pas bougé non plus. Elle ne m'a pas parlé.

– Je lançais ma ligne de tous côtés, en essayant de pêcher le seul et unique poisson de tout le lac. Pendant un moment, je me suis bien calée contre le dossier du siège et j'ai fermé les yeux.

Le poisson est prêt. Elle dépose ma part dans une assiette en fer-blanc et me sert une cuillerée de maïs en boîte.

– Le dîner, annonce-t-elle. Autrement, ç'aurait été porc et haricots en boîte.

– Est-ce que Jasmine… est-ce que tu veux dire une prière ?

– D'accord.

Elle pose son assiette sur ses genoux. Je fais de même et ferme les yeux.

– Merci pour ce lieu. Merci pour ce poisson, prie-t-elle.

J'ouvre les yeux et la vois qui mange.

– Qu'est-ce qu'il y a ? Pourquoi as-tu l'air si étonné ?

– Tes prières sont plus courtes que les miennes.

– D'accord. Merci pour la compagnie, ajoute-t-elle avant de rouvrir les yeux. Voilà. Ça devrait aller, non ? Mange. Mange ta truite pendant qu'elle est chaude, autrement c'est moins bon.

Après quelques bouchées, elle reprend :

– Tu n'as toujours pas répondu à ma question. Quand on était sur le lac, et que tu es resté sans bouger si longtemps, que se passait-il dans ta tête ?

– Je me suis remémoré absolument tout ce qui était arrivé depuis le moment où j'ai découvert la photo d'Ixtel. Ces images étaient comme des notes de musique. Certaines sonnaient juste, d'autres pas. J'aime bien le son de celles qui correspondent au moment où nous avons recherché et trouvé Jerry Garcia. On aurait dit que tout se mettait en place pour qu'on puisse aider Ixtel. C'est à ça que je pensais la plupart du temps, puis j'ai songé à ma musique intérieure et j'ai essayé de la retrouver aussi.

– Qu'est-ce que c'est que cette… musique intérieure ?

– Depuis l'âge de six ans, peut-être même avant,

mais je n'en ai pas souvenir, j'entends de la musique, seulement je ne l'entends pas vraiment et ce n'est pas vraiment de la musique, ça y ressemble. Jasmine éprouve-t-elle des émotions en écoutant de la musique ?

– Oui.

– Alors imagine que tu éprouves ces émotions suscitées par la musique, mais sans le son, tout en sachant que la musique est là. Seulement, les émotions, les sentiments que tu ressens, sont toujours agréables, proches de la plénitude. J'appelle ça musique, car c'est ce qui s'en rapproche le plus. J'utilisais ce terme pour l'écouter toutes les fois que j'en avais envie. Je n'avais qu'à la rechercher pour la trouver, mais c'était plus une sorte d'attente que de recherche. En ce moment, j'ai beaucoup plus de mal. Elle a pratiquement disparu, dirait-on. J'espérais qu'elle ressurgirait au moins pendant mon séjour ici.

– Et ?

Je secoue la tête pour lui indiquer qu'il n'y a plus de MI.

– J'ai retrouvé le souvenir de la musique que j'entendais avant, mais elle s'est soudain envolée, alors j'ai écouté les bruits du lac, et celui que faisait Jasmine en pêchant.

Elle repose son assiette. Son poisson refroidit. Mais le mien aussi. J'ai du mal à parler de la MI et à manger en même temps. Peut-être que Jasmine a également du mal à m'écouter parler de la MI et à manger en même temps.

– Je peux seulement imaginer comme elle devait être belle, cette musique. Tu avais sûrement envie de l'écouter tout le temps.

– Quand Marcelo était petit, il avait du mal à s'en détacher. Heureusement, je ne l'entendais que lorsque j'allais la chercher. Mais elle était facile à trouver.

Nous contemplons en silence notre poisson à demi entamé. Jasmine prend son assiette, puis la repose.

– Tu veux savoir ce que je pense ?

– Oui.

– Je pense que ce que tu faisais sur le lac tout à l'heure, que ce soit chercher ta musique ou tenter de te la remémorer, comme tu dis, eh bien, c'est ce à quoi nous aspirons presque tous. Cette faculté que tu avais avant, qui était en dehors de ce monde ; ce don particulier, je ne sais quoi… Et s'il t'était impossible de le posséder et d'être quelqu'un de normal ? Tu n'entends plus la musique, mais te voilà un être de chair et de sang comme… moi, par exemple. À présent, tu vas devoir être attentif et écouter, voir si tu entends quelque chose, pour ainsi dire. Est-ce que tu comprends ce que je veux dire ? Je ne suis pas vraiment dans mon élément, là.

Nous sommes assis devant le feu qui crépite. Les propos de Jasmine résonnent dans ma tête, telles les notes d'un morceau de musique. Elle se lève lentement, ramasse les assiettes et les emporte au lac.

À son retour, elle lève les yeux vers le ciel étoilé.

– La nuit est claire et il ne fait pas si froid. Nous pourrions dormir dehors. Comme ça, tu pourras regarder les étoiles. Oh ! Tu as vu celle-là ? C'était la plus énorme étoile filante que j'aie jamais vue ! Elle a traversé le ciel d'un bout à l'autre.

Elle est en train de ramasser les cailloux et les morceaux de bois qui jonchent le devant de notre tente.

Puis elle sort les sacs de couchage. Elle déroule le sien. Mon cœur commence à battre fort, très fort. La surface qu'elle a dégagée n'est pas très large. Je n'ai pas la place de mettre mon sac de couchage ailleurs que tout près du sien qu'elle est en train d'étaler consciencieusement. Elle ouvre la fermeture Éclair. J'attends debout, paralysé, la tête lourde comme du plomb.

– Tu as l'intention de dormir debout, comme Kaskou ?

Je réalise que Jasmine vient de me parler, saisissant quelques mots au passage.

– Où. Sac de couchage.

– Ça ne me semble pas mal, ici, dit-elle en désignant le sol à côté de son sac.

Je m'agenouille et entreprends de dérouler mon sac de couchage à l'emplacement qu'elle a indiqué.

– Il faut que j'aille aux toilettes.

Je suis de nouveau debout. Jasmine s'est allongée sur son sac, les mains croisées derrière la tête, le regard fixé sur les étoiles.

Elle me tend la torche posée à ses côtés.

– Tu sais comment on fait, non ?

Je suis tellement nerveux que je ne saisis son trait d'humour qu'en partant chercher un endroit adéquat.

– Ne t'éloigne pas trop, l'entends-je crier. C'est un peu marécageux par là.

– Ne t'inquiète pas, je n'ai pas grand-chose à faire, lui crié-je en retour.

– Merci de la précision !

À mon retour, je découvre Namu assis sur mon sac de couchage. Jasmine a les yeux fermés. Est-il possible qu'elle dorme déjà ? J'entre dans la tente pour prendre mon sac à dos. Suis-je censé mettre le pyjama que j'ai apporté ? Jasmine est en short et T-shirt, et tout indique qu'elle les gardera pour dormir. Je laisse le pyjama dans mon sac.

– Qu'est-ce qui se passe encore ?

– Il faut que je trouve les lingettes pour me laver les mains.

– Bonne nuit, Namu, dit-elle. Prends bien soin de ton nigaud de maître.

Je passe un temps infini à me nettoyer les mains. Je trouve bizarre d'avoir été aussi inquiet à l'idée de dormir auprès de Jasmine. Que se passe-t-il ? Hier, Jonah m'a demandé si j'étais attiré sexuellement par Jasmine et cette idée avait paru me choquer. Et maintenant, voilà. Je pose la main sur mon estomac où je sens des picotements. Est-ce que ç'a un rapport avec l'expression « avoir des papillons dans l'estomac », quand on a le trac ? Comment sont arrivés ces papillons ? Le premier est apparu quand Jasmine a parlé de la MI et du fait que j'étais peut-être un être de chair et de sang, comme elle, puis des centaines ont surgi lorsqu'elle m'a montré l'endroit où nous allions dormir tous les deux. Ils ne sont pas désagréables, ces papillons. Leurs ailes délicates me chassent hors de la tente, me font frissonner à la perspective de m'allonger à côté de Jasmine.

Je repousse Namu pour qu'il se mette à mes pieds. Il s'est couché en travers, en partie sur mon sac de couchage et sur celui de Jasmine. J'enlève mes chaussures de marche et me glisse dans le sac tout habillé. Je contemple le ciel nocturne. Les étoiles ressemblent à de minuscules trous d'épingles dans un plafond peint en noir, à travers lesquels filtre la lumière qui luit de l'autre côté. Je garde les yeux ouverts et j'écoute la respiration régulière de Jasmine. Puis j'entends sa voix.

– Hier, quand tu discutais avec Jonah, tu m'as dit que vous aviez eu une conversation à cœur ouvert. Qu'est-ce que tu as voulu dire ? Tu n'es pas obligé de me répondre si tu n'en as pas envie.

– Nous avons parlé d'amour.

– Oh, mon Dieu…

– Il t'aime.

– Je vais le tuer.

– Mais il pense que tu ne l'aimeras jamais.

– Je l'aime. Mais pas comme ça. Je le considère comme un grand frère.

– Qu'est-ce que ça signifie aimer quelqu'un « comme ça » ? Marcelo ne comprend pas.

– L'amour est quelque chose de très difficile à comprendre… Et tu n'es pas le seul à te poser des questions.

– Jasmine aussi ?

– Il arrive que… hésite-t-elle, il arrive que l'on souffre ou que l'on fasse souffrir les autres au nom de ce qu'on croit être de l'amour. On fait des erreurs à gogo en son nom.

– À gogo.

J'aime bien ce mot.

– C'est facile de se tromper. C'est facile aussi d'être complètement déboussolé. On peut savoir ce qu'on a à faire dans la vie et où on doit le faire, et tout à coup, *vlan*, quelqu'un surgit et tu te laisses détourner de ton chemin, et te retrouves dans la mauvaise direction ou au mauvais endroit.

Elle se tait, comme si cela lui rappelait des souvenirs.

– Est-ce cela l'amour ?

– Je n'en sais rien. Comment le serait-ce si au bout du compte on est malheureux ?

– Il se peut que je ne sois pas capable d'aimer.

Je la sens se tourner vers moi pour me regarder.

– Comment peux-tu dire une chose pareille ? Pense à ce que tu as ressenti en voyant la photo d'Ixtel et à ton aspiration à lui venir en aide. C'est de l'amour.

– Mais je ne l'aime pas « comme ça », comme dit Jasmine. Aimer quelqu'un « comme ça », avec le désir qu'éprouve Wendell, ne me semble pas possible.

– J'espère bien ! Wendell se situe au dernier barreau de l'échelle des espèces humaines, ce qui le place encore plus bas que la plupart des animaux !

– Et tous ces signes qui indiquent que quelqu'un aime « comme ça », je n'en connais aucun.

– Tu découvriras tout ça.

– Comme maintenant. Je ne sais pas si le fait que nous dormions côte à côte signifie que nous allons avoir un rapport sexuel. Comment sait-on quand on doit faire l'amour avec quelqu'un ? En supposant que Jasmine en ait envie ? Comment s'y prendrait-on ?

Jasmine rit.

– Je l'ignore. Te connaissant, nous commencerions probablement par en discuter, puis nous ferions une liste. À moins que nous oubliions tout ça et que je te saute simplement sur le râble.

– Tu te souviens, le premier jour, quand je suis arrivé au bureau, tu as dit à Marcelo de rester à distance de Martha car elle risquait de me sauter sur le râble.

– Et elle l'a fait ?

– Jasmine, j'ai une autre question.

– Oh, non !

– Si Jasmine et Jonah campaient ensemble, est-ce qu'ils dormiraient l'un à côté de l'autre ?

– Mmm. Je crois deviner où tu veux en venir. Je pense que je devrais refuser. Nous ne dormirions pas comme ça.

Elle tend la main et me donne un coup sur la poitrine avec l'avant-bras.

– Alors pourquoi avec Marcelo ?

– Je ne sais pas. Tu poses toujours autant de questions ? Ça me semble naturel, c'est tout.

Elle s'assied.

– Peut-être que Jasmine ne considère pas Marcelo comme un homme.

– Non. Ce n'est pas ça. Pas du tout.

Elle ouvre son sac de couchage et se glisse à l'intérieur. La conversation est terminée. Puis elle émerge de nouveau, se retourne sur le côté et me regarde. La conversation n'est pas terminée. Elle a encore quelque chose à dire.

– Je suis contente que tu sois venu. Je tenais à te montrer cet endroit.

Elle semble avoir des difficultés à parler.

– Tu voulais que Marcelo réfléchisse au mémo et aux conséquences qu'il y aurait à en faire usage.

– Pas seulement. Je voulais que tu gardes le souvenir de cet endroit, pour que tu saches qu'un tel endroit existe au monde. Les gens pensent qu'un lieu pareil est idyllique. Mener une vie simple proche de la terre et tout le baratin. Il y a aussi des méchants, des alcooliques, des factures de médecin à payer et des dépressifs à gogo. Mais certains d'entre nous se sentent bien ici malgré tout, tu comprends. La vie y est plus facile qu'au cabinet. Et il y a moins de bruit aussi.

« En tout cas, j'avais envie que tu le connaisses. Tu seras toujours le bienvenu ici. Tu peux y venir pour quelques jours ou bien y rester... aussi longtemps que tu le voudras. Amos t'aime bien, je l'ai vu. Et tu ne me déranges pas trop.

Elle me jette un dernier regard et ferme les yeux.

Je reste encore un moment éveillé, à guetter sa respiration en attendant qu'elle s'endorme, savourant pleinement ce sentiment de ne plus être seul.

25

Je suis au parc, en bas du cabinet d'avocats, et je me remémore des scènes de notre expédition au lac. De temps à autre, je me surprends à éclater de rire. Chaque fois qu'on partait en excursion en famille, nous devions raconter, à la fin de la journée, ce que nous avions préféré. « Marcelo, Marcelo, qu'est-ce qui t'a plu ? » Tel était le refrain que nous entendions tous.

Je repasse donc dans ma tête les événements de ce week-end, sans omettre le moindre détail et je me pose la question : « Marcelo, qu'est-ce qui t'a plu ? » « C'est difficile de choisir », me dis-je, tandis qu'une autre partie de moi-même insiste : « Mais si, tu dois choisir. » J'interromps le dialogue parce que je sais parfaitement, sans l'ombre d'un doute, que ce que j'ai préféré c'était d'être auprès de Jasmine sous des millions d'étoiles.

Voilà ce à quoi je songe quand je m'aperçois que Wendell est assis à côté de moi, surgi de nulle part. Il prend une cigarette, l'allume et inhale profondément la fumée.

– C'est mauvais de fumer, lui dis-je.

– Je sais.

Il tire encore quelques bouffées de sa cigarette avant de la jeter au loin, d'une pichenette.

– Comment ça se passe avec Jasmine ?

Je sens mon cœur battre plus vite. Le moment de lui dire est arrivé. Ça n'a rien de plaisant. Je prends ma respiration et je m'efforce de le regarder en face.

– Je ne demanderai pas à Jasmine de venir faire du bateau avec toi.

Voilà. C'est dit. Wendell grimace.

– Ah ? Quelle surprise ! En fait, je te demandais comment ça se passait entre Jasmine et toi.

– Ce n'est pas ce que tu crois, entre Jasmine et moi. Nous sommes amis. Comme toi et moi avant.

– Pfff...

Wendell émet un bruit de pneu qui se dégonfle.

– J'ai cru comprendre que vous étiez partis en week-end tous les deux. C'était comment ? Tu l'as sautée ?

– Il faut que je retourne travailler, répliqué-je en me levant.

– Assieds-toi, ordonne Wendell d'un ton sec, avant d'ajouter plus gentiment : J'ai quelque chose pour toi.

Wendell a les mains vides.

– Je vais te faire cadeau de la vérité.

Je me rassieds. Je suis troublé. J'attends que Wendell commence, mais il est plongé dans la contemplation d'un pigeon qui avance tout doucement vers une chips située au bout de sa chaussure. Wendell recule le pied, afin de permettre au pigeon de s'approcher. Quand l'oiseau ne se trouve plus qu'à trois centimètres de la chips, Wendell lui donne un grand coup de pied qui le projette en l'air. Le pigeon retombe étourdi, fait quelques pas incertains et s'envole. Je regarde Wendell, médusé. C'est la première fois que je vois quelqu'un faire du mal à un animal.

Wendell se redresse, très droit, et se tourne vers moi.

– Es-tu assez courageux pour supporter la vérité, toute la vérité, rien que la vérité ?

– Oui, acquiescé-je avec nervosité.

– Tu te rappelles la conversation que nous avons eue au club ? Tu sais, au sujet de mon père, du tien et du pacte ?

– Oui.

– Et de l'équilibre des forces entre nos deux familles.

– Oui.

– Tu te souviens que je t'ai dit qu'il était très facile de rompre cet équilibre. L'un des partenaires pouvait commettre une erreur, ce qui conférerait plus de pouvoir à l'autre, tu te souviens ?

– Oui, tu l'as dit.

– Je m'aperçois aujourd'hui que cet équilibre a été rompu. Et c'est toi qui l'as rompu. L'équilibre existait avant tout parce que je m'étais lié d'amitié avec toi. Et toi, qu'as-tu fait ? Je t'ai pris pour une espèce d'idiot innocent, alors que pendant ce temps tout ce que tu voulais, c'était Jasmine. C'est incroyable ! Je ne peux pas croire que Jasmine préfère…

Je me rappelle la conversation que j'ai eue avec mon père quand on a pris le train ensemble, le premier jour où j'ai commencé à travailler au cabinet :

« Il voulait que je sache et que tout le monde sache que mon fils était... »

– Ce n'est pas vrai que je voulais Jasmine pendant tout ce temps.

J'entends ma phrase, et elle ne me semble pas convaincante.

– Tiens, j'ai un cadeau pour toi.

Il me tend une feuille de papier.

– Non, ne l'ouvre pas tout de suite, même si ça me ferait très plaisir de voir ta tête quand tu le liras. Dans le cadre de mes recherches, j'ai dû aller fouiner dans les dossiers que les avocats gardent dans leur bureau. J'ai trouvé ça dans les dossiers personnels de ton père, parmi d'autres documents. En le découvrant, je me suis demandé : « Que dois-je en faire ? Si je le montre à mon père, l'équilibre des forces pourra en être compromis. » Ensuite, tu es arrivé et je me suis dit : « Je ne veux pas faire de mal au gamin, il est si naïf. »

« Mais maintenant je crois que l'heure est venue. Tu as rompu le pacte. Tu es donc prêt à accepter la vérité. Tu en feras ce que bon te semble.

Wendell s'en va. Je déplie le papier et reconnais l'écriture de Jasmine.

Cher monsieur Sandoval,

Je sais que vous voulez que je vous appelle Arturo, mais dans cette lettre je tiens à vous appeler M. Sandoval. Je ne sais ce qui s'est passé vendredi dernier à la fête de Noël. Je n'aurais pas dû boire ces margaritas. Je ne bois jamais d'alcool fort. Et surtout, quand vous m'avez demandé de vous rejoindre dans votre bureau, car vous aviez un cadeau pour moi, j'aurais dû dire non. « Je vous remercie, mais je ne pense pas que ce soit une bonne idée. » Je voudrais vous dire que j'ai vraiment cru que vous aviez un cadeau pour moi, mais la vérité est que je pressentais ce qui allait se passer et que je suis quand même venue. D'un certain côté j'ai eu peur de dire non à mon patron, alors qu'en général dire non à quelqu'un ne me pose aucun problème.

Je ne sais pas comment tout cela est arrivé. Je me dis que je me sentais seule et que j'avais besoin de chaleur humaine. Mon frère est mort il y a quelques mois. J'ai le mal du pays. Mais ce ne sont que des excuses. Cela n'aurait jamais dû se produire. Ce n'était pas bien. Je ne pense pas qu'il soit bien non plus que je continue à travailler ici, donc si vous êtes d'accord, je resterai jusqu'à ce que j'aie trouvé un autre travail. Dans le cas contraire, veuillez considérer cela comme ma lettre de démission.

Jasmine

J'ai lu la lettre une deuxième fois. Puis une troisième. Et je l'ai relue encore jusqu'à ce que sa signification ait bien entamé ma réticence à y croire. J'ai analysé chaque phrase pour en découvrir le sens, pour comprendre ce que chacune m'apprenait sur mon père et… sur Jasmine. Je le vois lui demander de monter dans son bureau pour prendre son cadeau. Je le vois l'attirer là-haut avec la même duplicité que Wendell et sa promenade en bateau. Ensuite, ils sont dans son bureau. Que se passe-t-il ? Arturo et Jasmine ont un rapport sexuel dans le bureau. N'est-ce pas l'unique interprétation de cette lettre ? Comment peut-il y en avoir une autre ? Je le vois profiter d'elle. À moins qu'il y ait de l'amour de son côté à lui ? Mais comment peut-il y avoir de l'amour quand il y a mensonge, quand on profite du fait que quelqu'un a consommé de l'alcool ou se sent seul ? Comment peut-il y avoir de l'amour quand on a promis d'aimer Aurora ?

Je suis debout. Je ne sais pas quand je me suis levé ni si j'ai parlé tout seul, à voix haute. Mon premier mouvement est d'aller apporter le mémo à Jerry. « Tiens, Jerry. Mon père n'a que ce qu'il mérite. » Mais je me rassieds. J'ai beau être plein de colère et de ressentiment, une partie de moi-même me pousse à temporiser. Quand je suis rentré à la maison, après la randonnée, je savais pour quelles raisons j'allais remettre le mémo à Jerry. Si je le lui donnais aujourd'hui, ce serait pour me venger. Je ne veux pas agir par vengeance. Il y a quelque chose de mal dans cette façon de faire.

Et il y a également cette autre émotion que je ressens. Je ne sais comment la nommer. Elle concerne Jasmine. « Dire non à quelqu'un ne me pose aucun problème. » C'est douloureux de savoir qu'elle n'a pas dit non. C'est douloureux de penser qu'elle éprouvait peut-être de l'amour pour lui, malgré l'alcool et malgré la solitude. C'est douloureux de penser qu'elle éprouve peut-être encore de l'amour pour lui. Serait-ce ça, la jalousie ? Je me revois allongé auprès de Jasmine, à l'écouter respirer tandis qu'elle s'endort et que volètent les premiers papillons du désir dans mon estomac, et ce souvenir m'attriste, comme si tout ce que j'ai éprouvé ce soir-là l'avait été pour une autre personne, fruit de mon imagination. La véritable Jasmine est celle qui n'a pas su dire non à mon père.

26

– Qu'est-ce qui trotte dans ta petite tête ? me demande Aurora en me conduisant au temple Emmanuel.

– Pourquoi ?

– Je ne sais pas… Tu n'as pas desserré les lèvres depuis que tu es rentré du travail, hier soir. Tu n'as pas voulu venir dîner. Tu t'es levé à quatre heures du matin pour emmener promener Namu. Tu as refusé d'aller travailler ce matin. J'ai presque dû te faire descendre de force de ton arbre pour t'emmener voir Hesch. Je sais que ce n'est pas à cause de la randonnée, parce que tu étais très content quand tu es rentré. Est-ce qu'il s'est passé quelque chose avec ton père, hier, au bureau ? Pourquoi es-tu si silencieux ?

– Marcelo est toujours silencieux.

– Oui, mais c'est un silence différent aujourd'hui. Tu me fais penser à…

– Joseph. Juste avant sa mort, dis-je en terminant sa phrase.

– Comment le sais-tu ?

– Je le sais.

– Le silence de Joseph n'était pas inquiétant, d'après moi.

– Il attendait.

– Il attendait quoi ?

– La musique.

Nous roulons sans un mot pendant quelques minutes.

– As-tu quelque chose à me dire ?

« La MI s'est arrêtée. Elle ne reviendra plus jamais. C'était une production momentanée de mon cerveau, tout comme ma passion particulière. Je suis perdu. Je n'ai aucun moyen de savoir ce que je dois faire par rapport à Ixtel, par rapport à mon père, par rapport à Jasmine. » Je ne peux rien dire de tout cela à Aurora.

– Aurora est trop maternelle, lui dis-je à la place.

– Tu n'as pas revu Hesch depuis des mois. Il faut que tu discutes de temps en temps avec quelqu'un qui est sur la même longueur d'onde que toi.

– Aurora est sur la même longueur d'onde que moi.

– Non. L'intérêt que tu portes à la religion me dépasse largement. En outre, tu as besoin d'en discuter.

– La piété d'Aurora est comme la rosée du matin : on ne sait d'où elle vient. Elle est là.

– N'importe quoi. Je ne suis pas quelqu'un de pieux, rosée du matin ou pas. Le cabinet d'avocats t'a rendu poète, dis-moi ?

– C'est dans la Bible.

– Quel livre, quel verset ?

– Quoi ?

– Ce que tu viens de citer au sujet de la rosée, etc., où cela se trouve-t-il dans la Bible ?

– Je ne m'en souviens plus.

– Tu oublies tes références bibliques ? Je savais bien que ça n'allait pas. Tu ne peux pas savoir comme je suis contente d'avoir insisté pour que tu ailles voir Hesch. Je ne comprends pas pourquoi tu t'y es autant opposé. Tu as toujours bien aimé discuter avec elle, non ?

C'est vrai. Discuter avec la rabbine était l'une de mes activités préférées. Mais aujourd'hui, j'ai peur.

Aurora me dépose sur le parking, derrière le temple Emmanuel. Je monte les marches qui conduisent à l'entrée de service, quand j'entends la voix de la rabbine.

– Je suis là ! me crie-t-elle.

Elle est tout au bout du parking, un sac-poubelle à la main. Je me dirige vers elle, avec le livre d'Abraham Joshua Heschel qu'elle m'a prêté.

– Regarde-moi ça, me dit-elle quand je suis assez près pour qu'elle me parle sans avoir à crier.

Elle brandit une cannette de bière légère Bud Light.

– Les flics m'ont prévenue que des gamins venaient ici la nuit pour boire et se peloter. Tu imagines ? Sur le parking d'un temple ! Il n'y a donc plus rien de sacré ?

Avec ses énormes lunettes de soleil vert fluo, elle ressemble à l'une de ces grenouilles d'Amazonie que Yolanda avait à l'époque dans son terrarium. Elle me fait un grand sourire.

– Comment va mon jeune *mensch* ?

– J'ai rapporté le livre.

Je le lui tends. J'aperçois une cannette de bière à demi enfouie sous les feuilles et me penche pour la ramasser.

– Merci.

Elle prend d'abord le livre et le pose sur l'une des deux chaises pliantes en toile en piètre état. Puis elle saisit précautionneusement la cannette de ses longs doigts protégés par des gants en plastique jaune.

– Ce ne peut être nos gamins. Aucun petit Juif croyant ne boirait un truc pareil. Le jour où je trouverai une bouteille de vodka, là, je commencerai à m'inquiéter.

Elle attache le sac-poubelle et m'indique les chaises en toile.

– Asseyons-nous dehors, c'est troooop beau !

C'est la mi-août. Les feuilles des chênes sont belles et vert foncé. Rabbi Heschel attend que je me sois assis, puis elle oriente sa chaise de manière à ne pas me faire face directement. Ensuite, elle prend une grande inspiration et croise les mains sur les genoux.

Je me rappelle certaines visites chez la rabbine où seuls un bonjour et un au revoir avaient été échangés. C'est ce que j'appréciais chez elle. Je n'avais pas besoin de trouver quelque chose à lui dire quand j'étais en sa présence. Aujourd'hui, le silence est gênant.

Je ne sais pas combien il s'est écoulé de temps avant qu'elle ne prenne la parole.

– Comment vont les remémorations ?

C'est une question à laquelle je ne veux pas répondre. Je décide de la contrer par une autre question.

– Aurora croit-elle en Dieu ?

– Le lui as-tu demandé ?

– Une fois. Elle a répondu par une question, comme la rabbine le fait souvent. Elle m'a dit : « Quelle différence cela fait-il que j'y croie ou pas ? »

– Qu'a-t-elle voulu dire à ton avis ? me demande Rabbi Heschel.

– Dis-moi ce que tu en penses, toi.

Elle soupire. Ses mains se referment sur les accoudoirs du siège de jardin.

– Aurora croit en Dieu à sa façon.

Elle parle si bas que j'ai du mal à l'entendre.

– Je sais pourquoi Aurora ne veut pas parler de religion.

– Explique-moi.

– Il y avait une petite fille à St Elizabeth qui est morte parce que ses parents ne voulaient pas qu'on lui fasse de transfusion de sang. Leur religion le leur interdisait.

– Oui, je me souviens.

– Aurora était très en colère.

– Et très triste.

– Les parents de la petite fille croyaient obéir aux commandements de Dieu.

– Oui, en effet, c'est ce que leur religion leur ordonnait de faire.

– Avaient-ils tort ? Les parents ? Je sais qu'Aurora le pense. Mais qu'en pense la rabbine ?

Rabbi Heschel ôte ses lunettes de soleil et les balance au bout de sa main, sur le côté de sa chaise.

– Je pense que nous, et je veux dire nous tous, tous ceux d'entre nous qui nous occupons de religion, avons fichu une belle pagaille là-dedans.

– Il est impossible de savoir ce que Dieu attend de nous.

– Disons que, comme nous ne sommes que des

êtres humains, il existe une incertitude en ce qui concerne l'interprétation de Sa volonté.

– Des êtres humains en tuent d'autres et ils s'imaginent que c'est Dieu qui leur en a donné l'ordre.

– Exact.

Nous levons tous les deux la tête en même temps en entendant chanter un rouge-gorge. Je vois la gorge ocre-rouge de l'oiseau se gonfler d'air avant que la note ne s'élève.

– Je n'ai plus de remémorations, déclaré-je, soulagé d'avoir pu prononcer ces mots.

Rabbi Heschel n'a pas l'air étonné le moins du monde, comme s'il était tout à fait normal de cesser de prier ou de se remémorer du jour au lendemain. Elle laisse s'écouler quelques secondes avant de reprendre la parole.

– Le lendemain matin de la mort de Lucy, la petite fille dont les parents refusaient qu'elle soit transfusée, Aurora est partie travailler. Elle s'était battue pour que l'hôpital mette tout en œuvre pour convaincre les parents. Au dernier moment, un juge a tranché en faveur de l'hôpital, mais c'était trop tard.

– Oui.

Rabbi Heschel émet un petit rire, bref et triste, avant de poursuivre.

– Crois-tu qu'il importe à Dieu qu'Aurora croie en Lui ou non ? Elle n'a pas besoin de croire en Lui ni même de penser à Lui pour accomplir Son œuvre. Sa croyance est dans ses actes, et c'est très bien ainsi.

– Dieu l'accompagne comme la rosée du matin.

– Penser à Lui n'est pas ce qu'Il veut. Il veut des actes. Mais cela ne signifie pas qu'Aurora estime que tout le monde doit faire comme elle. Je suis sa meilleure amie et j'ai la tête farcie de Dieu, nuit et jour. Je crois que le très Saint, béni soit-Il, nous aide à connaître Sa volonté à travers les paroles de Ses saints apôtres, de Ses envoyés sur terre et de tous les événements historiques, car Il sait que nous avons besoin de tout le secours possible. Et nous devons nous rappeler les saintes paroles et les événements historiques car l'oubli est dans notre nature. Cela fait partie de ma tradition. Et, regarde, Aurora t'amène ici pour parler de Dieu avec moi, bien que je pense qu'elle le fait dans le seul but de s'assurer que je reste humble, ce que tout véritable ami se doit de faire.

– Sais-tu où il est écrit dans la Bible que Dieu nous apparaît comme la rosée du matin ?

– Il n'est écrit nulle part dans la Bible que Dieu nous est apparu comme la rosée du matin, affirme-t-elle. Mais il est question quelque part de Sa grâce qui nous apparaît comme la rosée du matin.

– Je ne me souviens plus où.

– C'est dans un poème d'une de nos grandes mystiques, cette bonne Metchild. Tu devrais le savoir, c'est toi qui me l'as fait connaître.

– L'amour de Dieu descend sur nous comme la rosée sur les fleurs. Mais Metchild ne faisait que reprendre une image de la Bible hébraïque.

– Amour, grâce, Dieu, cela reste une belle image. Rien d'étonnant à ce que ce soit l'un des nôtres qui l'ait inventée.

Elle hausse les sourcils à toute vitesse, à la manière de Groucho Marx, son acteur préféré.

– La Bible ne m'intéresse plus, dis-je.

– Et les autres livres saints ?
– Non plus.
– Pourquoi ?
Je réfléchis avant de répondre.
– À Paterson, il y a un enfant qui s'appelle Johnny. Nous sommes arrivés tous les deux en même temps. La passion de Johnny, c'est le base-ball. Il est obnubilé par tout ce qui touche au base-ball. Il connaît tous les résultats de tous les matchs et toutes les anecdotes sur tous les joueurs. J'ai toujours trouvé cette passion ridicule. À quoi ça sert de connaître tout ça ?
Je m'interromps.
– Et tu trouves que lire la Bible et tes autres livres est aussi ridicule que la passion de Johnny.
– C'est exactement pareil. Il sait tout sur Babe Ruth et moi je sais tout sur Ruth la Moabite.
– Je ne suis pas d'accord. Il me semble que tu lis la Bible pour des raisons différentes que celles de Johnny avec ses revues de base-ball. Tu ne te contentes pas de mémoriser des faits, tu cherches, tu écoutes, tu réagis même. L'histoire de Ruth la Moabite t'apprend quelque chose sur la vie. La Bible est vivante pour toi, contrairement aux statistiques des matchs de base-ball de Johnny. La Bible et les livres saints ne sont que des espèces d'aide-mémoire qui sont là pour t'aider à retrouver ce que tu cherches à te remémorer. C'est ainsi que tu priais, n'est-ce pas ? Tu mémorisais les phrases, puis tu te mettais en état de remémoration, et ainsi tu faisais vivre le mystère et la réalité cachés derrière les mots.
– Johnny aussi se remémore. Quand il se remé-

more les matchs de base-ball, c'est dans ces moments qu'il est le plus heureux. Il n'y a aucune différence.

Je l'entends soupirer de nouveau. Le rouge-gorge sautille à présent désespérément au beau milieu du parking.

– Il s'est passé quelque chose au cabinet d'avocats.

– Oui.

– Tu as découvert quelque chose sur le monde où nous vivons, un problème qui te tiraille dans plusieurs directions.

Je hoche la tête.

– Et tu ne sais que faire. Tu as perdu tes repères.

Je hoche la tête.

Rabbi Heschel étend les jambes, lève le visage vers le soleil et ferme les yeux.

– Je ne t'ai jamais raconté comment je suis devenue rabbine ?

– Non.

– Mon esprit hébraïque a dû chauffer pour prendre cette décision.

Je me tourne à temps vers elle pour la voir sourire.

– Était-ce Dieu qui m'appelait, ou était-ce simplement moi qui voulais faire un pied de nez aux hommes, y compris ceux de ma propre famille, qui estimaient que Dieu n'était pas une affaire de femmes ? Mon père voulait que je sois avocate, tu imagines !

J'essaie de m'imaginer Rabbi Heschel assise derrière le bureau immaculé de Stephen Holmes avec ses lunettes vert fluo. Je ris en moi-même à cette vision.

– Pardon ? Tu ne trouves pas que j'aurais fait une bonne avocate ?

– Non. Le cerveau de la rabbine est bien trop puissant.

– C'est exactement ce que j'ai pensé. J'aurais pu être avocate, mais il y aurait eu une vaste parcelle verdoyante de mon cerveau qui aurait été laissée en friche. Quel gâchis, n'est-ce pas ? Il fallait donc que je me trouve un boulot où je pourrais exploiter mes fabuleuses capacités intellectuelles.

Elle soulève le sac-poubelle vert et fait tinter les cannettes de bière vides à l'intérieur.

Je souris.

– Je crois que tu as le même genre de cerveau que moi, reprend-elle. Je n'ai jamais été convaincue que Dieu avait véritablement envie que j'entre au séminaire. « Certes, me disais-je, Tu es apparu à Moïse sous la forme d'un buisson ardent, mais à moi sous la forme d'hémorroïdes ardentes. » Je savais que Dieu voulait que j'aille au séminaire *après*, une fois que la brûlure, le feu se seraient apaisés, sinon éteints.

– La brûlure.

Je sais exactement de quoi elle parle.

– L'amour de Dieu descend sur certains comme la rosée sur une fleur, béni soit-Il, mais il arrive qu'au cours de nos petites vies tranquilles, *bing*, Il nous tombe dessus comme un jet d'essence… et tout à coup, Il gratte une allumette. Comment se fait-il qu'à un moment donné on s'aperçoive qu'on a passé notre vie baignant dans l'essence et qu'Il vient de nous enflammer ?

« Ixtel a été l'allumette », me dis-je.

Elle attend ma réponse.

– Si j'ai découvert ce que Dieu voulait que je fasse,

c'est que le besoin urgent, le désir ardent de le faire était devenu trop douloureux pour être ignoré. J'ai fini par aller au séminaire dans le seul but de retrouver le sommeil.

– Le désir. Urgent.

– Urgent, quel mot, hein ? On dirait que tu as une arête de carpe farcie coincée en travers de la gorge et que tu essaies de t'en débarrasser en toussant et en éructant. Uuuurge… uuurge…

– Urgence et urgent, même famille.

– De même que régurgiter, plaisante-t-elle.

– La rabbine ressentait… ressent… un manque immense, un désir ardent, comme le cerf qui se languit des eaux vives.

Le regard de Rabbi Heschel s'embue. Elle détourne le visage et se concentre sur l'activité répétitive d'un pic-vert.

– C'est tout ce que j'avais besoin d'entendre. Je te remercie, répond-elle toujours sans me regarder.

– Il n'y a pas de quoi.

Elle se redresse et se carre dans son fauteuil.

– Seulement, le Désir que nous avons de Lui, le grand Désir, avec un grand D, se confond parfois avec une centaine de désirs mineurs, certains avouables, d'autres moins. Chez la plupart d'entre nous, le grand Désir est enfoui sous une montagne de bêtise et d'égoïsme.

Je songe à Jasmine, à Arturo, à Oak Ridge High.

– Dieu attend de toi que tu fasses quelque chose de douloureux, n'est-ce pas ? poursuit la rabbine.

J'acquiesce.

– J'ignore comment je réagirais si Dieu me demandait de faire quelque chose dont les conséquences seraient douloureuses, quelque chose qui exigerait du courage et de l'abnégation. Non qu'Il s'en prive, mais cela me fait simplement peur. Des actes qui requièrent du courage, voilà ce qu'Il demande de nos jours. Je sais qu'Il a besoin de moi pour des actions choc, tels les prophètes d'antan, pour tirer les gens de leur douce torpeur. Je pourrais aller prêcher nue comme Hosée, mais regarde-moi ! Crois-tu qu'on me prêterait seulement attention ? « Réveillez-vous, braves gens ! Réveillez-vous ! leur crierais-je en sautillant en tenue d'Ève. Vous vous tracassez parce que vous n'avez pas la toute dernière Mercedes, ou parce qu'Untel est assis plus près que vous du tabernacle, et pendant ce temps-là Dieu a besoin de vous. Ça urge ! Il vous presse. » Le désir qui te taraude est celui qui consiste à accomplir Sa parole – tu as tout mélangé. Tu crois qu'Il te demande de réaliser brillamment toutes tes ambitions, mais en réalité ce n'est pas ce qu'Il attend de toi.

Elle s'interrompt brusquement et tente de recouvrer son calme, avant de reprendre, d'un ton plus posé, plus intimiste.

– Si je te disais que Dieu nous parle à travers nos pulsions, nos désirs, tant que ces derniers sont sains, convenables, parfaitement civilisés, et qu'ils ne risquent pas de blesser qui que ce soit, que t'aurais-je dit ? Si je te disais qu'il est bon d'être animé d'un désir tant qu'il se cantonne aux limites de ce que notre monde juge normal, ce serait aller à l'encontre de toute ma tradition. Mon peuple s'est découvert des pulsions divines pour faire le bien. Pas de petites pulsions à l'eau de rose. Jusqu'à l'abandon de ces pulsions, et ce non sans chamailleries, non sans marchandages, je te le garantis, car c'était des pulsions de la pire sorte, des pulsions qui exigent tout de toi.

Puis elle ouvre grand les yeux et ses pupilles s'assombrissent à mesure qu'elle parle.

– Est-ce que je pense que les gens qui laissent mourir des enfants ou qui se font exploser au nom de Dieu se trompent ? Oui, je le pense. Ils commencent bien et finissent mal. Ils débutent saintement et terminent diaboliquement. Le désir de faire ce qui est juste est-il de même nature que celui qui pousse les gens à refuser une transfusion à leur enfant mourant ou à se faire exploser ou à se venger ? Que puis-je te dire ? Oui, c'est essentiellement le même. C'est la même sève qui monte de la terre, migre dans les racines, puis s'insinue dans le tronc jusqu'à atteindre les branches. Ensuite, il y a le choix. Si la sève pénètre dans telle branche, une bonne branche, elle portera des fruits, de beaux fruits nourrissants. Si elle pénètre dans telle autre, mauvaise, elle ne donnera aucun fruit, hormis peut-être une vieille figue toute desséchée. Mais la sève, la sève est la même, seuls les fruits sont différents.

Je sens qu'elle m'examine, comme si elle essayait de lire dans mes pensées.

– Ton feu, ce feu au milieu duquel tu te trouves… tu dois t'assurer qu'il se dirige vers la bonne branche. Cela dépend de toi.

– Le feu brûle.

– Oui. Il n'y a pas moyen d'y échapper.

– Et il y a de la colère et de la vengeance dans ce feu. Il veut atteindre ceux qui trahissent et ceux qui font souffrir.

– Oui. Mais Ses pulsions vont toujours vers la vie et plus de vie, vers le pardon et plus de pardon. Et ce qui vient de Lui ressemble à ces grenades que j'ai vues en Israël : elles sont lisses à l'extérieur, mais remplies à l'intérieur de petits rubis sucrés et précieux, nourrissants et désaltérants. Telles ces paroles du prophète Michée, simples en apparence, mais incroyablement riches : « Qu'est-ce que le Seigneur exige de toi, sinon de faire ce qui est juste, aimer la bonté et marcher humblement avec ton Dieu ? »

Comment est-il possible de se montrer bon envers Arturo après sa trahison, sa propre absence de bonté ? Et Jasmine ? Je me dis qu'elle n'a rien à se faire pardonner et pourtant le sentiment d'avoir été blessé par elle persiste. Il semble résister au pardon.

Mais je peux faire ce qui est bon et juste pour Ixtel.

Nous voyons la voiture d'Aurora se garer sur le parking. Rabbi Heschel pose la main sur mon bras.

– Marcelo, avant que tu ne partes, permets-moi de jouer un peu mon rôle de rabbine pour une fois et de te dire ceci : c'est une sale affaire que d'essayer de deviner quelle est Sa volonté. C'est compliqué, douloureux et loin d'être évident, jamais. Mais, tout au fond de tes désirs contradictoires et de tes désarrois, subsiste le sens du bien et du mal. Que pouvons-nous faire d'autre que de croire en ce sens et d'en espérer beaucoup ? Que pouvons-nous faire d'autre que de *croire* qu'Il est à l'origine de ce que nous ressentons et d'*espérer* qu'Il est l'aboutissement de nos desseins ? Fais confiance en ce sens et sois convaincu de te diriger sur la bonne voie car, à un moment, ce sens et ta capacité à faire la différence entre une vieille figue desséchée et une grenade seront tout ce qui te restera.

Nous regardons tous deux Aurora. Elle sort de la voiture, nous fait un signe de la main, avance de quelques pas vers nous, puis s'arrête. Elle tente de décoller un chewing-gum de la semelle blanche de sa chaussure.

– Et si, en exécutant la volonté de Dieu, on faisait souffrir ceux qu'on aime ?

– Ouuuupf !

Elle prend une profonde respiration et soudain, elle a l'air très forte, comme si, derrière un comportement un peu excentrique, il y avait quelqu'un capable d'inspirer de la peur, si nécessaire.

– Regarde-moi.

Je la regarde.

– Aie confiance en Lui. Il saura comment utiliser les conséquences douloureuses de tes actes à Ses propres fins. Tu as encore quelque chose à me demander ?

– Non.

– Comment sauras-tu ce qu'il faut faire ?

– La rabbine m'a aidé. Et…

– Et ?

Je me rappelle la conversation que Jasmine et moi avons eue à la cafétéria.

– La bonne note sonne juste et la mauvaise note sonne faux.

– Ah ! s'exclame-t-elle. Écoute.

Elle ouvre le livre d'Abraham Joshua Heschel, le feuillette et lit :

– « Nos efforts ne sont qu'un contrepoint à la musique de Sa volonté. »

– Et si nous n'entendons pas la musique ?

– C'est ça, la foi, non ? Suivre la musique sans l'entendre.

Elle me serre le bras et me sourit. Puis Rabbi Heschel signifie d'un petit signe de tête à Aurora que, cette fois, nous avons terminé.

27

Mon deuxième déplacement jusqu'au cabinet de Jerry s'est déroulé beaucoup plus facilement que le premier. Maintenant, je sais de quel côté se trouve l'est et de quel côté se trouve l'ouest. Il est encore tôt, mais il y a déjà beaucoup de monde dans sa salle d'attente. J'avise une chaise libre où m'asseoir tout seul. Je n'ai dit à personne du cabinet où j'allais. J'étais en déplacement à l'extérieur hier. Ils supposeront que je le suis aussi aujourd'hui.

Alors qu'il ouvre la porte pour laisser sortir une jeune femme, Jerry Garcia me voit. Il glisse quelques mots en espagnol à un vieux monsieur et me fait entrer dans son bureau.

– Veux-tu t'asseoir ?

– Non, dis-je en me débarrassant de mon sac à dos.

– Marcelo, commence-t-il en me faisant signe de cesser de fouiller dans mon sac, tu as trouvé quelque chose pour aider Ixtel.

– Oui.

– Et tu as mesuré toutes les conséquences.

– Oui.

– Tu es sûr de toi. Je ne t'oblige pas à faire quoi que ce soit. C'est une démarche qui n'appartient qu'à toi seul. Tu peux ressortir de ce bureau dès maintenant sans que cela ne me pose de problème ni ne me vexe. Tu comprends ?

– Je comprends, répliqué-je en le regardant en face. J'ai découvert un mémo du responsable du contrôle qualité, adressé au directeur de Vidromek, le prévenant que les pare-brise étaient défectueux.

– Je le savais.

– Vous le saviez ?

– Je savais qu'il devait exister un tel document avec le résultat des tests. C'est la procédure habituelle : le responsable qualité envoie toujours le résultat des tests au directeur de l'entreprise. Mais quand la partie adverse l'a demandé, il lui a été répondu qu'il avait été perdu.

– Je l'ai apporté.

– Ne me donne rien. Il faut que je puisse être en mesure de dire que tu ne m'as rien remis du tout. Donne-moi simplement un indice. Un élément qui les laissera croire que je suis au courant de l'existence de ce mémo. Tu as dit qu'il émanait du responsable qualité et qu'il était adressé au directeur de Vidromek. De quand est daté ce document ?

– 21 juin 2005.

– D'accord.

Je range le document dans mon sac à dos et m'apprête à partir.

– Que vas-tu devenir ?

– J'irai faire ma terminale dans un lycée. Paterson, c'est terminé. Les poneys aussi.

– Ça va être difficile.

– Oui. Mais c'est faisable. Que va-t-il arriver à Arturo ?

– Pourquoi cette question ? Tu voudrais qu'il lui arrive quelque chose ? Tu ne fais pas ça parce que tu es en colère contre lui ou autre ?

– Non. Je suis certain que je ne le fais pas pour ça.

– Ça ne me regarde pas. Tu peux avoir toutes les raisons du monde pour agir ainsi. Écoute, je vais me débrouiller pour que ton père et toi en pâtissiez le moins possible. Mais je ne peux rien garantir. Ça dépend de ton père, s'il veut jouer le jeu ou pas. S'il veut jouer au plus malin, alors je ferai de même. Mais il faut que je te dise aussi que j'ai bien l'intention de faire rendre gorge à Stephen Holmes et à son connard de fils, rappelle-moi son nom ?

– Wendell.

Je me souviens de la conversation que j'ai eue avec Yolanda, juste avant de partir travailler au cabinet d'avocats pour la première fois, et cela me paraît loin, très loin.

– Deux petites merdes… J'essaierai de me contrôler. Hé, je pense à une chose : je dois aller voir les sœurs en fin de semaine, pour qu'elles me signent des papiers juridiques. Tu veux m'accompagner ?

– Je ne sais pas.

– Deux heures, ça ne prendra que deux heures. Je t'appellerai au cabinet au cas où tu aurais envie de venir.

Il me tend la main et je la serre.

Une fois sorti du bureau de Jerry Garcia, je respire à fond. Le souvenir du lac caché me revient, avec ses eaux vertes, paisibles et profondes.

28

Je rassemble des documents dans le bureau de Wendell. Juliette les veut pour que j'en fasse des photocopies. Je suis arrivé tard, après la première distribution de courrier, et j'ai réussi à éviter Jasmine.

Wendell est debout devant moi. Il a le visage cramoisi.

– Tu as déjà baisé quelqu'un, Gump ?

Ce ne sont pas ses affaires, mais je lui réponds quand même.

– Non.

– Eh bien, tu nous as royalement baisés. Par *nous*, j'entends Sandoval & Holmes, toi compris.

Je ne réponds pas.

– L'autre type, là, le Jerry Garcia, il a appelé mon père ce matin pour lui demander un certain document du 21 juin 2005, adressé au directeur de Vidromek par son responsable qualité. Explique-moi comment il a pu avoir connaissance de ce papier !

Je vois d'ici Jerry Garcia et Stephen Holmes discutant chacun dans son bureau, Stephen Holmes commençant par considérer Jerry Garcia comme quantité négligeable, puis s'intéressant brusquement à ses propos. Puis j'imagine Jerry Garcia lors de ces fameuses parties de poker à la fac, quand tout le monde le prenait pour un idiot jusqu'au moment où il abattait ses cartes. Je reste silencieux.

– Je vais te dire comment il est au courant.

Il sort une feuille de papier de sa poche arrière. Il la déplie devant moi et je reconnais aussitôt le mémo de Vidromek.

– Devine où je l'ai trouvé ? Quand ce Garcia a téléphoné, j'étais sûr que ça venait de toi. Je n'ai plus eu qu'à fouiller dans ton sac à dos, et je n'ai pas été déçu.

Je m'aperçois que j'ai laissé mon sac dans le bureau de Robert Steely, que j'occupais.

– C'est personnel.

– Tu veux savoir ce qui est personnel ? Ça justement, ce document est personnel. Où tu l'as trouvé ?

– Je l'ai trouvé dans les dossiers de Vidromek quand tu m'as demandé de faire le premier travail.

C'est un mensonge, mais je suis ravi de voir l'air affolé de Wendell. Il croit que c'est sa faute si le mémo a été rangé dans les dossiers généraux. J'ai beau ne pas savoir très bien où j'en suis par rapport à Jasmine, je suis content que Wendell ne la soupçonne pas.

– Ce Jerry Garcia est une demi-portion. Mon père n'en fera qu'une bouchée avec un peu d'argent. Ce qui est plus ennuyeux, c'est la réaction des gros cabinets d'avocats, quand ils sauront qu'on a passé un accord à l'amiable avec quelqu'un. Ils sauront qu'on est vulnérables et ils seront sans pitié.

– Ce n'était pas bien de cacher ce mémo.

– Qu'est-ce que tu en sais, toi, hein ? Regarde ça,

dit-il en me montrant le deuxième nom écrit sur la note : *Lic. Jorge Baltazar.* « Lic » veut dire *Licenciado*, avocat en espagnol. Sur ordre de mon père, toutes les lettres et mémos adressés au directeur de l'entreprise doivent transiter par ce type – probablement un jeune gars qui trie les papiers toute la journée, mais avocat néanmoins. Tu sais pourquoi il a fait ça ?

Je secoue la tête de droite à gauche.

– Non, ça ne m'étonne pas. C'est la raison pour laquelle, quand quelqu'un comme toi reçoit des directives pour un travail, il est censé les respecter. Ce système avec l'avocat a été établi pour que les documents soient protégés par le secret professionnel. Tu sais ce que c'est ?

Je secoue de nouveau la tête.

– Un document protégé par le secret professionnel ne peut être montré à l'autre partie lorsqu'elle le demande dans le cadre d'un litige. La loi l'autorise afin qu'un avocat et son client puissent communiquer librement. Maintenant, laisse-moi te mettre les points sur les i. Ce document n'avait pas à être remis à Jerry Garcia, ni à qui que ce soit d'autre. Les règles de procédure nous autorisent à le garder. Oui, peut-être y en avait-il en effet une copie dans les dossiers généraux. Mais j'en ai une autre dans un dossier qui contient tous les documents qui ne doivent pas sortir d'ici, car protégés par le secret professionnel.

Pendant quelques instants, j'ai cru avoir fait une erreur en allant voir Jerry Garcia. Je m'efforce de saisir quelques éléments dans les propos de Wendell pour pouvoir lui répondre.

– Mais… tu as dit… que ce privilège est destiné à protéger la communication entre un avocat et son client… mais… dans ce cas précis… il n'y avait pas de communication… L'avocat n'a rien communiqué du tout. Le mémo venait de l'ingénieur et était destiné au directeur de l'entreprise.

Brusquement, tout s'éclaire.

– Le dispositif de Stephen Holmes était destiné à contourner les règles, affirmé-je.

– Tu fais fausse route, espèce d'attardé mental !

Est-il possible qu'il s'agisse du Wendell dont je recherchais l'amitié ? Tout cela était-il enfoui en lui tout ce temps ? Je perçois sa haine à mon égard. Je me dis que Wendell a beaucoup à perdre, beaucoup plus que moi. Peut-être y perdra-t-il sa voiture, le bateau et même les femmes.

– Dans quel monde vis-tu ? Tu es un idiot. Un imbécile.

Je souris.

– Qu'est-ce qu'il y a de drôle ?

– Je trouve drôle que sous le coup de la colère tu me traites comme quelqu'un de normal. Il n'y a rien dans ce que tu me dis que tu n'aurais pas dit à une personne normale, selon tes critères.

Wendell se masse la nuque en grimaçant.

– Oh, ça suffit ! Qu'est-ce que ça peut me faire, après tout ? Il ne me reste plus que trois semaines à croupir dans ce trou et je me tire. Ton père veut te parler.

Je me lève.

– Tu as songé au pacte quand tu as trouvé le mémo ?

– Oui.

– Mais tu l'as quand même transmis à Jerry Garcia ? Pourquoi ? Pourquoi as-tu fait ça ?

– J'ai trouvé la photo de la fille que défend Jerry Garcia. Elle s'appelle Ixtel.

– La fille.

Wendell a l'air de se rappeler la photo d'Ixtel et se revoit peut-être même en train de la mettre au rebut. L'espace d'un instant, j'ai l'impression qu'il est tenté de dire qu'il est d'accord avec ma démarche, et qu'il n'y parvient pas.

– Bon, ce qui est fait est fait, conclut-il en soupirant. Maintenant, tu vas payer la facture.

– Payer la facture.

– Oui, payer la facture. Nous allons tous payer pour ce que tu as fait. Reste à savoir quel sera le montant de la facture. Ils vont tout faire pour qu'elle soit le moins salée possible, mais il y aura quand même une facture. À propos, quelle sera la tienne ? Oui, bien sûr, tu n'iras pas à ton école pour attardés mentaux comme tu en avais envie, mais... je ne sais pas, ça ne me paraît pas suffisant comparé à ce que nous allons tous probablement perdre. Donc, j'ai pensé que je pourrais peut-être envoyer à ta mère une copie du petit mot de Jasmine. Que dis-tu de ça ?

Je sais qu'il attend de moi que je manifeste de la peur. Et elle est bien là, la peur. J'ai peur qu'Aurora ne souffre en lisant cette lettre. Mais je n'ai aucune difficulté à dissimuler mon sentiment, et je m'éloigne sans la moindre expression sur le visage.

Je vais dans le bureau d'Arturo. Il continue d'étudier les papiers posés sur sa table alors que j'attends en face de lui.

Après ce qui me semble un assez long moment, il lève la tête.

– Je viens d'avoir Jerry Garcia au bout du fil.

– Oui.

– Il est d'accord pour disparaître.

Je commence à ouvrir et à fermer les mains, mais je parviens à m'arrêter.

– Évidemment, poursuit Arturo, assis droit sur son siège en cuir, les yeux impassiblement fixés sur moi, maintenant il demande soixante-dix mille dollars. « Il faut bien vivre », comme il dit. Tu sais ce que tu as fait ? me demande-t-il d'une voix tremblante.

– Oui.

– Quand Garcia a appelé Stephen, il n'a pas parlé de toi. Il s'est contenté de demander le mémo du 21 juin 2005. C'est Wendell qui a deviné que tu étais derrière tout ça.

– Tu étais au courant de l'existence de ce mémo.

– Je suis au courant de tout ce qui se passe dans ce cabinet. Stephen et moi n'avons aucun secret l'un pour l'autre.

Je perçois comme un reproche dans le ton de mon père. Contrairement à Stephen Holmes, son propre fils a des secrets pour lui. Quant à Arturo, il en a aussi. J'examine la pièce alentour et imagine Arturo et Jasmine le soir de la fête de Noël, et je me demande où et comment ils ont pu y avoir un rapport sexuel. Un sentiment d'une lourdeur infinie me fond dessus et s'installe en moi, ainsi que dans toute la pièce. Je glisse la main dans ma poche pour sentir la lettre de Jasmine. Je voudrais la sortir et la lancer à la face d'Arturo, mais je me retiens.

– Est-ce que tu as quelque chose à répondre ?

– Non.

– Je sais que tu penses que nous faisions quelque chose de mal en ne communiquant pas ce mémo à Garcia. Je suis désolé pour la fille. Mais nous avons respecté la loi. Nous avons représenté notre client avec zèle, faisant usage de tous les arguments fondés à défendre son affaire. Car il est tout à fait fondé qu'un document, une fois étudié par un conseiller juridique, tombe sous la protection du secret professionnel. Nous sommes habilités à faire usage de cet argument au nom de notre client. Et ce mémo en tant que tel ne constitue pas une preuve de responsabilité. L'ingénieur qui l'a rédigé a pu se tromper, il a pu avoir un grief contre son patron et se venger de lui, ou encore les pare-brise n'ont peut-être pas été correctement montés et, dans ce cas, ce sont les installateurs qui sont en tort et non Vidromek. Tu… tu… tu as décidé de ton propre chef de ce qui était bien et de ce qui était mal. Mais de quel droit, bon sang, t'es-tu permis une chose pareille ?

Il s'interrompt.

– Pourquoi n'es-tu pas venu m'en parler ?

– Qu'aurait fait Arturo ?

– Nous en aurions discuté. Je t'aurais expliqué comment on fonctionne d'un point de vue juridique. Nous aurions peut-être pu faire un don personnel à l'institution qui héberge cette fille. Tu ne me faisais pas confiance ?

Je ne sais que répondre. Pourquoi ne suis-je pas venu le voir quand j'ai trouvé la photo d'Ixtel ? Je sens que je commence à douter.

– Si j'étais venu te voir, aurais-tu remis à Jerry Garcia ce qu'il demandait ?

– Non. Certainement pas. Ç'aurait été reconnaître la responsabilité de Vidromek.

– Mais tu étais disposé à remettre à l'homme du club de gym ce qu'il te demandait, *lui*. Tu lui as dit que tu essaierais de convaincre Vidromek de payer en échange d'un petit bonus. En quoi est-il différent de Jerry Garcia ? En quoi ses clients sont-ils différents d'Ixtel ? Quel est ce petit bonus qui fait toute la différence ?

Je vois sur son visage une expression de stupeur soudaine ; comme si mon père venait de s'apercevoir que j'avais un cerveau.

– Bon sang, Marcelo, le monde n'est pas tout noir ou tout blanc ! Il y a des règles dont tu ignores tout. Des règles que je suis obligé de respecter pour survivre. Ce sont les règles du jeu auquel je joue, les règles du système dont je profite ! Ce système qui te permet d'avoir de quoi manger dans ton assiette, de vivre dans cette satanée cabane dans un arbre et de fréquenter un établissement médico-éducatif privé.

Il hausse le ton et se lève en même temps.

– Ce sont ces règles que tu étais censé respecter cet été ! Et tu ne l'as pas fait ! Tu avais une mission à accomplir et tu y as dérogé. Est-ce que tu sais ce que tu as fait ?

– Oui. Je savais ce qui pouvait nous arriver à tous. Marcelo n'a pas réussi à respecter les règles du monde réel. Il le sait. Il le sait. Il ira à Oak Ridge High l'année prochaine. Il le sait. Il le sait. Il savait que ça se passerait ainsi avant d'avoir discuté avec Jerry Garcia. Il avait bien réfléchi. À tout ce qui allait se passer. Et il l'a fait quand même. Et il le referait.

Il ne dit plus rien. Je vois ses mains s'ouvrir et se fermer, exactement comme les miennes lorsque je ne trouve pas mes mots. J'attends, j'attends longtemps avant qu'il ne reprenne la parole.

– Tu sais quoi ? Il ne reste plus que quelques semaines de congé. Pourquoi n'arrêterais-tu pas de travailler à la fin de la semaine ? Emploie les deux derniers jours qui te restent à terminer ce que tu as commencé. Ensuite, tu mettras à profit la fin des vacances pour te préparer à entrer à Oak Ridge High. Procure-toi les livres dont tu auras besoin. Fais-toi un peu aider pour apprendre à travailler plus vite.

Il se rassied et penche la tête pour examiner le document posé sur son bureau.

Je me retourne et fais deux pas en direction de la porte. Je m'arrête. Je sens la lettre de Jasmine pliée dans ma poche. Je me rappelle les paroles de la rabbine : « Aie confiance en Lui. Il saura comment utiliser les souffrances à Ses propres fins. » Alors je fais volte-face, me dirige vers le bord de son bureau et tends la main avec la lettre de Jasmine.

– Qu'est-ce que c'est ? me demande-t-il.

– C'est Wendell qui me l'a donnée. Il appelle ça le « cadeau de la vérité ». Je crois qu'il te revient.

Il me prend la lettre des mains. J'attends qu'il ait commencé à la lire avant de m'en aller.

29

Nous quittons l'autoroute dès que nous apercevons les panneaux en direction de Lawrence. À mesure que nous nous enfonçons dans les rues, je découvre de plus en plus d'indications en espagnol : les noms des magasins, des restaurants. Les rythmes de la musique latino emplissent l'atmosphère. Les peaux sont brunes et noires. Nous nous garons devant un immeuble vert à deux étages. Toutes les fenêtres sont ouvertes et, au dernier étage, un rideau blanc flotte au vent tel un drapeau.

– On est arrivés, dit Jerry. C'est là.

Nous descendons de voiture et marchons vers l'entrée. Je commence à ressentir quelque gêne. Que vais-je dire à Ixtel ? Pourquoi suis-je ici ? J'entends quelqu'un pleurer derrière l'écran grillagé de la porte. Jerry Garcia sonne et, quelques instants plus tard, la porte s'ouvre.

– Geronimo ! s'exclame une femme. Entre, entre !

C'est une grosse femme à la chevelure blanche toute frisée qui me fait immédiatement penser à Rabbi Heschel, mais en plus corpulente et avec la peau plus sombre.

– Et c'est Marcelo ?

– J'ai apporté de la citronnade ! lui dit Jerry avant de retourner à la voiture.

La femme m'attrape par la main et m'entraîne à l'intérieur. Avant que j'aie pu faire un geste, elle me prend dans ses bras et me serre contre son corps doux et massif.

– Merci pour tout ce que tu as fait. Je suis sœur Juana. Je vais te parler dans mon mauvais anglais, d'accord ?

– Oui, arrivé-je à prononcer.

J'ai le souffle coupé par son étreinte. Elle m'emmène au bout du couloir, vers l'origine des pleurs.

– Mettons-nous là.

Sœur Juana me fait entrer dans une pièce située en face de celle d'où proviennent les pleurs, à moitié occupée par des chaises en fer pliantes. D'un côté, un écran de télévision a été poussé contre le mur, et il y a aussi une table recouverte d'un tissu brodé à fleurs bleues, orange, roses et vertes. Une croix se dresse au centre de la table, auprès de laquelle est posée une petite bougie dans un verre de couleur rouge.

– Le dimanche, nous disons la messe ici.

– Vous êtes prêtre, lui dis-je, réalisant aussitôt qu'il n'y a pas de femmes prêtres.

– Non, pas prêtre. *Díos mío*, non ! répond-elle en riant. Le père Antonio vient ici tous les dimanches dire la messe. Assieds-toi, s'il te plaît.

Au moment où elle s'assied, on entend un bruit de verre brisé.

– Je reviens, dit-elle en se levant. Je vais t'allumer le ventilateur.

Elle se dirige vers un grand ventilateur rouillé posé dans un coin et enclenche l'interrupteur. Elle attend que les pales se mettent à tourner en grinçant, puis elle sort de la pièce. Ses sandales en plastique claquent à chaque pas.

Dehors, dans le couloir, j'entends Jerry parler à sœur Juana. Puis il glisse la tête par la porte et s'adresse à moi.

– Je reviens dans vingt minutes. La sœur vient de me donner une liste de courses, dit-il en agitant un bout de papier avant de disparaître.

Je reste seul quelques instants, puis une fille entre, me voit et se fige. On dirait Ixtel en plus jeune, et son visage n'est pas mutilé. Ses cheveux sont attachés en une queue-de-cheval qui retombe sur son épaule.

– Tu m'as fait peur !

– *Hola*, dis-je.

– Je parle anglais.

– Ah. Je m'appelle Marcelo.

– Et moi, Maria, répond-elle vivement.

Sa ressemblance avec Ixtel m'apparaît pleinement.

– Tu es venu voir Ixtel ? me demande-t-elle.

– Oui.

– Elle est en haut. Je vais la chercher, propose-t-elle avant d'ajouter : Tu saurais faire marcher la télé ?

Elle me montre le poste de télévision avec un cintre en fer planté dessus.

– Non.

– C'est cette antenne ridicule, explique-t-elle sans faire attention à moi.

Un cri perçant retentit de l'autre côté du couloir. Maria se bouche les oreilles en faisant une grimace.

– Ixtel est ta sœur ? lui demandé-je une fois qu'elle a retiré ses mains de ses oreilles.

– Pas ma vraie, vraie sœur. Ici, elle est la sœur de tout le monde.

– Tu vis ici ?

Je suis nerveux et je formule mes pensées à voix haute à mesure qu'elles surgissent.

– Tu poses des questions idiotes, me réplique-t-elle en m'examinant. Je vais prévenir Ixtel que son petit copain est arrivé.

Je crois qu'elle plaisante. Elle sort de la pièce, d'un pas léger et vif, comme quelqu'un d'heureux.

Dans quelques minutes, je verrai Ixtel. Je suis incapable de me rappeler aucune des choses que j'avais préparées pour les lui dire. Je m'approche du crucifix en bois et l'effleure du bout des doigts. Le Christ en croix est en bronze, et sa tête ne retombe pas sur sa poitrine comme d'habitude.

– Sortons, il fait trop chaud à l'intérieur.

Devant la porte, sœur Juana s'essuie les mains à son tablier blanc.

Nous traversons un couloir éclairé par une unique lampe nue pendue au plafond et sortons par une porte-écran grillagée. Nous sommes dans un jardin. Il y a de petits arbres croulant sous les poires et de plus grands chargés de fleurs roses et bleu lavande. Le moindre espace de ce jardin, à l'exception des allées dallées qui le divisent en formant une croix, est occupé par des roses de toutes les nuances. Sœur Juana me prend par le bras et me conduit vers une petite fontaine au centre du jardin, auprès de laquelle se trouve un banc de pierre. Je vois les feuilles des arbres s'agiter en même temps qu'une douce brise me rafraîchit le visage. Le lieu est protégé de tous côtés par les murs des immeubles, et je me demande comment cette brise a fait pour y pénétrer et y circuler.

Nous sommes assis l'un près de l'autre sur le banc. Sœur Juana respire pleinement, comme pour s'assurer que le parfum des fleurs parviendra bien tout au fond de ses poumons. Du côté opposé à celui par lequel nous sommes entrés se trouve une autre porte. Je ne saisis pas parfaitement la nature de ce lieu, à mi-chemin entre la prison et l'église. Peut-être devrais-je me renseigner, mais il me semble que ce n'est pas le moment de poser des questions.

Après avoir pris une seconde inspiration tout aussi profonde, sœur Juana parle.

– Cette maison appartenait à une riche famille. À sa mort, la dernière héritière nous l'a léguée. C'est une grande maison. Certains soirs, nous avons jusqu'à quarante filles. Du temps de la riche famille, ils n'étaient que quatre : le père, la mère et les deux filles. Et peut-être cinq domestiques, ajoute-t-elle en riant. Imagine !

– Quarante filles, me dis-je à voix haute.

– Moi, Ixtel, sœur Camila et sœur Guadalupe, et Maria que tu viens de croiser, sommes, comment vous dites, des permanentes. Elles sont si nombreuses, si nombreuses à être encore dans la rue, et nous n'avons que ça.

Elle jette un regard en direction des murs, comme si elle prenait soudain conscience de l'exiguïté des lieux.

– Nous ne forçons pas les filles à venir ici, il faut qu'elles en aient envie. Certaines restent quelques jours et s'en vont vers toujours plus de drogue, plus de viols. D'autres, comme Ixtel, n'ont plus aucun endroit où aller.

– Et elles sont heureuses ici, les filles ?

Je ne sais pas pourquoi cette question m'est venue à l'esprit.

– Heureuses ?

On dirait qu'elle n'a jamais entendu ce mot.

– C'est un endroit tranquille où elles sont en sécurité pendant quelque temps. C'est tout ce que nous avons à leur offrir.

Je sens la présence d'Ixtel une seconde avant que la porte-écran ne s'ouvre.

– Ah ! Voilà notre Ixtel, annonce sœur Juana en se levant péniblement.

Ixtel se dirige d'un pas alerte vers moi, comme si j'étais quelqu'un qu'elle n'avait pas vu depuis longtemps. Elle porte un pantalon en toile kaki et une chemise blanche boutonnée à manches courtes. À mesure qu'elle s'approche, je reconnais les traits délicats d'un côté de son visage : les sourcils, les yeux, le front, identiques à ceux de la photo, mais également différents. Je tente de comprendre en quoi consiste la différence. Elle a l'air plus calme ; le regard, qui sur la photo me scrutait, est plus doux.

– Je vous laisse, déclare sœur Juana dès qu'Ixtel est arrivée devant nous.

Nous suivons des yeux sœur Juana qui s'éloigne clopin-clopant, s'arrêtant un instant pour redresser une rose qui penche. Quand elle a disparu à l'intérieur du bâtiment, Ixtel s'assied sur le banc et attend. Je redoute soudain d'avoir perdu la capacité de parler.

– Tu es Marcelo, dit-elle, me rappelant qui je suis.

– Marcelo.

– C'est bon, tu peux me regarder, ça ne me fait plus rien.

Je ne comprends pas tout de suite pourquoi elle dit cela, il me faut une seconde pour réaliser.

– J'ai toujours du mal à regarder les gens dans les yeux. Pas uniquement Ixtel.

– De toute façon tu m'as déjà vue. En photo.

– Oui.

Il y a un silence. Tant de choses se sont passées depuis le jour où j'ai découvert cette photo.

– Jerry t'a-t-il dit que l'opération avait été programmée ?

– Non.

– Non ? Peut-être voulait-il que je te l'annonce moi-même. D'abord la chirurgie réparatrice, et ensuite, une fois que ce sera cicatrisé, la chirurgie esthétique, pour que je ressemble à une actrice de cinéma.

Elle sourit d'un seul côté de la bouche. Elle s'est assise à ma gauche pour que je voie le bon côté de son visage quand je la regarde.

– Ixtel est déjà belle.

J'ai énormément de mal à la regarder en disant ça.

– T'est-il déjà arrivé qu'on te fasse tellement de bien que tu es terriblement gêné de ne pouvoir remercier la personne ? Tu prononces le mot « merci », mais ça ne te paraît pas suffisant. Voilà ce que je ressens en ce moment. Mais je vais te le dire quand même : merci.

Je respire profondément. Le parfum des roses me rappelle Abba. Elle faisait pousser des roses dans notre jardin. Je me penche vers une rose d'une couleur que je n'avais jamais vue. C'est un mélange de couleurs, des nuances de blanc, de rose et même de mauve au bord des pétales. Les gouttes de rosée me font penser à Aurora.

– Les roses sont gorgées de rosée.

Voilà tout ce que je trouve à dire.

– Sœur Juana est la spécialiste des roses. Elle les mélange et les assortit pour essayer d'inventer de nouvelles couleurs. Elle fait ce qu'elle peut pour qu'on vienne l'aider, mais ça n'intéresse personne. Même avec des gants, on se fait écorcher les mains par les épines.

– Ma grand-mère aimait les roses. Elle en a planté dans tout notre jardin. Un jour, quand j'étais petit, elle m'a demandé si je voulais voir quelque chose d'étonnant. Elle est allée chercher un truc dans la cuisine qui ressemblait à une pipette géante. Je ne sais plus comment ça s'appelle.

– Une poire à jus.

– Ah bon, je ne savais pas. Abba, c'est le nom de ma grand-mère, a rempli la poire d'eau sucrée et m'a fait asseoir au milieu des roses. Elle m'a dit que si je tenais la poire sans bouger devant moi, en appuyant sur le caoutchouc juste assez pour qu'une goutte se forme à l'extrémité, un colibri apparaîtrait et viendrait boire.

– Et c'était vrai ?

– Oui. Un colibri est arrivé au bout d'un petit moment. C'était génial d'en voir un de si près. Ses ailes battaient si rapidement qu'elles semblaient immobiles.

– C'est chouette. Tu étais comme saint François, là.

Elle montre du doigt une statue en ciment de saint

François cachée parmi les rosiers. L'oiseau posé sur son épaule n'a plus de tête.

Il doit certainement exister une réponse opportune à cette déclaration, mais je lui demande plutôt :

– Est-ce que tu es heureuse ici ?

Elle contemple les roses, puis les murs qui enclosent le jardin.

– C'est bien, ici. Au début, quand je suis arrivée, ce n'était pas du tout ce que je pensais. Après l'accident de voiture, j'étais très mal. J'avais quatorze ans et je vivais dans la rue, toute seule. Même avec cette tête-là, j'arrivais à me vendre sans problème. Peut-être qu'ils pensaient que c'était bon de le faire avec un monstre. Et puis il y avait la drogue. Il y a tant de façons de se faire du mal quand on le cherche. Pour finir, les services sociaux m'ont amenée ici. Je détestais.

– Depuis quand vis-tu ici ?

– Presque un an. Quand j'ai eu seize ans, j'aurais pu partir. Mais je suis restée. Regarde ça, dit-elle en me montrant les murs tout autour du jardin. C'est comme si on avait été envoyé dans une maison de correction et qu'on avait choisi d'y rester. Aujourd'hui, je m'y sens vraiment chez moi. Je dois être dingue. Et les filles qui sont là ne sont pas des anges, crois-moi. Elles sont toutes comme moi quand j'ai débarqué. « Laissez-moi sortir, bordel de merde ! Je veux ma dose ! »

– Comment as-tu fait pour changer ? Que s'est-il passé ? Pourquoi as-tu vu les choses autrement ?

Nous nous sommes retournés l'un vers l'autre en même temps. Je sens qu'elle se demande pourquoi je tiens à le savoir. Peut-être se rend-elle compte que je ne pose pas ces questions par simple curiosité ou pour faire la conversation. Je me renseigne parce que je veux découvrir moi aussi ce qu'elle a découvert.

– Je ne sais pas, moi, mais ce qui me tourmentait s'est éloigné progressivement.

– Mais comment ça s'est éloigné ? Qu'est-ce que tu as fait pour ?

– Par exemple, au début, je crois que je m'apitoyais sur mon sort. Ce n'était pas de la pitié, ou je ne sais quoi, non. Mais un beau jour, j'ai cessé d'être en colère. Je me suis dit : « Tu n'es qu'une petite fille. Ce n'est pas ta faute si tes parents sont morts. C'est normal que tu aies déconné. C'est normal que tu sois furieuse à cause de ton visage et que tu détestes tout le monde. Tu n'es qu'une petite fille, je te pardonne, petite fille, pour toutes les bêtises que tu as faites. » Voilà. C'est tout. C'est dingue, non ? Il faut qu'une partie de toi se montre gentille avec l'autre. Comme si le bon côté de mon visage avait décidé de dire des choses gentilles à l'autre, le mauvais. Et, au bout d'un certain temps, les deux côtés se sont réconciliés. La paix était revenue en moi, je n'étais plus divisée en deux, mais de nouveau entière. Après ça, je me suis aperçue que les autres filles n'étaient pas différentes de moi, et j'ai commencé à faire la même chose avec elles : je voyais leurs mauvais côtés, et je t'assure que ce n'est pas ce qui manque ici, et je me suis efforcée d'être gentille avec elles.

J'ai alors une sorte d'illumination. Cela semble incroyable que je ne m'en rende compte que maintenant, mais c'est pourtant la vérité : nous avons tous nos mauvais côtés. Je repense à la fois où, à la cafétéria,

Jasmine m'a demandé pourquoi je m'intéressais à cette fille. Comment parvenons-nous à vivre avec toutes ces souffrances ? Une fois que nous avons découvert nos mauvais côtés, nous pouvons nous montrer capables de pardon, de charité, d'humilité.

– Nous avons tous nos mauvais côtés, dis-je, oubliant un instant la présence d'Ixtel.

Elle part d'un petit rire qui ressemble à une toux, à cause de la déformation de sa bouche.

– On dirait que tu viens de faire une découverte.

– Je ne m'en étais jamais rendu compte comme maintenant.

– Tu en as, toi ? Des mauvais côtés, je veux dire ? demande-t-elle en me regardant avec insistance.

Je me sens honteux d'avoir à réfléchir autant avant de savoir quoi lui répondre.

– N'est-ce pas un mauvais côté que de ne pas en trouver en moi ? N'est-ce pas un mauvais côté que de ne pas vouloir pardonner à quelqu'un les siens ?

– Oui… Je n'ai rien compris à ce que tu viens de dire, mais oui.

Elle rit de nouveau de ce rire si particulier en se balançant d'avant en arrière sur le banc, exactement comme moi lorsque je finis par comprendre quelque chose de compliqué.

– Qu'est-ce que tu feras après l'opération ?

– La même chose qu'aujourd'hui. J'ai raté une année d'école pendant que j'étais en crise, alors il faut que je rattrape.

– Tu as envie d'aller en fac ?

– Ça, mon vieux, c'est beaucoup trop loin. Il faut d'abord que je voie si j'arrive à rester clean, que je termine le lycée, que j'aide les sœurs. En plus, je n'ai jamais été très intelligente, et ce n'est certainement pas la drogue qui a arrangé les choses.

Nous entendons la voix de Jerry Garcia derrière la porte-écran et nous nous levons en même temps.

– J'étais content de te voir, lui dis-je.

Je me tourne vers elle et lui tends la main, mais elle ne la prend pas.

– Tu veux bien que je t'embrasse ?

Sans réfléchir, je baisse la tête comme avec Aurora, et elle me fait un baiser sur le front.

– C'est un demi-baiser, remarque-t-elle. Mais c'est déjà ça.

30

Aurora vient me chercher à la gare. Elle ne me demande pas pourquoi je rentre plus tôt que d'habitude. Elle sait que j'ai été renvoyé. Elle prend mon silence pour de la tristesse, sachant que je n'irai pas à Paterson. Mais je n'appellerais pas ça de la tristesse. Ça s'apparente plus à de la détermination.

Une fois que nous sommes arrivés à la maison et qu'elle a coupé le moteur de la voiture, elle me demande si je veux en parler.

– Pas maintenant.

– J'aimerais entendre de ta bouche ce qui s'est passé.

– Arturo a raison. Il vaut mieux pour moi que j'aille à Oak Ridge High.

Je sens son regard inquisiteur posé sur moi.

– Ce n'est pas grave, insisté-je. Je pourrais peut-être travailler avec les poneys pendant les week-ends.

– Tu n'es pas contrarié ?

– Non.

– Nous pouvons parler à ton père.

– Ce sera mieux, Oak Ridge High. Ça ne me plaira pas autant que Paterson, mais ce sera mieux.

– Pourquoi ce revirement ?

– Aurora avait raison de penser que travailler au cabinet me rendrait plus fort. Tu te souviens ? Doux et fort, comme Aurora. Oak Ridge High va m'aider aussi.

– Aider en quoi ?

– Aurora le sait bien. C'est toujours la même chose.

Aurora veut me poser d'autres questions, je le sens, mais j'ouvre la portière et prends dans mes bras Namu qui m'attendait. Je lui fais ainsi comprendre que je désire être seul. Aurora me fait une petite caresse sur le sommet du crâne et entre dans la maison. Ensuite, je pars faire une promenade avec Namu et quand nous revenons, je trouve un mot d'Aurora au pied de mon arbre.

Le dîner est sur la cuisinière. Si tu as envie de parler, je suis à ta disposition.

Je t'aime,

Mam

De la fenêtre de ma cabane dans l'arbre, je la vois qui s'active dans la cuisine. Peut-être est-elle en train de me préparer mon déjeuner pour mon dernier jour de travail. Je la regarde et j'ai brusquement l'impression que mon cœur n'est plus qu'une éponge tout imbibée d'amour que l'on presse. Demain matin, elle se lèvera et enfilera de nouveau cet uniforme ridicule avec ces badges jaunes et elle ira réconforter autant que possible ses petits mourants.

« Pourquoi ce revirement ? » J'ai repensé à sa question tandis que Namu et moi nous promenions sur le sentier cavalier derrière la maison et j'y repense à présent que je suis à mon bureau. Toutes les souffrances dont j'ai été témoin à Paterson ne sont rien comparées à celles que les hommes s'infligent dans le monde réel. Et j'en suis venu à me dire que je ne peux pas ignorer cette souffrance, y compris celle que j'inflige moi-même aux autres. Seulement, comment peut-on vivre sans y être insensible ou qu'elle nous accable ?

Je vois la lumière de la cuisine s'éteindre et j'imagine Aurora en train de monter l'escalier. J'envisage de réintégrer un de ces jours ma chambre à la maison. Il ne m'était jamais apparu qu'Aurora pouvait se sentir seule, mais comment aurait-il pu en être autrement ? Quel effet cela fait-il d'avoir un fils qui est parfaitement heureux quand il est tout seul, sans le moindre besoin ni le moindre désir de communiquer ; une fille qui n'est jamais là ; un mari qui travaille tout le temps ? Que se passera-t-il si Wendell envoie une copie de la lettre de Jasmine à Aurora ? Je l'ignore. Il faudra bien que nous trouvions tous ensemble une solution.

Fidèle : qui a le souci de la foi donnée ou de la parole donnée. Au cas où la lettre arriverait, cela aiderait-t-il Arturo et Aurora à être fidèles l'un envers l'autre si j'étais moi-même débordant de foi ? Mon père : tes mauvais côtés sont-ils pires que les miens ?

Il y a encore tant à faire. Des projets. Des préparatifs. Ça va être difficile à Oak Ridge High. Paterson a beau avoir été une excellente école, je sais que nous sommes loin derrière les élèves des grands lycées dans certaines matières. Les lycéens étudient afin de réussir des examens standardisés. Nous, nous étudiions ce que nous avions besoin de savoir. Je vais devoir me conformer à leurs méthodes pédagogiques, et cela signifiera pour moi travailler deux fois plus qu'un lycéen ordinaire. Cela signifiera être en contact avec des jeunes avec lesquels je n'aurai pas grand-chose en commun. Mais c'est faisable. Je le ferai. Aller à Oak Ridge High va m'aider.

« Aider en quoi ? » m'a demandé Aurora. J'ai manqué l'occasion de lui dire que ça m'aiderait à lui ressembler. Que je veux être comme elle, à la fois fort et doux avec les enfants. La route paraît si longue. Encore une année de lycée, puis l'université, puis un diplôme d'infirmier, ensuite un travail, m'efforcer d'alléger les souffrances du monde. Mais où ? Il doit exister un endroit au monde où je me sens bien.

Je songe au Vermont. On dirait que les étoiles y sont plus proches de la Terre. Je vais à mon bureau et j'allume mon ordinateur portable. J'ai besoin de faire quelques recherches.

31

La première chose qui me saute aux yeux en entrant dans le bureau de Robert Steely, c'est une enveloppe à mon nom. Je reconnais l'écriture. C'est celle d'Arturo. Je m'assieds et la prends. Il y a une part de moi qui ne veut pas l'ouvrir. Je voudrais passer toute la journée avec la même détermination que la veille. Je repose l'enveloppe. Puis je la reprends et l'ouvre avec le coupe-papier que j'ai trouvé dans le premier tiroir. Je lis :

Marcelo,

Je sens qu'il est impératif que je réponde au mot que tu m'as donné hier. Tout d'abord, ne te méprends pas sur cette lettre. Je persiste à penser qu'il était inopportun de transmettre le mémo de Vidromek à Jerry Garcia. Je traiterai à part la question de la lettre de Jasmine.

Il existe certaines limites qui doivent être respectées entre un employeur et une employée, entre un homme d'un certain âge et une jeune femme ; entre un homme et une femme sous l'emprise de l'alcool, entre un homme marié et une autre femme. L'année dernière, à la fête de Noël, j'ai outrepassé toutes ces limites. J'aimerais pouvoir te dire que je me suis aperçu de mon erreur à peine l'ai-je eu commise, mais le fait est que j'ai toujours considéré les événements de cette soirée comme un pêché véniel. Ce n'est qu'hier, en lisant le mot de Jasmine avec tes yeux, que j'ai pris la mesure de mon manque de discernement.

J'espère que tu comprendras la nature et le motif de cette lettre.

Ton père

J'ai encore la lettre à la main quand j'entends Jasmine :

– J'ai appris que tu étais viré.

Elle se tient à la porte du bureau, les bras croisés.

Je replie la lettre d'Arturo.

– J'ai été viré.

– Est-ce que tu avais l'intention de me le dire ou allais-tu partir sans me prévenir ? Si je n'étais pas allée faire signer ce chèque à ton père, je ne l'aurais pas su. Pourquoi ne m'as-tu rien dit ? Et où te cachais-tu ? Je t'ai à peine vu depuis que nous sommes rentrés de randonnée.

Jamais je n'aurais cru qu'elle serait à ce point contrariée, mais le fait est qu'elle l'est.

– Que t'a dit mon père ?

– Il m'a dit ce que tu avais fait. Et il y a encore une chose : pourquoi ne m'as-tu pas avertie de ce que tu allais faire ?

– Parce que tu aurais pu prévenir mon père.

– C'est vraiment ce que tu penses ? Tu as donc oublié qui t'avait donné le mémo ?

J'ignore pourquoi j'ai dit ça. Je ne sais plus comment parler à Jasmine.

– Donc tu es bon pour Oak Ridge High ?

– Il me reste trois semaines d'ici là. Je vais mettre à profit ce laps de temps pour préparer ma rentrée scolaire.

– Ça va aller ?

Je hausse les épaules. Cela signifie : j'y survivrai.

– Est-ce qu'Arturo est contrarié ? lui demandé-je.

Elle hausse les sourcils pour indiquer qu'elle n'en a aucune idée.

– Ils sont tous en train de se démener pour essayer de trouver un moyen de sauver l'affaire Vidromek du désastre. C'est génial de voir Holmesy tourner en rond comme s'il avait la colique et pas de toilettes à l'horizon. Je crois que ton père est assez content de savoir que son fils est responsable de l'état lamentable de Holmesy.

– Peut-être que le cabinet va fermer et que tout le monde perdra son emploi.

– Non. Ils vont inventer quelque chose. Ils viennent de réaliser que la meilleure stratégie consisterait à dépenser leur surplus pour fabriquer des pare-brise plus sûrs.

– J'ai le CD que tu m'as prêté, dis-je, percevant dans ma voix une certaine froideur.

Elle penche la tête, cherchant à deviner ce qui ne va pas. Alors je me lance.

– Je suis au courant pour toi et mon père... à la fête de Noël. Wendell a découvert ton mot dans les papiers de mon père. Il me l'a donné. Wendell a dit qu'il me faisait cadeau de la vérité.

– Oh, mon Dieu…

Elle approche une chaise et s'assied.

– Cadeau de la vérité…

Elle pose les deux mains sur les bords de la chaise, comme si elle craignait de tomber d'une seconde à l'autre. Pendant le bref instant où j'ai réussi à entrevoir son visage, j'ai constaté qu'il avait brutalement perdu toutes ses couleurs. J'ai compris aussitôt que mes paroles l'avaient blessée.

– Y a-t-il quelque chose de particulier à ce sujet que tu aimerais savoir ?

Son ton est distant, contenu. Toute la chaleur qu'elle avait fait entrer avec elle dans la pièce s'est volatilisée.

Hier soir, j'avais décidé de ne pas parler de ça, de ne jamais lui en parler. J'avais conclu que ce n'était pas à moi de la juger. Comment ai-je pu revenir sur cette décision ? Qu'est-ce qui couve encore en moi à mon insu ?

– Mon père…

Je commence ma phrase sans savoir comment la terminer.

– Est un homme, poursuit Jasmine. Il m'a embauchée, nous travaillions ensemble. J'ai un peu craqué pour lui. Il s'en est aperçu, j'imagine. Les hommes comme ton père s'en aperçoivent toujours. Et puis il y a eu la fête de Noël. Cela faisait deux mois seulement que j'étais à Boston. J'avais un peu bu. Ton père est arrivé et il m'a dit qu'il avait un petit cadeau pour moi. Que c'était dans son bureau. Je savais que je ne devais pas y aller. Il m'a dit des choses flatteuses, des choses qui m'ont fait me sentir moins seule. Nous nous sommes embrassés. Le lendemain, je lui ai écrit ce mot.

On dirait que je me cherche des excuses. Ce n'est pas ça du tout. Je sais que je ne te dois pas d'explications, mais c'est ce qui s'est passé.

– Vous vous êtes embrassés.

– Quand j'ai réalisé ce qui arrivait, ce qui risquait d'arriver, je suis partie en courant.

– Vous vous êtes embrassés ? Tu es partie en courant ? Il t'a forcée à l'embrasser ?

– Non, pas vraiment. Y a-t-il violence quand une partie de toi refuse et que l'autre accepte ? J'aurais pu empêcher tout ça. Je n'aurais pas dû me laisser faire.

– Mais tu avais mon âge.

– J'avais dix-huit ans, l'âge légal pour qu'il y ait consentement.

– Ce n'était pas bien de sa part.

– Ce n'était pas bien, point final. Il le sait. Je le sais. Le sujet n'a jamais été remis sur le tapis. Il est venu me voir après avoir trouvé mon mot et m'a demandé de rester. J'ai accepté à condition qu'on oublie tout ça, qu'on fasse comme si ça n'avait jamais existé, et que nos rapports soient strictement professionnels. Il était d'accord. Il a tenu parole. Il n'y a plus rien à ajouter.

– Je t'ai blessée.

– Oui. Je ne sais pas pourquoi, mais tu m'as blessée. Pas parce que tu m'en as parlé, mais parce que tu es au courant. En attendant, mieux vaut la vérité. Le « cadeau de la vérité », comme dit Wendell.

Mais elle n'a pas l'air totalement convaincu.

– Tu l'aimes ?

Je réalise que c'est ce qui m'importe le plus de savoir, et que c'est la seule raison pour laquelle j'ai laissé échappé tout ça.

– Non. Bien sûr que non. Ce que j'ai fait relève de la folie. Une folie passagère, certes. C'était un caprice puéril. Le problème avec ce genre de tocades, c'est qu'on s'aperçoit très vite combien elles sont ridicules.

– Ma mère n'est pas au courant.

– Il ne lui a rien raconté. Je l'aurais vu à sa tête quand je suis allée te chercher l'autre jour.

Elle se passe rapidement les deux mains sur le visage.

– Si je pouvais revenir en arrière le soir de cette fête de Noël, au moment où ton père et moi discutions au bar et où il m'a demandé de le suivre dans son bureau, je lui dirais : « Merci, mais non merci. »

Elle se lève.

– Bon, eh bien, je crois que je vais retourner dans mon petit bureau, à mon petit courrier, et je vais essayer de terminer ma petite journée.

– Belinda travaille-t-elle mieux que Marcelo ?

– Oui, répond-elle du tac au tac. Plus rapidement, en tout cas.

– C'est bien. Dans le monde réel, la vitesse, c'est mieux.

– Dans le monde réel.

Il y a un silence et je songe : « Je ne veux pas lui dire au revoir. » Elle se tait aussi. Est-ce parce qu'elle non plus ne veut pas me dire au revoir ? Attend-elle que je parle en premier ?

– J'ai vu Ixtel hier, annoncé-je au moment où elle se retourne pour s'en aller. Jerry Garcia m'a emmené.

Elle hésite un instant avant de demander :

– Comment allait-elle ?

– L'opération de chirurgie réparatrice a été programmée. Ensuite, elle subira une intervention de chirurgie esthétique pour être aussi belle qu'une actrice de cinéma, comme elle dit.

– Elle est belle.

Elle attend que je dise quelque chose. Je me dépêche, car j'ai peur qu'elle ne s'en aille.

– Elle habite chez les sœurs de la Miséricorde. Nous avons parlé de la façon dont elle a trouvé un endroit où elle se sent chez elle. Ça m'a rappelé le jour où tu m'as dit que c'était là-bas, dans le Vermont, que tu te sentais vraiment chez toi.

– Tu permets ? demande-t-elle en montrant la chaise.

– Oui.

Elle ne sait pas combien ça me fait plaisir qu'elle s'asseye.

– Je repensais juste à l'époque où tu me demandais comment on peut vivre avec une telle souffrance. Tu te souviens ?

– Oui, je me souviens.

– J'y ai beaucoup réfléchi. Je n'ai pas de réponse. Mais ta question m'a fait penser à la façon dont on compose un morceau de musique. Je commence en partant d'une impression, d'une émotion, et cette impression me conduit à trouver des notes et un rythme qui lui correspondent, puis je développe en répondant aux notes du départ. Au bout d'un temps infiniment long, et beaucoup de travail, je parviens à un résultat que je ne peux plus améliorer. Ce qui m'assaille à ce niveau, c'est un terrible sentiment de frustration parce que le résultat ne reflète jamais l'émotion du début et qu'il n'est jamais aussi beau que je l'aurais souhaité. En fin de compte, je suis obligée de reconnaître que je ne peux pas faire mieux et de l'accepter. Je ne suis pas Keith Jarrett et je ne le serai jamais. Je suis Jasmine. Donc je laisse la musique vivre sa vie, en espérant que quelqu'un ressentira la même chose que moi en l'entendant.

Elle a un petit rire, un rire nerveux, et, avant que j'aie pu répondre, elle poursuit.

– Tu dois te demander ce que ç'a à voir avec Ixtel ?

– Non. Le Vermont, c'est là-bas chez toi.

Elle hoche vigoureusement la tête.

– Tu m'as fait me demander si ma maison-*tiret*-studio n'était pas qu'une sorte de refuge, un havre. Je n'ai pas cessé d'y penser depuis qu'on en a parlé ensemble et que tu as entrepris d'aider Ixtel. J'ai compris que si je choisissais d'y vivre, ce devait être un endroit où je pourrais pleinement réaliser ma passion particulière, comme tu dis.

Elle se tait un instant et reprend son souffle.

– Pensais-tu vraiment ce que tu disais lorsque tu m'as proposé de venir quand je voulais dans le Vermont ?

– Est-ce que je suis du genre à dire des choses comme ça à la légère ?

– Une fois que j'aurai terminé mes études à Oak Ridge High, c'est ce que j'ai l'intention de faire. Je peux aider Amos à s'occuper de la ferme. Namu pourra venir aussi.

– Est-ce que tu me vois aussi dans ce tableau, ou n'y a-t-il que toi, Amos et Namu ?

– Je te vois aussi, répliqué-je en souriant.

– Amos te fera trimer dur.

– Ça m'ira très bien, dis-je avant de la regarder. Mais tu pleures ! m'exclamé-je consterné.

Elle enchaîne, comme si de rien n'était.

– Tu en as tellement vu cet été. Du bon et du mauvais. C'est tout à fait normal de vouloir balayer le mauvais.

– Non.

Je sais déjà ce qu'elle va dire.

– Laisse-moi terminer. Je veux simplement te faire comprendre qu'il n'y a aucun endroit où l'on puisse se cacher, aucun.

– Ce n'est pas pour ça que je veux aller dans le Vermont. Il y a une école à soixante-dix kilomètres de chez toi qui prépare au diplôme d'infirmier avec diverses spécialisations, parmi lesquelles la kinésithérapie. Une fois que je serai infirmier, je pourrai prendre quelques haflingers et proposer de l'hippothérapie aux enfants autistes ou handicapés. Amos pourra m'aider à élever les chevaux et à m'en occuper. Comme ça ne représentera pas un travail à plein temps, je serai aussi infirmier pour enfants, comme Aurora. Le Vermont sera le lieu où je pourrai vivre mes passions particulières. « Le Vermont sera le lieu où Marcelo jouera son contrepoint », conclus-je en référence à la phrase d'Abraham Joshua Heschel que m'avait lue Rabbi Heschel.

– Jouera son contrepoint ? répète Jasmine.

Elle s'empare du CD, se lève et lève les yeux au ciel comme pour implorer l'aide de Dieu.

– Dieu te vienne en aide, dis-je en essayant d'être drôle, avant de me lever à mon tour.

Contre toute attente, elle ne rit pas.

– Tu as tout prévu, l'école, le diplôme de kinésithérapeute, ton travail d'infirmier ? Tu as bien réfléchi à tout ça ? me demande-t-elle avec gravité.

– Oui.

– Quand ça ?

– Hier soir.

– Toute la nuit ?

Elle fait mine d'être émerveillée. Je ne sais pas si son expression signifie qu'elle estime que ce genre de décision nécessite plus de temps, ou si le fait que j'aie tout prévu pour me rapprocher d'elle lui fait plaisir.

– Non. Oui. Pas seulement la nuit dernière, mais avant aussi. Hier, c'était la première fois que j'ai pensé au Vermont. Mais les poneys, les enfants et la profession d'infirmier, j'y avais déjà réfléchi.

Je décide de continuer, de croire que ça lui plaît de m'entendre lui exposer mes projets.

– Il me faudra cinq ans avant d'obtenir mon diplôme d'infirmier. J'ai l'intention de travailler auprès des enfants au centre médical où tu conduis Amos. Je n'ai pas besoin d'attendre d'avoir mon diplôme pour ça. Je peux commencer tout de suite comme bénévole. Et pour les poneys, je travaillerai cette année à Paterson tous les week-ends pour acquérir de l'expérience. Une fois dans le Vermont, je débuterai avec un seul poney. Ensuite nous en aurons davantage et peut-être qu'il nous faudra une carrière couverte pour les mois d'hiver. J'ai fait une liste. Tu veux la voir ?

– Mmm.

C'est l'expression d'un bonheur indubitable qui éclaire son visage. Quand enfin elle se décide à parler, voici ce qu'elle me dit :

– Tu seras toujours le bienvenu là-bas, quelles que soient les raisons qui t'y conduisent. Mais si tu décides de t'y installer véritablement, tu dois être sûr que c'est pour une bonne raison.

– Il faut que ce soit la bonne note.

– Oui, dans la composition d'ensemble.

– Mais comment puis-je savoir si la note suivante sera la bonne ?

– La bonne note sonne juste, dit-elle en riant.

Puis elle me dévisage d'un air nouveau, un air que je ne lui connais pas, à la fois tendre et grave, et je voudrais plonger mon regard dans ses yeux le plus longtemps possible. Après quoi elle s'approche de moi et me fait un baiser sur la joue.

Et, au moment où elle sort de la pièce, j'entends, à moins que je ne me remémore, la plus belle des mélodies.

NOTE DE L'AUTEUR

Il y a trente-quatre ans, au cours de ma troisième année au Spring Hill College de Mobile, Alabama, je travaillais tous les week-ends dans une institution psychiatrique. Du vendredi soir au dimanche soir, je vivais dans un foyer de transition pour « handicapés mentaux » (ainsi qu'on les appelait à l'époque), pendant que l'employé habituel était en repos. Lors de ma dernière année, j'ai emménagé à plein temps dans un établissement nouvellement fondé qui faisait partie de L'Arche, une communauté confessionnelle où des personnes présentant des troubles du développement et des personnes dites normales cohabitaient et apprenaient les unes des autres avec un minimum de barrières entre elles. À l'époque, le diagnostic de l'autisme était réservé aux individus qui se situaient dans la partie la plus basse du spectre autistique. Et même dans ces cas, fort rares, le diagnostic était celui d'une maladie mentale reconnue et non celui d'autisme. En regardant en arrière, toutefois, je m'aperçois que certains des jeunes gens et jeunes femmes avec lesquels je vivais présentaient des signes correspondant au spectre de l'autisme, y compris le syndrome d'Asperger. Ce livre rend hommage dans une faible mesure aux capacités de ces jeunes et plus particulièrement à celle d'aimer que j'ai reçue d'eux.

Je voudrais dédier ce livre à mon neveu Nicholas, qui j'en suis sûr le lira un jour, fier d'avoir surmonté les aspects négatifs de l'autisme. Je tiens à remercier Ann et Jack Syverson pour leur aide ; Faye Bender, mon agent, pour sa foi inébranlable au long de ces années avant que ce livre ne voie le jour ; ainsi que Cheryl Klein, mon éditrice, pour sa formidable sagacité, son ferme soutien et son travail opiniâtre et ingrat. Elle est la cocréatrice de cet ouvrage. Enfin, je remercie mon épouse, Jill Syverson-Stork, pour son intuition, sa patience, son optimisme communicatif.

Loi n° 49-956 du 16 juillet 1949
sur les publications destinées à la jeunesse
Maquette : Françoise Pham
Imprimé en Italie par Grafica Veneta Spa
Dépôt légal : août 2010
N° d'édition : 170339
ISBN 978-2-07-062865-0